마음을 바꾸는 몸
몸을 바꾸는 마음

병명도 모르고 계속 아픈 당신,
문제는 다른 곳에 있을 수 있다

마음을 바꾸는 몸, 몸을 바꾸는 마음

초판 1쇄 인쇄 2023년 10월 24일
초판 1쇄 발행 2023년 11월 07일

지은이 차경수, 김동희, 정유나, 송현숙, 도선영, 이계원, 김선희

발행인 백유미 조영석
발행처 (주)라온아시아
주소 서울특별시 서초구 방배로180, 스파크플러스 3F

등록 2016년 7월 5일 제 2016-000141호
전화 070-7600-8230　　**팩스** 070-4754-2473

값 19,500원
ISBN 979-11-6958-085-4 (13810)

라온북은 독자 여러분의 소중한 원고를 기다리고 있습니다. (raonbook@raonasia.co.kr)

병명도 모르고 계속 아픈 당신, 문제는 다른 곳에 있을 수 있다

마음을 바꾸는 몸

몸을 바꾸는 마음

차경수, 김동희, 정유나, 송현숙, 도선영, 이계원, 김선희 지음

헬스멘탈
코칭을 위한
기능의학적
검사 소개

일상에서
나를 지키는
셀프멘탈코칭법
공개

에니어그램과
다양한 기법을 동원한
헬스멘탈코칭
사례 제시

나의 번아웃은
스트레스 때문일까?
영양 밸런스 때문일까?

마음과 몸의 상호작용에 주목하는
헬스멘탈코칭으로 자기효능감과 치유력 높이기!

RAON
BOOK

RAON
BOOK

당신은 안녕하십니까?

～～～～～～～～～～～～～～

아마도 요즘의 화두는 건강이 아닐까 생각한다. 우리가 생각하는 건강은 신체에만 국한할 수 있었지만, 정신적 건강과 사회적인 건강까지를 포함한다는 것은 대부분 알고 있을 것이다.

최근 방송 매체를 통해 일부 연예인들이 우울증이나 공황장애 등의 정신장애를 경험했다는 내용을 담담하게 고백하는 모습이 방영되었다. 이로 인해 공황장애가 '연예인 병'이라는 별명을 얻게 되었고, 일반인들에게도 알려져서 이제는 정신적 건강에 대한 많은 관심을 갖게 되었다.

또한 급변하는 사회 속에서 많은 스트레스를 받게 되고, 변화하는 사회적 가치관으로 인해 상대적인 빈곤감과 부족감을 느끼며, 더불어 사는 삶보다는 개인적인 삶을 추구하는 여러 가지 사회적 가치관들이 복합되어 스스로를 고립시키고 있다고 생각된다.

할머니가 손자손녀의 배를 쓰다듬어주던 이야기, 가족끼리 모여

아이들의 재롱을 보면서 흘러나오는 가족의 웃음소리 또한 '대가족'이라는 단어와 함께 동화책 속 옛날이야기의 한 장면이 될 듯하다. '핵가족'을 거쳐 이제는 '핵 개인'이라는 단어가 우리사회의 대세를 이룰 듯하기 때문이다.

이러한 상황에서 많은 사람들은 자신이 가진 정신적인 문제를 어떻게 해결해야 할까?

우리나라 의료기관의 진료과 중 정신의학과가 많이 증가하였지만 많은 사람들이 아직도 아무런 도움을 받지 못한 상태로 해서는 안 되는 안타까운 선택을 하기도 하고, 이를 잘못 표출하여 사회적인 물의를 일으키고 있는 현실이다.

이제 심리상담과 정신의학과의 진료를 받는 것은 감기나 소화가 안될 때 병원을 가듯이 쉽게 가는 곳으로의 인식이 필요한 시기이다. 우리말에 "호미로 막을 걸 가래로 막는다"는 속담이 있다.

감기도 면역력을 키우면 되고, 걸리더라도 초기에 관리하면 되고, 혹시 걸려서 아프면 쉬면서 면역력을 올리고 싸우면 되는 자연스런 단계가 있다. 그러나 여러 가지 복잡한 생활양식을 가진 우리들은 그 기본적인 순서를 지키기가 어렵게 된 것이 아닌가 돌아보게 된다.

기본으로 돌아가자. 이것이 이 책을 쓰게 된 가장 기본적인 정신이다. 그래서 정신적으로 어려운 시기에 수십 년간 심리 및 건강 분야에서 학생들을 가르치고 현장에서 일을 해온 저자들이 결연히 뭉치게 되었다.

많은 사람들의 몸과 마음이 건강할 수 있도록 상담하고 실천하면서 얻을 수 있었던 지식뿐 아니라 살아있는 생생한 실제 체험에 바탕한 사례를 담았다.

심리는 정신적 영역으로만 생각할 수도 있지만 책에 담은 내용과 같이 신체적인 작은 부분의 문제 해결로 치유되기도 한다. 반대의 경우로 몸의 문제로만 생각되었던 것이 마음의 문제이기도 하였다. 그러므로 우리는 몸과 마음을 하나로 단단히 리셋 해야 할 필요가 있는 것이다.

또한 우리 주변에는 병명을 모르고 계속 아픔을 호소하며 오늘도 힘든 생활을 하고 있는 분들이 너무도 많다. 이런 경우 기능의학의 한 부분을 의학적, 영양학적 관점에서 접근함으로써 해결된 사례가 많았기에 이 책에 담게 되었다.

상담 결과 마음의 병인 듯했지만 실제는 몸의 문제였고, 몸의 문제인 줄 알았지만 마음의 문제였던 사례가 있었다. 본인의 문제인 줄 알았지만 다른 가족의 문제임을 알게 되기도 하며, 때로는 현재의 문제인 줄 알았는데, 과거의 성장 과정에서의 문제임을 알게 되는 사례도 많았다.

따라서 제시된 다양한 심리상담 사례가 이 책을 읽는 분들의 삶에 많은 부분의 이해도를 높일 수 있기를 희망한다. 전문가의 상담 사례이지만, 이를 나의 경우에 비추어 시도해 볼 수도 있기 때문이다. 마지막 장에는 스스로 실천해 볼 수 있는 셀프 코칭법을 제시해 놓았으니 자신의 것으로 만들어 실천하기를 권한다.

'우리는 스스로 할 수 있다.'가 저자들의 생각이다. 우리에게는 스스로를 조절하는 항상성이 있고, 스스로를 치유할 수 있는 자기치유력이 있기 때문이다. 또한 스스로 할 수 있다는 에너지, 자기효능감을 일깨움으로써 해결해 나갈 수 있다고 믿는다. 그러나 스스로 그 어려움이 해결되지 않는다면 되도록 빨리 전문가를 찾아가고, 내 몸 안의 나를 알기 위한 다양한 기능검사가 있음을 생각해 주기를 바란다. 다만, 본 책에서는 전문적인 내용은 되도록 배제하도록 하였고, 지면상 많은 내용을 자세히 담을 수 없었음을 아쉽게 생각한다.

우리는 이제 혼자라도 씩씩하게 잘 살아나가야 하는 시대에 돌입한 것이 아닐까 생각한다. 스스로를 위로하고, 스스로 행복해하고, 스스로를 칭찬하고, 가끔은 좋은 것으로 상을 주기도 하고, 때로는 자신을 꾸짖고 반성하면서 잘 살아야 하지 않을까?

각박한 사회에서 살아가야하는 '핵 개인'의 우리에게 점검을 통해 스스로를 돌아보고 우리 맘속에 스스로의 능력인 항상성과 자기치유력을 깨워보는 책이 되기를 소망한다.

- 저자 일동

2장

헬스멘탈코칭이란
무엇인가?

3장

헬스멘탈코칭으로
몸과 맘을 되찾은 사람들

4장

헬스멘탈코칭에 도움이 되는
기능의학적 검사

부록

일상생활에서 할 수 있는
나를 지키는 셀프헬스멘탈코칭법

왜 셀프헬스멘탈코칭인가?

1장

몸이 안녕하면
마음도 안녕하다

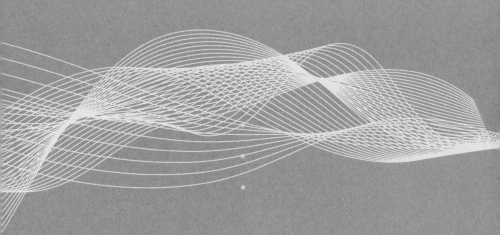

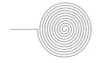

우리가 살고 있는
사회는 건강한가?

풍요롭다고, 오래 산다고 축복인가요?

우리는 흔히 건강한지에 대한 질문에 주관적인 또는 주변인과의 상대적인 비교에 의한 답을 한다. 그래서 늘 따르는 것은 세계보건기구(WHO)의 건강에 대한 정의이다. "건강이란 단지 질병이 없거나 허약하지 않을 뿐만 아니라 육체적, 정신적, 사회적 건강이 완전한 상태를 말한다." 이는 주로 개인에 적용시켜 생각하지만 이를 사회에 적용시켜 보면 우리 사회가 건강한지에 대한 답을 유추할 수 있을 것이다. 과연 우리가 살고 있는 지금의 현실은 국가에서 개인에 이르기까지 건강한 상태일까? 물론 바라보는 관점에 따라서 다양한 대답이 나올 수 있을 것이다. 의학기술이 발전하고, 물질적 생활이 풍요롭고 이른바 4차 산업이라고 하는 예전의 '공상 속의 세상'이 현실이 된 지금, 과연 우리는 만족할 수 있는가?

각 가정에는 많은 가전기기들이 우리의 생활을 편리하게 하며, 어디서나 버튼 하나로도 집안의 가전제품 등을 마음대로 조정하여 집안일들을 기계들이 알아서 해주는 편리한 홈오토메이션 시대인 것이다. 자율주행의 시대가 다가오고, 수없이 많은 매체에서 우리의 건강과 노화방지를 위한 정보를 주고 서비스를 제공하고 있다. 눈만 뜨면 놀랄만한 양질의 제품들이 쏟아져 나오는 물질 혁명의 시대를 살고 있다.

신체적 건강을 위한 우리의 생활습관과 영양섭취를 위한 건강식품들, 그리고 체력을 키우기 위한 많은 운동방법 등이 앞다투어 제공되며 가까운 과거 조선시대 40여 살이었던 평균수명은 이제는 100세 이상을 넘어야 하는 것으로 인식될 만큼 늘어나고 있다. 의학기술이 발전되어 많은 질병이 관리되고 있고 우리나라의 경우에도 평균수명이 83.6(OECD 보건통계, 2023)세에 이르렀을 뿐 아니라, 각종 매체를 통해 100세를 넘는 분들도 건강하게 생활을 영위하는 모습을 보여주는 요즈음이다. 2025년이면 초고령 사회를 맞이할 우리에게, 이제 과거 노인이라 칭하던 65세는 '어린아이'가 되었다. 실제 80대의 분들도 경로당에 가면 막내로 심부름을 하신다는 말씀을 듣고 현실로 다가온 노령사회를 실감할 수 있었다. 그러나 2019년 시작된 코로나-19는 '포스트 코로나 시대'라는 용어를 만들 정도로 우리 사회에 한 획을 그었고, 이는 많은 분들이 다시 또 올 수도 있는 감염병에 대한 우려를 하게 한다. 이미 신종플루, 사스, 조류독감 등의 많은 감염병을 경험했고 이들 바이러스가 언제든 변종으로 나타나 우리를 다시 습격할 수 있다고 생각하게 되었다. 당뇨나 고혈압, 우리나라 사망원인 제1위인 암 등 생활 습관병이라 알려진 만성 질환은 각 개인의 건강을 위협하고 있기에 이를 염려하는, 또는 실제로 질환을 앓고 있는 사람이 많이 있다. 이로 인한 건강 염려증, 스트레스, 나아가서는 우울증 등의 정신적 부담 또한 커지고 있다.

지구는 아프다고 매일 뉴스를 통해 보도되며, 중금속 등에 오염된 모습과 기후변화로 인한 전례 없던 홍수나 태풍, 지진으로 인한 고통을 받고 있는 사람들의 이야기를 들려주고 있다. 이 또한 우리의 마음을 우울하게 만드는 게 사실이다.

건강하지 못한 사회에서 어떤 일이 벌어지고 있는가?

그러나 요즘 이보다 심각한 상황이 사회의 사건 사고로 인해 많이 알려지고 있다. 남을 생각하지 않는 나만이 중요한 사람들, 가족을 살해하는 사람들, 나의 조그만 불편을 참을 수 없어 싸울 수밖에 없는 사람들, 일명 '묻지 마 범죄'라는 불특정 다수인에 대한 울분에서 나온 범죄들, 심지어는 청소년들의 성인을 모방한, 그러나 그 이상의 행동에도 전혀 부끄러움이나 잘못을 모르는 범죄들…. 일일이 나열할 수 없는 많은 일들이 벌어지고 있는 씁쓸하고 안타까운 현실이다. 또한 '건강한 신체에 건강한 정신이 깃든다'고 했던가? 신체 건강과 더불어 정신건강 문제로 나도 모르게 아프고 시들어 가는 마음의 병, 우울증을 앓고 있는 사람이 너무도 많다. 우리는 '외모도 뛰어나고 재력도 있는 연예인이 우울증을 앓다가 스스로 극단적인 선택을 했다'는 이야기를 너무도 많이 듣고 있다.

힘들게 하루하루를 버티며 살아가는 사람도 많기에, 다른 사람보다 부족함에도 열심히 살아갈 수밖에 없기에, 때로는 가족이나 누구를 위해서 살아가야 하기에… 등등 살아야 할 이유를 찾는다는 말을 많이 들어봤을 것이다. 이런 경우 더구나 이해할 수 없는 우울증은 하나의 사치라고 생각할 수 있을 것이다. 그러나 우울감을 넘어선 우울증은 내가 어쩔 수 없는 질병임을 알고 있는가? 요즘은 아이들도 자폐스펙트럼과 ADHD, 틱 장애 등의 행동장애 뿐 아니라 정서적인 문제인 우울증을 비롯한 분리불안장애, 양극성장애, 공포증, 강박장애, 과잉불안장애 등으로 소아정신과가 한 해의 예약이 꽉 찰 정도로 환자가 급증하는 추세이다. 2023년 4월 건강보험심사평가원의 빅 데이터에 의하면 진료과목별 가장 많이 늘어난 곳은 정신의학과로 2013년도의 배 가까이 증가했다고 한다. 출산율 저하로 아이에 대한 관심이 급증하고 한 자녀로 구성된 핵가족의 영향도 있을 수 있겠지만 이제는 마냥 천진스럽고 건강한 아이들을 보기 어려운 시대가 된 것이다. 평균수명이 길어진 노인의 경우 길어진 수명만큼의 심신 건강을 구축할 수 있는 준비가 안 되어 노인의 빈곤율이 OECD국가 중 최악수준이며, 자살률 또한 압도적 1위로 세계 최고라는 오명을 가지고 있다.

심신의 문제뿐만 아니라 여러 가지 환경의 문제, 급격한 변화와 경쟁, 사회적 압박 등에 의한 다양한 스트레스와, 사용하기에 적절함을 넘어 마음을 조급하게 만드는 과부하된 정보의 물결 속에서 나 자신을 알아갈 기회를 잃고 남과의 지나친 비교로 인해 마음의 병을 앓고 있다. 이로 인해 누적된 스트레스, 우울, 불안감 등으로 인해 매스컴을 장식하는 다양한 사건 사고들이 넘쳐나고 있다고 생각된다.

신체적 건강과 더불어 유지되어야 할 정신적 건강을 위해서는 정서적으로 안정이 되어야 하며, 나름대로의 해소 가능한 스트레스 관리와 무엇보다도 나 자신을 알고 행동할 수 있는 자아관리가 중요하다 할 수 있다.

몸과 마음이 모두
아픈 사람들

아픈 몸 따라 아픈, 마음의 병 우울증

우리나라는 세계에서 유례없이 노년 인구가 가파르게 증가하고 있고, 이에 따라 만성퇴행성 질환의 유병률 또한 증가하고 있다. 생활의 풍요로움과 편리함이 더해지면서 이제는 나이가 들어서 이환되는 것이 아니라 식생활이나 운동습관 등과 관련된 '생활 습관병'이라고 불리는 각종 만성질환이 남녀노소 누구에게나 찾아오고 있다. 노년층은 물론이고 어린이와 젊은이에 이르기까지, 심지어는 우리가 가족처럼 여기는 개와 고양이 등의 반려동물에 이르기까지 비만을 비롯해 암, 고혈압, 당뇨, 백내장, 알레르기 질환 등 각종 만성질환에 시달리며 살고 있는 현실이다.

또한 우리가 겪었던 코로나-19를 비롯한 많은 감염병들은 우리에게 끝나지 않을 듯한 불안감을 주었고 인간의 한계를 느끼게 했다. 개발된 첨단 진단기술 및 치료 장비들로 인해 의학이 발달되어 이제는 많은 병들이 정복되었지만, 무수한 사람들이 아직도 병마와 싸우고 있고, 죽어가고 있으며 약의 효능 이면의 많은 부작용으로 고생하고 있다. 우리 모두는 신체적으로도 정신적으로도 누구나 아픔 속에 있는 것이다. 우리는 각자의 기질을 가지고 있어 표현하는 방식과 정도가 다르다. 어떤 사람은 아파도 참고 표현을 하지 않고, 어떤 사람은 작은 아픔도 조금도 참지 못하고 크게 표현을 한다. 하지만 분명한 것은 우리 모두는 아픔을 가지고 살아가는 존재들이라는 것이다. 때로는 너무나 아파서 생을 달리하는 사람도 이따금 등장한다. 남에게 웃음을 주던 유명 개그우먼은 평소에 앓던 질환으로 생을 달리하는 안타까운 선택을 하여 신체적인 아픔이 정신을 이길 수 없는 경우도 있다는 사례를 남기기도 하였다. 아마도 신체적 아픔과 함께 내부에 스며든 우울증도 함께 작용했으리라 생각된다는 기사를 접했다. 그렇다. 몸의 아픔은 마음을 함께 병들게 하는 것이다.

몸뿐만 아니라 마음이 아픈 사람들, 그렇기에 불가에서는 인생을 '고해의 바다'라고 표현한다. 인생의 생로병사를 논하며 인생은 물거품이라고 했기에 나이가 들어갈수록 마음 다스림의 중요성을 인식하게 된다.

우리나라 사람의 평균수명은 83.6세이지만 건강한 삶을 살 수 있는 건강수명은 73.1세라는 통계가 있다. 이는 10여년은 골골하면서 병원을 오가며 산다는 이야기이다. 그 간의 삶의 질은 어떨까? 경제적 부담과 아픔의 고통과 끝없는 절망 속에서 결국은 자살을 선택해 뉴스를 통해 전해진 많은 죽음들이 있다. 우리나라의 자살률은 OECD 국가 중 17년간 1위를 차지하고, 2001년부터 2011년까지 10년간 100% 증가한, 자살률이 비정상적으로 높은 국가라고 한다. 문제는 10대에서 30대 젊은이들의 자살이 우리나라 사람 사인 통계에서 1위를 차지하며 더구나 점차 증가한다는 것이다. 또한 노인의 자살률도 세계 제1위이다. 자살의 원인은 명확하지는 않으나 2022년 기준 정부의 통계에 의하면 정신적인 문제(39.8%), 경제생활 문제(24.2%), 육체적 질병 문제(17.7%)로 되어있다. 정신적인 문제로는 우울증을 들 수 있다. 초기에 발견되면 감기처럼 지나갈 수도 있는 우울증은 우리의 '정신질환이 기록으로 남게 되면 정상적인 사회생활을 할 수 없다'라는 사회적 장애에 대한 편견으로 치료되지 못하고 있는 실정이다. 우울증의 치료는 2020년 기준, 미국은 66.3%임에 비해 우리나라는 월등히 낮은 7.6% 정도로 의료기관방문이나 심리치료 등의 치료가 제대로 이루어지지 않고 있다. 인구감소가 문제 되는 우리나라의 입장에서 특히 젊은이들의 자살 문제와 노년기의 높은 자살률은 심각한 문제로, 심도 있는 논의와 더불어 국민적 자각과 사회적 정화가 필요하다 생각된다.

치유는 나의 몫, 다름을 인정하자

나의 몸과 마음은 누가 다스릴 수 있을까를 생각해 보자. 정답은 결국 자신이 될 수밖에 없다. 아픔을 느끼고 다스리고 회복시킬 수 있는 사람도 결국은 자신인 것이다. 그렇다면 우리가 할 수 있는 일은 무엇일까? 나를 바로 알고, 나는 나임을 인정하고, 언제 아픈지, 언제 기쁜지 자신의 몸의 소리에 귀 기울임이 필요하다. 소통강사 김창옥님의 "여기까지 잘 왔다"의 말속에는 인생의 모든 감정이 다 들어가 있다고 생각되어 강의를 들으면서 모두 자신에게 많은 대화를 하면서 함께 울먹이는 모습을 보았다. 요즘 강의는 '자신을 있는 그대로 보라'는 내용에 많은 사람들이 공감한다. 아플 때는 아픈 자신을 빨리 발견하고 빠른 치료와 더불어 자신을 위로하고, 잘할 때는 크게 칭찬하고, 억울하거나 힘들 때는 소리 내어 울기도 하면서 내면의 자신을 발산해야 아픔이 쌓이지 않을 것이다. 그래도 해소되지 않고 우울감이 계속된다면 전문 의료기관을 방문하는 것을 두려워하지 말아야 한다. 우리의 상처는 우리가 모르는 내면의 문제일 수도 있기에 근본적인 문제를 직시하고 맞서 해결해야 하기에 심리전문 상담이 필요할 수도 있다.

우리는 살아가면서 같은 한 가지 사실을 가지고도 서로 다르게 느끼고 지적하며 살아가고 있다. 오래전에 우연히 뷰티세미나에 갔다가 헤어모델이 되어 머리를 평소와 다르게 짧게 커트를 당한 적(?)이 있었다. 그에 대한 상반된 반응, "너무 잘 어울리는데 앞으로 이렇게 하고 다녀요."와 "어머, 머리가 왜 그래요? 앞으로는 이렇게 짧게 하지 마세요." 평소에 하지 않던 파격적인 같은 머리 스타일로 두 방향의 조언을 들으면서 깨달은 바는 '나는 변하지 않는 나일 뿐인데'였다. 각자의 잣대로 생각하고 자신의 생각을 그대로 말하는 사회. 이런 경우 다른 사람의 이야기에 일희일비한다면 변함없는 사실 속에서 자신이 흔들리고 갈등을 느낄 수 있을 것이다. 그 이후로 '나는 나야' 라로 생각하면서 '산은 산이요, 물은 물이다'라는 성철 스님 말씀의 의미를 되새기며 남의 말에 치우치지 않으려고 노력 중이다. 산이 산임을 알기까지, 내가 누구인지를 알기까지 우리는 무엇을 해야 할까?

끝없이 밀려오는 주변의 스트레스, 사건 사고, 주변인들의 죽음, 병마와 경제적 어려움으로 인한 고통들…. 괴로움과 슬픔과 아픔 속에서 자신을 꿋꿋하게 지킬 수 있는 방법은 자신을 알아야 한다는 것이다. '내 안엔 내가 너무도 많아…' 유행가 가사 중의 일부이지만, 자주 되뇌는 말이기도 하다. 자신도 모르는 수많은 자신이 우리 안에 살고 있기에 우리는 갈등하고 고민하면서 방향을 못 잡고 있는지 모르겠다. 나부터 내 모습 그대로 인정해 주자. 내가 아프다면 아픔을 인정하는 것이 바로 출발점이 될 것이다.

교육의 방향도 조금은 달라졌으면 하는 마음이다. 부모님이 일하시느라 바쁘게 지내신 분들의 많은 자녀들은 "늘 엄마가 안 계셔서 외로웠다"라는 말을 한다. 그러나 그와 반대로 엄마가 전업주부

24

였던 자녀들은 "엄마의 잔소리가 너무 싫었다."라는 말을 한다. 자신이 걸어오지 않은 길에 대한 아쉬움이라고 할까? 누구나 자신과 남을 비교하기에 일어난 일이라고도 생각한다. "나는 엄마가 바빠서 독립적으로 내가 알아서 다 할 수 있어서 좋았어.", "나는 엄마가 집에 계셔서 잔소리는 좀 하시지만 언제나 따뜻하고 안정감을 느꼈어."라고 말할 수 있는 맘의 여유가 생길 수 있게 교육이 된 사회였으면 얼마나 좋았을까 싶은 생각이 든다.

모 드라마에서 심금을 울리는 대화가 있었다. "너도 아프냐, 나도 아프다." 이것은 네가 아파서 나도 아프다는 남녀의 대화로 현대인의 부족한 공감능력을 채워주는 따뜻한 말이기도 했다. 하지만 현실 상황에서 이런 말을 했을 때 "너만 아프냐, 나는 더 아프다."라고 하면서 나는 너보다 더 아프니 이야기하지 말라는 말로 쓰이는 경우가 많다. 상대방의 아픔보다는 나 자신만을 먼저 생각할 수밖에 없는 현대인들의 냉혹한 현실의 반영이라 생각되어 씁쓸한 적이 있었다.

"라떼는…"이라는 말을 하면 꼰대가 되는 세상에 살고 있다. 물질적인 풍요로움과 '돈이면 무엇이든 못할 것이 없다'는 우리들이 쉽게 하는 말들이 있다. 돈이 있다면 우리는 과연 행복할까를 생각하면서 '라떼'의 어려웠던 시절을 꺼내 다시 한번 생각해 보고 싶다. 꿈이 있던 시절 누구나 공부를 하면 또는 열심히 살면 원하는 것을 할 수 있었기에 새벽에 학원을 다니고, 남산도서관의 긴 줄도 마다하지 않던 시절이 있었다. 무거운 도시락을 2개씩 싸 가지고 다녀도 힘든지 모르고, 부모님들도 아이들의 미래를 위한 공부를 시키기 위해 생업 전선에서 자신의 몸이 부서지는지도 모르고 열심히 살던 시절이었다. 이 모든 것이 경제적 풍요로움 속에서 잘 살기를 바라는 염원이었다. 지금 경제적인 부를 이루고 세계의 어떤 나라보다도 물질적 풍요로움을 누리는 우리는 과연 행복한가를 생각해 본다. 우리는 무엇을 위해서, 누구를 위해서 오늘을 살고 달려가고 있는지 생각해 본다.

혹시 나보다는 남의 이목에 초점을 두고 살고 있지 않은지, 나의 꿈과는 전혀 다른 일명 '착한아이 증후군'에 빠져서 살고 있지는 않은지 살펴볼 일이다.

누군가는 신체적 아픔뿐만 아니라 정신적 아픔과 슬픔, 마음의 고통이 인생의 긴 여정에서의 선택이 아닌 필수요소라고 하였는데, 이에 동감한다. 이런 어려운 상황 속에서 상처받고 아픈 우리들이 살아갈 수 있는 힘, 그것은 우선 자신을 알고, 있는 그대로의 자신의 모습을 받아들이는 것이 아닐까? 타고난 나의 유전적 소인과 일상의 생활 모습과 습관들을 거울을 보듯 들여다보고 새로운 나를 만들기 위해 하루하루 노력하는 것이다. 아프고 상처받은 다른 사람의 모습 역시 인정하고 위로하면서 함께 살아가는 세상을 만들어야 하겠다. 우리는 모두 아픈 상처를 가진 나약한 존재들이기에….

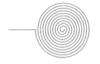

환경오염과 중금속, 우리 몸까지 침투한다

지구도 우리랑 같이 아파요

우리는 요즘 "지구가 아파요"라는 말을 많이 듣고 있다. 인간인 우리 모두가 아프듯 지구도 하늘, 땅, 바다 모두가 몸살을 앓고 있는 것이다. 사람이 자연치유력이 있듯이 자연도 자정작용으로 자신을 정화시키는 힘이 있다. 그러나 자신이 가진 힘을 넘어서면 고무줄의 탄성이 제자리로 돌아오지 않고 늘어져 버리거나 끊어져 버리는 것과 같이, 한계를 넘어 다시 돌아올 수 없는 지구가 되어버리게 된다. 2023년 5월 31일 국제연구 네트워크 '지구위원회'의 연구에 따르면 지구는 거의 모든 영역에서 위험수준에 다다랐다는 발표를 했는데, 이는 인간이라면 중증의 아픔을 겪고 있다고 할 수 있다.

이러한 지구의 아픔은 우리 인간에게 바로 직접적으로 전달된다. 아침에 창문을 열었을 때 앞을 볼 수 없을 정도의 스모그, 강렬한 햇빛 속에서 아지랑이처럼 피어오르는 열기와 함께 영향을 주는 오존이나 산화질소와 같은 광화학적 산화물은 목이 따갑고 숨쉬기 힘든 경험을 준다. 수백 마리의 고래가 떼죽음을 당했다는 호주의 킹 아일랜드의 기사와, 가깝게는 2007년 12월 우리나라 태안 앞바다에서의 기름 유출사건으로 기사에 나왔던 기름을 뒤집어 쓴 새의 모습은 십수 년이 지난 현재에도 생생하다. 오염된 땅에서 나온 농작물들은 우리의 몸에 들어와 고스란히 우리가 되어 여러 가지 질병으로 나타나고 있다. 최근에는 우리가 늘 먹는 먹거리 속에도 중금속이 들어있고, 도처에서 우리를 바라보는 위험요소들이 위협하기에, '안 먹는 게 웰빙'이라는 이야기까지 나오고 있다. 현대 인류 문명의 상징인 편리함과 다양함, 그 안에서의 풍요로움은 또 얼마나 자연을 망가뜨리고 있는지, 그로 인한 나쁜 영향은 고스란히 우리에게 되돌아오고 있다. 최근에는 죽어서 떠내려온 물고기의 뱃속에 플라스틱 물품과 비닐류와 같은 쓰레기가 들어있다는 기사를 자주 접하게 된다. 뿐만 아니라 청정바다라고 하는 뉴질랜드에서조차 물고기의 4분의 3에서 미세플라스틱이 발견되고 이를 먹는 바닷새 중 심한 경우 90%가 멸종위기에 처해있다고 발표한 바 있다.

이런 결과는 바로 우리에게도 영향을 줄 수 있다. 한 예로 바다 생물로 만들어진 오메가-3 안에서 미세 플라스틱이 다량 검출되었다고 한다. 오메가-3는 필수 지방산으로 우리가 스스로 만들 수 없기에 반드시 섭취해야 하는 것으로 알려져 많은 사람의 필수 영양제로 되어있다. 그렇지 않아도 먹이사슬에 의한 중금속의 위험이 있고 제조과정에서의 산화로 인해 섭취에 주의해야 한다는 이야기가 많았던 영양소이다. 덧붙여 이제는 미세플라스틱까지 고려해야 하는 시대가 되었으니 먹어서 영양소를 채우는 것과, 유해한 물질을 피해야 하는 딜레마 속에서 살고 있는 것이다. 이 외에도 우리가 버린 폐기물의 문제, 방사선 오염의 문제와 화산이나 홍수, 태풍과 같은 자연재해 등이 있다. 자연재해는 자연스럽게 일어날 수 있는 일이지만, 엘니뇨나 라니냐와 같은 이상기온을 야기하면서 인간에게 무서운 존재로 다가오기에 자연이 우리에게 주는 경고이기도 한 것이다.

아픈 지구는 사고뭉치인가요?

세계인구 6명 중 1명은 환경오염으로 사망한다는 연구 결과가 있다. 2016년 WHO는 세계인구의 92% 이상이 대기오염의 영향을 받으며 이로 인해 한 해 600만 명이 목숨을 잃는다고 보고하였다. 유니세프는 어린이의 경우 60만 명이 대기오염으로 사망한다는 충격적인 보고를 하였다. 역사적으로도 석탄을 많이 때던 영국의 런던스모그와 자동차 연료로 인한 L.A. 스모그를 비롯해 많은 대기오염 사건이 있었다. 대기오염만이 문제가 아니라 수질오염 또한 수없이 많은 사건을 일으켰다. 1945년 일본에서 농업용수의 카드뮴

오염으로 인하여 128명이 사망하였고, 뼈 관련 질환으로 보행 장애나 골연화증, 신장 기능 장애 등의 질환을 앓았다. 이것이 그 유명한 이따이이따이병이며 1952년에도 같은 일본에서 미나마타병이 발생하였다. 미나마타병은 메틸수은에 의한 해수 오염인데 이 역시 47명이 사망하였고, 사지마비, 보행 장애, 시·청각 및 언어장애, 정신이상 및 선천적 신경장애의 증상을 보인 대표적인 환경오염 대사건이었다. 유해 중금속 사건은 1955년 일본에서 비소에 오염된 모리나가 분유로 인하여 12,000명이 중독되고 130명이 사망한 사건이 있었다. 중금속 중 수은은 우리에게 현재도 신체적 건강뿐 아니라 정신적 건강, 특히 신경계 독성이 강해 정신이상이나 신경장애를 일으키기도 한다. 특히 태아나 어린이들은 소량의 중금속에도 심각한 피해를 볼 수 있다. 물과 음식 등의 식품 외에도 장난감, 혹은 태내에서나 모유수유를 통해 노출되므로 소량으로도 심각한 증상을 보일 수 있어 특히 주의하여야 한다. 납의 경우는 칼슘이 들어갈 자리에 대신 들어가 성장발육이 지연되고 신경계에 영향을 미치는 것으로 알려져 있다. 납은 장난감이나 도자기 등의 일상 생활용품에서도 검출될 수 있으며, 정신이상이나 학습장애를 일으키는 것으로 알려져 있다. 더구나 카드뮴과 함께 중독될 경우에는 중증에 달한다고 한다. 중금속의 문제는 우리 일상생활과 가까운 곳에서 언제나 일어나고 있기에 일일이 언급하기조차 어려울 정도로 많이 있다.

특히 요즘 문제가 되는 것은 환경호르몬에 의해 많은 생물들이 여성화된다는 것이다. 환경호르몬 중 대표적인 물질이 다이옥신인데 미국의 세인트루이스 근교인 타임스비치에서 피부 청결제를 만드는 회사에서 맡긴 폐유를 처리업자가 도로에 뿌려 말과 새가 죽는 사건이 있었다. 또한 미국의 러브커넬 운하에서의 폐기물 사건이 있었다. 이는 온갖 환경폐기물로 매립된 땅 위에 세워진 마을에서 기형아나 암 발생이 생긴 사건이었다. 우리나라에서도 농촌에 땅을 사서 유해 폐기물을 산더미처럼 쌓아 놓아 주변 주민이 암이나 기타의 질환에 시달리고 있다는 기사를 본 적이 있을 것이다. 우리나라에서 월남전에 참전한 분들 중 미군에 의해 뿌려진 고엽제로 인한 다이옥신에 노출되어 지금도 후유증으로 고생하는 사람들을 많이 보고 있다. 하늘의 공기, 땅의 토양, 물에도 문제가 되고 우리의 생태계를 위협하고 있다. 이렇게 우리가 나쁜 영향을 준 환경이 다시 되돌아와 우리에게 해를 주는 현실에도 우리는 경제발전이라는 미명하에 여전히 지구를 괴롭히고 있다. 지구의 허파라고 불리는 삼림을 파괴하고, 플라스틱이나 쓰레기를 무단으로 투기하고, 화학약품이나 비료 · 제초제 등으로 땅을 힘들게 하며 지구를 자포자기의 상태로 몰고 갈 것인지 생각해 보아야 할 것이다. 이제 이러한 헤아릴 수 없이 많은 사건들은 남의 이야기가 아닌 나의 이야기가 될 수 있다는 것이 문제임을 자각할 때인 것이다. 우리의 이야기일 뿐 아니라 앞으로의 미래를 살아갈 우리 아이들과 손자 손녀의 이야기인 것이다.

누구에게나 중요한 중금속의 문제, 남녀노소 모두 자유롭지 못하다

자연과 우리의 관계에서 우리 인간이 어찌할 수 없는 범위를 벗어난 많은 문제가 있다. 즉, 수질오염, 대기오염, 온난화의 문제, 태풍이나 화산폭발의 자연재해 및 기타의 환경문제 등이다. 이러한 문제들은 거국적인 정책이 필요하겠지만, 개인적으로 주의함으로써 피하려고 노력을 해도 이미 우리의 심신에 많은 영향을 끼치고 있다.

실제 상담을 하다 보면 심리 요법으로 해결되지 않을 때, 환경오염이나 식품을 통해 우리 몸에 남아있는 중금속의 문제를 간과할 수 없어 차선으로 생각하는 것이 모발 미네랄검사이다. 모발 미네랄검사를 통해 알 수 있는 중금속 및 대사상태(代謝狀態)와 이들 미네랄들 간의 비율은 우리의 신체, 정신적인 측면에서 많은 정보를 준다. 경험상 심리적인 문제가 쉽게 풀리지 않는 경우 검사를 하면, 중금속이나 미네랄의 대사 이상이 발견되고, 이를 해결함으로써 문제점이 개선되는 경우가 많기에 이에 대한 이야기를 하고자 한다. 특히 강조하고 싶은 것은 태아의 문제이다. 출산율이 점점 하향하고 있는 현재의 실정으로 보아도 수적인 태아의 수에 우선하여 건강한 아기의 출생은 매우 중요한 시점이라고 생각되기 때문이다.

임신 중인 엄마는 태내의 아기에게 영양분을 공급하는 과정에서 엄마가 보유하고 있는 유해 중금속 등의 일부를 엄마의 의지와는 상관없이 아기에게 나눠 준다. 엄마가 감당하기에는 어려움이 없는 정도의 미미한 수준이지만 미량의 중금속이라도 몸이 작은 태아가 감당하기에는 힘겨울 수 있는 양이 되는 것이다.

이것은 태아가 출생 후 엄마와 함께 측정한 중금속의 경향이 비슷한 것을 통해서도 알 수 있으며, 특히 유해 중금속 중 일부는 엄마의 수치보다 오히려 높게 나타나며 아기에게는 치명적인 영향을 주는 경우를 볼 수 있다.

유아 시기 또한 장난감이나 놀이시설 등을 통해, 혹은 약물이나 음식물 등을 통해 중금속에 노출이 되면, 아이는 늘 불안에 시달리거나 밤과 낮이 바뀌어 불편을 겪을 수 있다. 학령기에는 문구류나 운동기구 또는 인스턴트식품과 같은 오염원에 노출됨으로 인해 자녀는 집중력이 떨어져 학습장애를 경험할 수도 있다. 최근 통계자료를 보면 ADHD나 자폐스펙트럼을 보이는 아동들이 더욱 많이 증가하고 있고, 그 원인은 다양하지만 대기오염 물질 중 중금속도 한몫한다는 기사를 통해서도 그 심각성을 인지할 수 있다. 성인이 되어서는 중금속은 물론 미네랄의 불균형으로 인한 대사 장애를 일으켜 무기력증이나 불면증 등으로 직장생활에 불편함을 느낄 수 있다. 지속적인 업무 및 복잡한 인간관계와 관련된 스트레스로 또 다른 심신의 질병을 유발할 수도 있다. 또한 알츠하이머 치매가 중금속 중 알루미늄과 관련 있음은 매스컴을 통해 많이 방영되어 전 국민이 알고 있다고 해도 과언이 아니리라 생각된다.

특히 태아의 신체·정신적 건강을 위해서는 우리가 신경을 써서 계획해야 하는 문제가 있다. 남녀가 사랑을 하여 결혼에 이르게 되면 임신의 계획을 세울 수 있다. 그러나 충동적으로 사랑을 나누고 그 결과로 임신을 하는 경우도 현대에는 다반사이다. 그들은 혹시라도 여드름을 치료한 경우 여드름에 복용하는 약으로 인해 태아가 기형으로 출생한다는 것을 알고는 있는지? 풍진이라는 감염병은 어른들에게는 감기처럼 지나가지만 태아에게는 귀가 안 들리고 눈이 안 보이는 등의 치명적인 다양한 질환을 안고 출생하거나 또는 사산에까지 이르도록 만든다는 사실을 예비부부들은 얼마나 알고 있는지? 이와 같은 문제들은 계획된 임신을 하더라도 놓치고 지나가는 경우가 많은 조심스러운 사항들이다. 또한, 임신 전 예비 부모는 자신들의 몸에 축적되어 해로운 영향을 미치고 있는 유해 중금속을 배출시킨 후에 임신하는 것이 바람직하다는 사실을 묵과하는 경우가 많다. 옛날처럼 정화수를 떠놓고 달빛을 받으며 몸과 마음을 정갈하게 한 후 임신을 하는 시대는 아니지만, 최소한 내 미래의 아이들에게는 중금속이나 유해물질로 인한 건강하지 못한 심신을 전달해 주어서는 안 된다고 생각한다. 건강하지 못하게 태어난 아기는 자라는 과정에서 부부 사이에도 영향을 미쳐 이혼하는 가정이 많다는 기사도 있다.

또한 체내의 유해 중금속의 증가는 남녀노소 누구나에게 기초대사량을 떨어뜨려 대사증후군을 일으킨다. 태아부터 노인에 이르기까지 모든 연령층에서 발생할 수 있는 대사증후군은 질병 상태가 아니고 복합적인 대사 이상 상태이다. 이는 다른 질병을 일으킬 수 있는 위험요소가 될 수 있으며, 그로 인한 합병증이 심각한 질병을 발생시킬 수 있다.

그러므로 바람직한 헬스멘탈코칭을 위해서는 모발 미네랄검사 등으로 이상적인 대사의 균형 상태를 체크하고 유지하도록 노력해야 하며 무엇보다도 건강한 생활습관을 유지하도록 관리하는 것이 중요하다.

장과 스트레스
: 정신적인 문제까지 유발한다

장 건강은 우리의 정신건강과도 연관이 있다

현대를 살아가는 우리에게 스트레스는 몸과 마음에 늘 붙어 다닐 수밖에 없다. 여러 가지 복잡하고 많은 일들이 항상 스트레스를 유발하기 때문이다. 심지어는 건강을 위해서는 적당한 스트레스를 받아야 한다는 말이 있을 정도이다. 또한 대상을 가리지 않고 남녀노소 누구에게나 해당되는 말이기도 하다. 2022년 서울시 시민보건지표조사에 따르면 연령대별 스트레스 체감도는 남성 49.0%, 여성 47.8%로 남성이 조금 더 높지만 비슷한 수준이었다. 연령별로도 10대 55.7%, 30대 50.9%, 40대 49.6%, 50대 48.4%, 20대 48.3%, 60대 이상 45.6%의 순서로 다소 차이가 있으나 비슷한 수준이면서 거의 반수에 달하는 사람이 스트레스를 체감한다고 응답을 하였다.

신경을 쓰면서 밥을 먹으면 특히 스트레스를 받은 경우, 소화가 잘 되지 않아 체해서 고생한 경험이 있을 것이다. 또는 아이들이 하기 싫은 일을 할 때 자꾸만 화장실로 가고 실제로 과민성대장증후군과 같은 질환이 걸리기도 한다. 우리의 소화기관 중 식도와 직장에 이르는 소화관 전체를 1억 개 이상의 신경세포가 감싸고 있으며, 아마도 뇌에서 나오는 열 번째 미주신경이 소화기관과 연결되어 있음도 한몫을 할 것이다. 그러나 분명한 것은 정신적인 스트레스 상황에 노출되면 신체적인 문제가 생긴다는 것이다. 스트레스는 DHEA, 즉 성호르몬이나 면역 호르몬을 감소시키고 스트레스 호르몬인 코티솔을 다량 분비한다. 더불어 교감신경 항진에 따라 혈압 상승, 심박 수 증가와 호흡이 빨라지고 체온도 높아지게 된다. 결국 스트레스 상황이 길어지거나 반복되면 만성적인 스트레스로 되어 인체의 면역 기능이 떨어지면서 심뇌혈관 질환 등에 대한 위험이 증가한다.

장은 뇌 다음으로 많은 신경세포가 분포되어 있으므로 '제2의 뇌'로도 불린다. 특히 감정, 식욕, 수면 등을 조절하는 '행복 호르몬'으로 알려진 세로토닌의 95%가 장에서 생산된다. 그러므로 장 건강 상태에 따라 기분과 행동이 달라질 수 있음을 알 수 있다. 세로토닌은 밤에는 숙면을 취할 수 있도록 멜라토닌으로 변한다. 그 외에도 많은 일을 하기에 세로토닌이 결핍되면 우울감과 불안감 등의 정신적 증상이 나타날 수 있다.

또한 장에는 우리의 세포 수 60조 개보다 더 많은 100조 개의 다양한 미생물이 살고 있다. 이는 기능에 따라 유익균, 유해균, 중간균으로 분류된다. 이러한 장내 미생물 생태계가 적절한 비율을 유지하는 것이 가장 이상적이다. 더욱 흥미 있는 것은 중간균은 유해균 또는 유익균이 많아지면 많은 쪽 균의 성질을 가지고 그쪽의 일을 한다는 것이다. 그러므로 유해균이 많은 환경이 되면 중간균은 유해균 쪽으로 가서 기능을 하므로 노폐물과 독소가 더욱 많이 쌓이게 되는 것이다. 그 결과 면역력이 떨어지고 각종 질환에 더욱 노출되기 쉽게 된다. 과거에는 스트레스나 우울증 같은 뇌의 호르몬이 장에 영향을 미친다는 '뇌-장축' 이론이 우세했지만, 최근에는 장과 뇌가 상호 작용을 한다는 '장-뇌축' 이론이 힘을 얻고 있다. 그만큼 장의 중요성이 강조되고 많은 연구가 진행되고 있다.

과학자들은 이 미생물이 육체적 건강뿐 아니라 우울증, 자폐증, 신경 퇴행성 질환을 유발하여 정신적 건강에도 영향을 미칠 수 있다는 근거들을 내놓고 있다.

신경을 쓰며 긴장을 하면 속이 울렁거리는 경험을 한 적이 있을 것이다. 즉, 정신적 스트레스가 신체에 영향을 미침을 알 수 있다. 반대의 경우에 대한 연구결과가 있다. 무균 쥐에게 스트레스에 노출시켰을 때 일반 쥐의 2배가량의 스트레스 호르몬을 분비한 것이다. 즉, 신체적으로 감수성이 높은 무균 쥐의 병에 걸리기 쉬운 신체 상태에서는, 정신적인 면인 스트레스에도 더 많이 노출됨을 알 수 있다. 또한 코크대학의 APC 미생물센터의 연구에 의하면 무균 쥐에게 우울증 환자의 대변을 통해 미생물을 투입하였더니 무균 쥐가 가장 좋아하고 원했던 먹이에 대한 흥미와 쾌감을 잃는 결과를 얻었다. 즉 장내의 미생물이 정신을 좌우한다는 결과이다. 그러므로 우리 몸은 세포보다 많은 미생물이 우리의 몸과 마음을 움직이는 주인 노릇을 하고 있다는 의견에 기울어지고 있다. 장 건강을 지키는 것은 곧 우리의 정신과 마음을 건강하게 할 수 있으며, 건강한 정신으로 인해 우리의 장도 건강할 수 있을 것이다.

태교에서부터 웰 다잉까지 : 장을 지켜라

요즘 TV를 시청하다 보면 "건강의 모든 문제는 장에서부터 비롯된다"라고 하는 히포크라테스와 관련된 PPL을 볼 수 있다. 물론 건강을 유지하기 위해 유산균 섭취의 필요성을 강조하기 위한 광고문구이다. 하지만 심리상담 분야에서는 경험상 장과 헬스멘탈케어가 밀접한 관계를 형성하고 있음을 알기에 공감하게 된다.

한 여성이 평생 낳을 것으로 기대되는 평균 자녀수를 말하는 합계 출산율은 일반적으로 1.0 이상은 되어야 나라의 인구가 유지가 된다고 한다. 그러나 2022년 우리나라의 합계출산율은 0.78로 세계적으로도 매우 낮은 수준이다. 심지어는 '인구절벽'이라는 용어로 표현되면서 나라의 미래가 걱정스런 현실이다. 나라에서는 출산장려 정책을 통해 태어나는 아기들의 수를 늘리기 위한 다방면의 정책을 쓰고 있다. 그러나 태아의 수 못지않게 중요한 것이 신체 · 정신적으로 건강한 아기의 출생이 아닐까 한다.

임산부의 자궁에서 성장하고 있는 태아는 엄마의 탯줄과 연결되어 있으며 출생 전까지 장과 장으로 이어진 통로를 통해 성장에 필요한 모든 것을 공급받으며 성장을 하게 된다.

엄마는 태아에게 성장에 필요한 대부분의 영양소를 공급한다. 그러나 엄마가 화를 내거나 강한 스트레스 상황에 놓이게 되면 엄마의 뇌에서 강력한 혈압상승제 효과가 있는 노르아드레날린(noradrenalin)이라는 신경전달물질이 분비되는데, 이 또한 태아에게 그대로 전달된다.

이 물질은 일종의 호르몬으로, 자연계에 있는 복어나 살모사 다음으로 강한 독성을 갖고 있다고 한다. 스트레스 상황을 경험하는 엄마는 비록 극히 소량의 이러한 물질을 생산해 내지만, 이것이 태반을 통해 양수로 유입되면 그 독성으로 인해 태아가 받는 고통은 이루 말할 수 없이 크다고 한다. 엄마의 뇌는 모성애가 강하여 본능적으로 태아를 보호하기 위해 스스로 진정을 하고 독성을 중화시킨다고 한다. 엄마가 진정이 되면 긍정적인 효능을 발휘하는 베타-엔돌핀(β-endorphin)이나 감동적인 상황을 경험할 때 발생하며 엔돌핀의 효과보다 4000배나 높은 다이돌핀(Didorphin)과 같은 여러 가지의 물질을 만들어 내어 태반을 통해 전달하는 등 엄마가 아기를 보호하고자 하는 기전 때문에 태아는 스트레스 호르몬의 독성으로부터 안전할 수 있다고 한다.

이같이 태아는 엄마의 자궁에서 엄마의 심리나 감정으로 인한 영향을 받으며 생사의 갈림길에 서서 엄청난 고통을 경험하면서 성장한다. 이러한 기억들을 세포에서 기억을 하고 상담을 하다 보면 태아 시절에 받은 스트레스가 성인이 된 후 남아서 정서적 문제를 유발하는 경우도 있다. 심리상담을 진행하는 과정 중, 부정적인 결정요인을 개선하기 위한 목적으로 내담자가 그린 그림 결과물을 통해 과거에 경험했던 당시의 상황을 기억해 내고 자유연상을 통해 재구조화하는 과정이 진행된다. 내담자가 오래전 과거에 경험했던 사건들을 기억해 낸다는 것이 매우 어려운 일이지만, 자유연상을 통해 내담자 스스로가 기억해 내고 자신의 상처를 어루만지며 그로 인해 삶의 질을 높일 수 있도록 진화하는 놀라운 경험을 하였다. 그러므로 태아를 위한 바람직한 태교 프로그램은 헬스멘탈케어의 범위에 필수적으로 포함시켜야 한다고 생각한다. 부모의 입장에서 생각할 때 광범위한 생각과 원대한 꿈을 가지고 큰일을 할 수 있는 인재를 출산한다는 것은 그야말로 '역사적 사명이다'라고 늘 생각해 왔기 때문이다. 태교를 특히 강조했지만, 아이들이 자라나는 각 성장과정의 시기별로 주어지는 자극들은 성격 형성이나 신체적, 정신적 건강에는 매우 중요한 요소임은 아무리 강조해도 지나치지 않을 것이다.

출산 후 엄마는 아기의 다양한 울음소리와 배변하는 행태를 보고, 장의 상태를 읽고 건강을 체크하면서 아기와 의사소통을 한다. 유아기에도 우리는 아이들의 배변 상태를 통해 신체의 건강 상태는 물론 정신적인 건강 상태까지도 체크할 수 있다. 말 못 하는 어린아이가 엄마의 입원으로 엄마와 떨어져 있는 동안에 열병을 앓은 경우를 많이 보아왔다. 이는 마치 자신의 사랑을 표현하지 못하는 사극 드라마에 나오는 '상사병'과도 유사한 듯하다. 마음의 병이 신체로 나타나는 신체화의 현상과 같다 할 수 있겠다. 학령기 어린이로부터 노년기에 이르기까지 여러 가지 신경을 쓰거나 스트레스를 받으면 소화가 안 되면서 복통, 설사를 하거나 배변을 할 수 없는 상태로 나타나는 신체화 증상을 누구나 한 번쯤은 경험했을 것이다.

따라서, '요람에서 무덤까지' 그 누구에게나 스트레스 관리가 필요하며 나아가서는 헬스멘탈케어가 필요한 것이다.

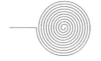

문제는
자기치유력이다

내 몸 안의 썬 파워, 자기치유력 : 누구나 가지고 있다

우리가 흔히 하는 말 중에 '감기는 약을 먹으면 1주일, 안 먹으면 7일'이라는 이야기가 있다. 이것은 약을 먹지 않아도 우리가 자기 스스로 치유할 수 있다는 말인 것이다. 독자들 중에는 항생제로도 죽일 수 없는 슈퍼 박테리아에 대해서 들어보았을 것이다. 우리나라가 경제개발을 하면서 열심히 살던 시절, 들려오던 선진국 이야기들 중에 '독일에서는 감기로 사람들이 죽는대'라는 이야기가 있었는데, 그 당시에는 전혀 이해가 가지 않았다. 그러나 강의시간에 세균(박테리아) 이야기를 하면서, 우리나라도 항생제 내성으로 인해 '정말 감기로 죽네'라고 생각하게 되었다. 실제로 우리나라에서도 2017년

신생아 집단사망사건이 일어났었고, 요즘도 고혈압 치료를 받으러 갔다가 종합병원에서 슈퍼박테리아에 감염된 80대 노인이 사망한 사례가 뉴스에 보도된 일이 있었다. 또한 많은 사람들의 사인으로 밝혀진 급성패혈증 역시 슈퍼박테리아로 인한 것이다.

반면, 우리 몸에는 자기치유력이라는 강력한 힘이 내재되어 있다. 일반적으로 자기치유력이란 외적인 치료가 없이도 스스로 이겨내어 병을 치유하는 힘을 말한다. 흔히 이를 면역력이라 한다. 그러나 자기치유력은 단순히 세균이나 바이러스 등의 미생물을 막아내는 것만이 아니라 호르몬인 내분비계의 작용과 이에 따른 자율신경의 균형, 물질대사의 신체적인 측면뿐 아니라 건전한 정신력까지도 포함하여 작동하여 이루어지는 시스템인 것이다. 우리 몸에는 내적인 환경을 일정하게 유지시키려는 항상성(Homeostasis)이라는 시스템이 작동을 한다. 예를 들면, 모든 병이 시작되기 전 백혈구가 외부세균을 막기 위한 염증반응이 시작되면 열이 난다. 열이 나면 열을 내리기 위해 체온을 조절하는 시상하부에서 말초혈관을 확장시켜 땀이 나도록 하여 열을 내리고, 반대의 경우에는 땀샘을 닫고 근육이 떨리도록 하여 열을 올리도록 조절하는 것이다.

자율신경 또한 우리를 위기 상황에서 생존할 수 있도록 도와준다. 만화영화에서 화났을 때의 표현방법을 보면 머리 뚜껑이 열리면서 물 끓이듯이 덜컹거리는 모습으로 우주까지 날아가는 장면으로 표현함을 보았을 것이다. 화가 나면 교감신경이 작동되면서 부신피질에서 분비되는 스트레스 호르몬이 우리의 몸을 방어하는 것이다. 어느 정도의 시간이 지나면 피드백이라는 되먹임 현상에 의해 교감신경 대신 부교감신경이 작동된다. 만일 계속 교감신경만 작동된다면 우리는 표현대로 먼 우주로 날아가야 할 것이다.

또한 우리에게는 강력한 방어선이 있다. 1차적으로는 피부와 눈, 코, 입 등의 점액에서 작용하며 그 안에는 라이소자임이라는 효소가 들어 있다. 소화기계에서는 위 안의 염산이 강한 산성으로 우리 몸에 세균 등이 들어오지 못하도록 한다. 2차적으로는 예방주사를 맞은 경우(항원), 차후 그 균이 침범 시 막을 수 있는 힘(항체)을 형성하여 병에 걸리지 않게 한다. 그 외에도 피부에는 피부 장벽이, 뇌에는 뇌 장벽이 이물질을 막기 위해 노력하고 있는 것이다. 이렇게 우리 몸은 자연치유와 더불어 자신을 방어하는 방어벽이 있다. 그렇다면 마음의 경우는 어떨까?

마음의 자기치유력, 어떻게 만들어질까?

우리의 몸과 마음속에는 스스로를 치유할 수 있는 의사가 있다고 한다. 항상성이란 비단 몸에만 국한된 것은 아니라고 생각한다. 우리는 마음도 스스로 치유할 수 있어야 한다. 그러나 현실에 있어서는 스스로의 마음을 조절하고 치유할 수 없는 경우가 있기에 많은 사건, 사고들이 생기고, 심지어는 인륜을 무시한 어마무시한 일들과 일면식도 없는 사람에게 해를 가하는 '묻지 마' 범죄가 만연되고 있다. 많은 사람들이 화로 채워져 있는 듯, 누구라도 상황만 맞으면 싸울 듯한 기세를 가지고 살아가는 것 같다. 화가 났을 때 화를 내면 인간관계를 비롯한 사회적 문제를 일으킬 수 있고, 화를 참으면 병이 날 수 있기에 많은 사람들이 화를 다스리는 방법을 제시한다. 숨을 크게 쉬고, 명상이나 요가 등을 하라 또는 그 자리를 회피하고 말하는 법을 상대방이 아닌 나의 감정으로 표현하라 등등….

몸과 마음의 내면에 있는 자기치유력을 끌어내기 위해서는 평정심이 필요하다. 평정심은 좌나 우로 치우치지 않는 마음인데 우리는 매사 흑백논리에 젖어있지 않나 생각된다. 바쁜 사회 구조 속에서 "Yes or No"로 대답하라는 요구를 받을 때가 많고 그렇게 해야만 할 경우 또한 많다. 양쪽을 결정해야 하는 사회, 이유나 설명을 듣지 않는 남의 마음이 관계없는, 과정보다는 결과가 중요한 사회이기에 조급함이 생기기도 한다. 평정심은 이러한 결정력 외에 마음의 평안함이 있을 때 즉, 마음의 여력이라고 생각한다. 우리는 이런 경우 자연을 찾으라는 말을 많이 한다. '햇빛을 쬐고, 맑은 물과 푸른 숲속에서 흙을 밟으며 자신을 생각하고 자연과 대화 하는 평안한 모습, 그것이 우리에게 안정감을 줄 수 있지 않을까?'라는 생각을 해본다.

우리의 몸과 마음에 위해를 주는 요인들이 너무도 많은 사회, 편리함과 풍요로움을 위한 산업화 된 사회의 산물인 자연에 영향을 주는 오염물질과 쓰레기와 산업폐기물 등은 우리의 몸을 병들게 하고 있다.

새로운 4차 산업이라는 물결 속에서 소외되지 않으려고 끊임없이 노력해야하고 새로운 상품이 매일 수없이 탄생하는 경쟁 구도 속에서 생존하려는 몸부림은 우리에게 스트레스 요인으로 다가오기도 한다. 그 빠른 변화의 물결 속에서 따라가기엔 힘겹고, 보고만 있기엔 불안함 또한 우리의 자기치유력을 저하시키는 요인이 될 수도 있다. 그래서 나온 말이 '피할 수 없으면 즐겨라'가 아닐까 한다. 즉 '긍정적이고 적극적으로 생각하라'고 도전해봄을 추천한다.

그러므로 한 번쯤은 자신을 재정비해서 새롭게 리셋을 해야겠다. 나는 누구인가를 알고 기본적인 생활, 진정 원하고 좋아하는 것이 무엇인지 생각해보자. 그렇게 정립된 삶을 조금씩이라도 찾아갈 수 있으면 우리의 자기치유력도 고개를 들고 활동할 거라고 생각한다. 바쁜 생활 속에서도 가끔은 하늘을 보고 나무 밑에 앉아 짧게나마 생각을 멈추고 여유로움을 느껴보자. 기미나 주근깨와 같은 색소침착이라는 미용의 적이 도사리고 있지만, 시간을 내어 단 수십 분만이라도 햇볕을 쬐는 약간의 여유가 필요하다. 햇볕은 생명의 근원이며 우리의 건강을 위한 필수 요소로 우울증과는 직접적인 연관이 있다는 연구 결과가 있고, 행복호르몬이라 불리는 세로토닌의 분비를 촉진한다. 햇볕은 비타민D의 합성을 촉진하여 뼈의 건강뿐 아니라 암 예방과 치유에도 도움을 준다.

낮에는 광합성을 하여 산소를 많이 배출하는 나무와 친하게 지내고, 시간이 있다면 동네의 야산이라도 올라가는 것도 좋겠다. 깊이 숨을 쉬고 걷고, 실내의 공기는 자주 환기시키고 필요하면 공기청정기를 사용할 필요가 있다고 전문가들은 권하고 있다. 마음도 역시 정화시킬 필요가 있으므로 마음을 새롭게 할 수 있는 나만의 정화방법을 찾기를 권한다.

헬스케어와 멘탈케어는 누가 먼저인가?

우리는 몸을 건강하게 하기 위해 걷거나 헬스클럽이나 수영장 등에서 또는 나에게 맞는 운동을 찾아서 한다. '건강한 신체에 건강한 마음이 깃든다'는 말은 작은 병이라도 앓아 보았다면 누구나 알 수 있는 이야기이다.

몸이 아프면 아무것도 하고 싶지 않으며, 할 수도 없다. 육체적인 움직임뿐 아니라 정신적으로도 생각을 도모할 수 없는 것이다. 같은 맥락으로 몸이 아프면 매사 의욕도 없어지고 미래에 대한 꿈도 없어진다.

반면 꿈이 있는 사람은 누가 깨우지 않아도 내 안의 내가 나를 깨우기에 일찍 하루를 연다. 하루의 움직임도 빨라지고 무엇인가에 대한 성취욕도 살아난다. 물론 일반적인 이야기이며 상황에 따른 차이가 있을 수는 있다. 그러나 아플 때와 같은 좋지 않은 상태에서는 특히 몸과 마음은 같은 방향으로 향하는 것이 일반적이다.

건강에 대하여 관심을 갖게 되면서 가장 만족스럽게 생각되는 부분이 바로 늘 건강에 초점을 두고 생각한다는 것이다.

"인생은 'B(Birth)'와 'D(Death)' 사이의 'C(Choice)'가 있다."

이 말은 살아가면서 백배 공감하는 말이다. 우리는 늘 매 순간마다 선택의 갈림길에 서 있기 때문이다. 그리고 그 선택은 시간이 지남에 따라 선택되지 않은 길과는 전혀 다른 곳으로 우리를 데려다 놓는다. 우리는 좋은 선택을 하도록 방향을 잡아야 한다. 몸과 마음은 혼연일체로 누가 먼저일 수 없이 함께 가기 때문이다. 몸과 마음을 건강하게 하려면 우선 자기치유력을 깨워야 한다. 자기치유력은 일종의 우리 몸 안의 시스템으로 작동하게 된다. 우리 몸에 미생물이 침범하면 백혈구들이 이를 막아내기 위해 싸우는 가운데 염증반응이 일어나면서 열을 내게 된다. 이럴 때 몸의 주인인 우리는 백혈구들이 잘 싸워서 이길 수 있도록 쉬어주고 영양을 공급하면서 마음으로 긍정적인 응원을 해야 하는 것이다. 그렇게 하면 열을 내릴 수 있도록 시상하부에서 땀을 나게 하는 등의 명령을 내림으로써 우리의 자기치유력은 작동이 된다. 화가 많이 나면 생체가 살아갈 수 있도록 스트레스 호르몬으로 보호하고, 강한 햇빛 속에서는 멜라닌 색소로 보호한다. 이 모든 시스템은 우리가 건강한 몸을 가졌을 때 작동을 하고, 맑은 정신이 있을 때 잘 감지를 해서 정상적으로 작동할 수 있는 것이다.

그러나 우울증을 앓은 사람의 면역세포는 변형이 일어나 자기의 역할을 제대로 할 수 없으며, 지속적으로 우울증을 앓는 경우 만성 염증으로 인해 체력이 떨어지고 더불어 스트레스 호르몬이 세포막의 변성을 유발하면서 각종 질환에 이환될 수 있다고 한다. 특히 면역능력이 떨어진 노인의 경우 우울증을 가진 경우 면역기능이 더 떨어진다는 연구 결과가 있다. 우리가 겪어본 코로나-19에서도 노인

요양시설이나 중환자실에서의 사망이 많았던 것이 증거일 수도 있다.

그렇다면 자기치유력을 높이려면 어떻게 하여야 할까? 이는 이외로 간단할 수도 너무나도 힘든 이야기일 수도 있다. 왜냐하면 일상생활에서 너무나 기본적이고 원칙적인 일들이기에 간단할 수 있지만, 현재 우리들의 생활패턴이 이미 변형이 된 상태이기에 또한 힘든 일이기도 하기 때문이다. 잘 먹고, 잘 자고, 스트레스 관리를 잘하고, 적절한 운동과 긍정적 마인드는 필수라고 할 수 있지만, 누구에게는 가장 어렵고, 우리에게는 옵션으로 다가올 수도 있는 항목이다. 그러나 기본을 알면 지킬 수 있는 가능성도 생기는 것이 아닐까 기대해 본다. 더불어 정신적인 자기치유력을 높이기 위해서는 자신의 존재를 알고 인정하면서 가끔은 칭찬하고 격려하는 것이 필요하다. 이렇게 함으로써 삶의 의미인 자존감과 꿈을 가지고 생활에 활력을 줄 수 있는 '할 수 있다'는 자신감인 '자기효능감'을 살릴 수 있으리라 생각한다.

다음 장에서는 멘탈케어란 무엇인지, 왜 심리상담에 헬스의 문제가 같이 고려되어야 하는지를 알아보고자 한다. 혼자만이 아닌 다른 사람의 조력이 왜 필요한지와 긍정적인 자기효능감의 중요성에 대해 사례를 들어 살펴보고자 한다.

2장

헬스멘탈코칭이란
무엇인가?

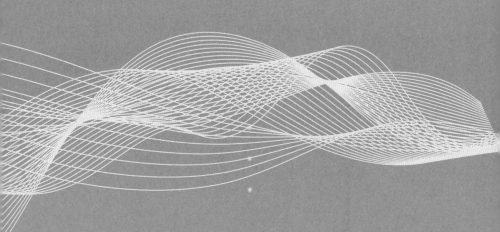

멘탈코칭이란
무엇인가?

멘탈코칭(Mental Coaching)이란?

개인의 신체적 건강에 문제가 발생하면 그 질병의 영향으로 인해 심리적인 압박감과 우울증이 나타나거나, 심한 경우 신경증으로 발전하기도 한다. 또 반대로 우울증이나 신경증은 심리적 또는 감정적 요인을 신체적 증상으로 표현하는 신체화 증상으로 나타나기도 한다.

즉 심리적인 무기력은 신체적인 활동량이 줄어들게 하여 이것이 장기화 되면 신체기능이 퇴화된다. 그로 인해 신진대사에 문제가 발생하게 되고 신체화 증상이 발생하게 되는 것이다.

그러므로 몸과 마음의 문제는 누가 먼저라고 할 것도 없이 같이

오므로, 그 문제에 대한 해결방법 또한 양방향에서 개입하는 멘탈코칭이 효과적이라 할 수 있다.

멘탈코칭은 '멘탈(Mental)'과 '코칭(Coaching)'의 합성어로 스포츠심리학에서 시작된 개념이다. 이는 개인이나 집단구성원에 대한 심신의 안정을 위한 균형을 유지할 수 있도록 지도하는 전문 과정을 의미한다.

멘탈은 '심리적인 상태 또는 정신적 요소가 신체화가 되어가는 과정' 등을 의미하고, '개인의 사고에 의한 행동의 결과' 등을 포함하는 넓은 의미로 사용되며, 특히 심리적인 효과성을 강조하고 있다.

코칭은 '개인이 가지고 있는 능력을 최대한으로 발휘하여, 목표를 설정하여 목표에 다가갈 수 있도록 돕는 것'을 의미하며, 개인이나 집단의 성장과 발전을 위해 점진적으로 발전 가능성을 높여주는 전문적인 지도과정을 말한다.

멘탈코칭은 이러한 두 가지 모두를 결합하여 개인의 심리적인 상태와 신체적인 과정을 고려하면서 멘탈코치의 조력을 받아 스스로 심리적인 잠재력을 깨우는 것이다. 즉, 가능성을 높이고 목표에 도달하기 위한 지속적인 도전과 성장을 이루어 가는 과정을 통해 자신의 심리적 측면을 강화하는 삶을 살아가도록 촉구하는 것을 의미한다.

멘탈코칭은 스포츠심리학에서 파생된 용어이기는 하지만 엄밀히 따져보면 스포츠심리학에 제한되지 않고 다양한 분야에서도 적용이 가능하다.

멘탈코칭은 자기효능감의 수준과 신체적 에너지를 적용하여 개인이나 집단의 심리 상태와 신체적 협응력의 개선을 돕는 심층 심리 상담과 건강관리에 관한 지도의 복합적인 형태이며 심신의 건강증진을 목표로 한다.

상담영역에 있어서 멘탈코칭은?

우리는 복잡한 일이 생기거나 마음이 허전할 때 누군가와 이야기하기를 원한다. 해결까지는 아니더라도 들어만 주어도 자신 속에 있던 해답을 찾은 기억이 누구에게나 있을 것이다. 다른 사람과의 상담은 해답을 원하기보다는 자신의 망설임을 정리하고 나갈 방향을 결정짓는 과정이 아닐까 생각한다.

상담영역은 보통 세 가지 영역으로 나누어 생각할 수 있다. 일반상담과 심리상담 그리고 과거에는 심리치료라고 명명해오던 심층 심리상담으로 분류할 수 있다. 이 중 멘탈코칭은 심층 심리상담 영역에 해당이 된다고 볼 수 있다.

일반상담은 상담자가 내담자의 이야기를 경청해주고, 내담자가 호소하는 문제를 이해하는 것으로부터 시작된다. 라포형성을 통한 친숙함을 통해 신뢰감을 줌으로써, 내담자가 안전하다고 느낄 수 있도록 편안한 환경을 제공해야 한다. 이러한 과정을 통해 내담자 스스로가 자신의 어려움을 받아들이고 자기 발전과 성장을 위해 문제를 해결해 나갈 수 있도록 도와주는 것을 목표로 한다.

심리상담은 일반상담과 같이 내담자와의 신뢰 관계의 형성이 중요하다. 심리검사를 실시하여 그 결과를 바탕으로 인본주의적인 상담기법을 사용하는 비 지시적인 심리상담을 진행하는 것이다. 내담자의 내면의 세계를 이해하는 과정을 포함하여 안전한 환경에서 자신의 심리적인 문제나 현실적 고충을 이해하도록 하여, 내담자 스스로 자기효능감을 이용해 그 문제에서 벗어날 수 있도록 도와주는 것을 목표로 한다.

반면 멘탈코칭이 속한 심층 심리상담은 일반상담과 심리상담에서 해결하지 못하는 수준의 문제에 직면하여 있으며 또한 자기효능감이 낮아 자신의 문제를 스스로 해결하기에 어려움을 느끼는 내담자를 대상으로 하는 통합적인 개입범위의 수준을 말한다. 예를 들면 현실에서 직접적인 어려움을 경험하고 있는 내담자에게 정신분석이론을 배경으로 한 다양한 수준의 심리검사를 진행한 후 그 결과에 의해 상담을 함으로써 심리 증상을 경험하고 있는 내담자에 대한 분별 과정을 거치게 된다.

상담을 하다보면 가볍게는 심리상담으로 자신이 가지고 있던 해답을 상담과정을 통해 정리하고 스스로 답을 찾기도 한다. 이러한 과정을 통해 자기효능감이 발현되어 문제가 해결되는 경우도 있다. 그러나 전문 상담가를 찾아오는 수준에서는 좀 더 심층적인 복잡한 실마리를 꽁꽁 숨기는 경우도 많다. 그런 경우 태아기부터 수유기 또는 배변훈련기를 회상하여 상담하고 분석함으로써 문제가 해결되기도 한다. 그러나 어떤 경우에는 심리적인 상담과 치료과정을 거쳐도 치유되지 않는 경우가 종종 있다. 물론 초기상담 단계에서 이러한 문제점들을 찾아서 미리 대처함으로써 좋은 결과를 얻는 경우도 있다. 그러나 다른 상담기관을 거쳤지만 심리 외적인 문제가 해결되지 않아 궁극적으로는 차도가 없는 내담자를 만나기도 한다. 그런 경우 몸과 마음의 문제가 동반하는 경우가 많으므로 뚜렷한 몸, 마음의 문제가 구별이 되지 않을 수도 있으므로 모발미네랄검사를 권유하기도 한다. 불규칙하고 치우친 식생활을 하는 현대의 우리들에게 많은 경우 영양불균형에 의한 문제가 있으며, 영양 밸런스를 맞춰줌으로써 개선이 되기도 한다. 몸과 마음이 아파 의료기관을 전전하면서 해답을 찾으려 했으나, 결국은 구충제 복용으로 심신의 건강을 해결한 사례도 있다. 신체의 문제해결이 심리문제에 앞서 있어, 신체의 문제를 해결함으로써 심리적인 문제가 해결되었던 사례인 것이다.

이는 전문가를 찾기 전 자신을 돌아보고 심신의 상태를 살펴본다면 스스로가 문제를 해결할 수도 있다는 것을 의미하기도 한다. 또한 우리의 자기치유력이 작동할 수 있는 자기효능감으로 암이나 공황장애와 같은 질환을 극복하는데 도움을 준 사례도 있으며, 선생님 같은 엄마로 너무 꼼꼼히 참견을 하던 엄마가 오히려 규칙적인 생활을 도와주는 조력자로 아들의 조현병을 치유한 사례는 주변의 도움을 받는 것이 매우 중요함을 시사한다. 또한 규칙적인 생활이 치유에 얼마나 도움을 주는지에 대한 사례이기도 하다. 즉, 우리 몸과 마음은 누가 먼저라고 할 것도 없이 늘 동행한다고 생각한다. 몸과 마음은 함께 살피고 귀 기울여야 하며, 심신의 건강을 찾아가기 위한 노력의 방법 즉, 헬스멘탈코칭을 통해 규칙적인 생활을 하는 것은 우리의 심신을 건강하고 튼튼하게 하는 기본이 된다고 할 수 있다.

—

병명은 안 나오지만, 계속 아픈 당신, 문제는 다른 곳에 있었다

약 2년 전의 일이다. 50대 남성 H씨가 건강상의 문제가 확대되어 우울증이 심해서 찾아왔다. 그의 주요한 호소문제는 약간의 복부의 통증으로부터 시작되었다. 그는 거주지 부근의 내과병원을 찾아 진료를 받았으나, 이상소견이 없이 단지 소화불량이라는 진단결과로 위장약 처방을 받았다. 그러나 약을 먹어도 통증은 사라지지 않았고 불안감은 더해 갔다. 이에 1차 의료기관의 소견서를 발급받아 대학병원에서 혈액검사와 위·대장 내시경검사 및 초음파검사를 받았다. 그 결과 담석증이 확인되었으나, 담석의 크기가 작으므로 1년 후에 정기검진을 받고 예후를 보자는 진단을 받고 돌아왔다고 한다.

그러나 그 이후로도 항상 복부에 불쾌감을 동반한 통증이 남아 있고, 설사가 잦으며 만성적인 피로감을 느껴 무기력한 상태로 힘겹게 직장생활을 하다 보니 우울증이 생겼다고 하였다. 1년이 지나 정기검진을 받을 때 담석증은 이상이 없다는 진단결과가 나왔다. 그럼에도 불구하고 그는 계속해서 불편함과 더불어 정신적인 불안감이 지속되었다고 한다.

그때 내담자는 자신의 정신적인 문제인가 싶어서 신경정신과 진료를 받은 결과, 질병불안장애라는 진단을 받았다. 여러 병원을 다니면서 여러 가지 검사를 받았고, 이상이 없다고 했음에도 불구하고 계속적인 증상을 호소하므로 가족들은 H씨의 문제를 '건강염려증 환자'의 꾀병쯤으로 인식하여 그의 아픔에 아무도 동조해 주지 않았고, 이로 인해 가족들이 원망스럽기까지 하였다고 한다.

나는 H씨에게 '가장 불편함을 느끼는 문제'에 대한 질문을 하였다. 그는 이제는 "우울증으로 인해 몸이 무기력하고 만성적인 복통이 늘 있다"라는 대답을 하였다. 병원 검진결과를 통해 신체의 다른 이상은 없으므로 H씨에게 모발미네랄검사를 제안하였다.

관련 기관에 검사를 의뢰한 결과, 중금속에 특별히 노출된 항목은 없었고, 비소의 수준이 안전영역(0.15ppm)에는 포함되어 있었으나 경계수준(0.112ppm)으로 나타났다. 또한 아연과 망간 등 총 5가지의 필수 미네랄이 결핍되어 비소와의 비율에 의한 대사 불균형 상태가 확인되었다. 그 결과를 바탕으로 영양전문가의 도움을 받아 필요한 영양소를 섭취하도록 권유하였다.

더불어 우울증으로 인해 집안에서 누워만 있던 생활 습관을, 가능하면 햇볕이 있는 일조시간에 일정한 시간 동안 산책할 것을 필수과제로 실시하도록 하였다.

또한, 과거 자주 복통을 느끼던 아이에게 구충제를 먹도록 권유한 결과 복통이 사라졌던 임상경험 사례가 생각이 났다. H씨에게 구충제를 복용한 마지막 시기에 대해 질문한 결과, 한 번도 구충을 하지 않았다는 사실을 확인하고 구충제 복용을 제안하였다.

그 결과 한 번의 구충제 복용으로 복부 통증의 약 50%가 감소된 것 같다는 H씨의 진술을 들을 수 있었다. H씨는 그 후 구충제를 한 번 더 복용했고 하루가 지난 후에는 복부에 약간의 불편함만 남아 있으며 우울증도 많이 좋아진 것 같다고 하였다. 그 후 H씨는 평범한 일상으로 돌아갈 수 있어서 상담은 종료되었다.

이 사례의 경우 우울증을 주요 문제로 호소하는 내담자라고 판단을 하여 생물학적인 문제를 좌시하고 심리적인 측면으로만 개입을 했다면, 지금의 사례와 같이 바람직한 멘탈코칭은 이루어지지 않았을 것이라는 생각이 든다.

위 사례자처럼 우리 주변에는 특별한 증상은 없으나, 주관적인 고통과 불안으로 인한 우울증을 호소하는 경우를 많이 보게 된다. 이런 경우 우울증 위주로 초점을 두어 심리적 접근만으로 개입할 경우, 해결되기 어려울 것이다. 모발미네랄검사를 통한 영양대사의 불균형을 잡아주는 미네랄테라피와 기생충의 구충 등의 신체적 접근을 통해 신체적 증상이 없어지게 되었다. 또한 이로 인해 마음의 안정을 얻게 되어 심리적인 우울증도 좋아진 사례이다. 이와 같이 멘탈코칭은 단순히 심리적 접근 뿐 아니라 다각적인 측면에서의 접근이 되어야 한다.

헬스멘탈코칭은 자신의 문제를 잘 파악하는 것을 기초로 한다

자기치유력은 곧 나를 바로 아는 데서 시작한다

나는 내담자를 만나면 심리검사를 진행하기 전에 내담자의 신상이나 증상에 관한 사전정보를 먼저 파악하지 않는다. 그 이유는 내담자에 대한 선입견이 검사결과에 영향을 미치는 것을 우려하기 때문이다. 그러므로 나는 내담자와 만나면 제일 먼저 심리검사를 실행한다.

심리검사 중 그림투사검사는 무의식의 깊은 곳에 저장되어있는 정보를 표면화시키기 위한 홀륭한 도구로 활용되고 있어, 신뢰도와 타당도가 낮고 표준오차가 크다는 단점이 있음에도 불구하고 심리 상담 시 많이 사용되고 있다. 그림투사검사를 통해 심리검사가 끝나면 그 결과물로 내담자의 무의식적인 메시지를 감지하게 된다. 이를 바탕으로 초기상담이 진행되는데 이때 내담자가 호소하는 문제의 핵심을 제대로 파악하지 못하면 첫 단추를 잘못 끼우게 되는 결과를 얻게 된다. 잘못 끼워진 단추는 그다음 단추까지 잘못 끼우게 되어 결국은 모두를 처음부터 다시 끼워야 하는 것처럼 아무리 오랜 시간 동안 공을 들여 멘탈코칭을 진행한다 해도 그 예후는 기대할 수 없게 된다.

초기상담의 어원을 살펴보면 멘탈코칭의 초기상담이 무엇인지 좀 더 쉽게 이해가 될 것이다. 초기(初期)의 '처음 초(初)' 자는 '시작'이라는 뜻을 가진 글자이며 '옷 의(衣)' 자와 '칼 도(刀)' 자가 결합한 모습이다. 즉 우리가 옷을 만들 때 천이나 가죽에 칼질을 시작하는 재단과정을 의미한다.

옷을 재단하기 전에는 반드시 사람의 신체 길이를 정확하게 재서 재단해야 하는데 이것이 바로 심리검사단계인 것이다. 그러나 옷의 치수를 정확하게 측정하지 못한 상태에서 가위로 천을 자른다면 어떤 일이 벌어질까? 절대로 옷은 제대로 만들어질 수 없을 것이다. 일단 맞지 않은 옷은 불편할 것이고, 그나마 큰옷은 불편을 감수하고라도 처음부터 다시 만들 수는 있겠지만, 혹시라도 작게 치수가 재어졌다면 더 이상 어떻게 할 수 없는 실패한 상태가 되어버릴 것이다. 그러므로 멘탈코칭을 진행하는 과정에서 그러한 시행착오를 겪어서는 안 되기 때문에 진단과 초기상담은 다각적인 측면의 전문성을 기초로 매우 신중하고 정확하게 진행되어야 한다. 대부분 내담자는 자기 자신에 대해서 자신이 제일 잘 알고 있다는 생각을 막연하게 하고 있다. 그러나 심리검사 결과를 토대로 질문을 해보면 자기의 생각과 문제행동에 대해서 자신도 '잘 모르겠다'는 대답이 대부분을 차지하였으며, 자신의 성격유형에 대해 정확하게 잘 파악하고 있는 사람도 거의 없다. 그러므로 멘탈코치는 초기상담을 진행하는 동안 내담자 스스로 자신의 성격유형과 특성들을 잘 파악할 수 있도록 조력하는 것이 바람직하다.

'시작이 반이다'라는 이 한마디에는 처음 내딛는 단 한 걸음이지만 그 속에 전체적인 프로세스의 50%까지 도달할 수 있도록 부수적인 힘들이 실린다는 뜻을 내포하고 있다.

이처럼 헬스멘탈코칭은 초기에 내담자 스스로 문제의 핵심을 잘 파악할 수 있도록 충분한 시간을 갖고 의견을 나누어야 한다. 이 과정을 통해 내담자는 자신의 문제해결을 위한 멘탈코칭 프로그램을 신뢰하며 적극적으로 동참할 수 있는 자기효능감을 갖게 되고 이는 자기치유력으로 전환된다. 이처럼 자기효능감과 자기치유력은 실과 바늘같이 늘 붙어 다닌다 해도 과언이 아니다.

긍정적인 마음은 자기효능감과 자기치유력을 높인다

자기치유력이란 '스스로 자신의 병을 치료해서 낫게 할 수 있는 힘'이라고 정의되어 있다. 신체적인 면에서도 우리는 약을 먹지 않더라도 자신의 면역력이나 인체의 생리적인 시스템에 의해 질병으로부터 스스로를 치유할 수 있는 힘이 있다고 한다. 정신적인 측면에서도 우리는 스스로를 치유할 수 있는 능력이 있다고 믿는다. 오랫동안 많은 상담을 하면서 개인별로 정도의 차이는 있지만, 강인한 정신력으로 정신적인 문제를 뛰어넘고, 심지어는 이의 영향으로 신체적인 문제까지도 극복하는 사례를 보았기 때문이다.

"심리상담은 정신적으로 건강한 사람이 받는 것이며, 건강하지 않은 사람은 정신의학과 치료를 받도록 하는 것이 바람직합니다"라고 어떤 심리학자가 TV 방송에 출연해서 했던 말이 있다. 물론 개인의 의견을 반영한 것이지만, 건강한 사람은 심리상담만으로도 스스로 정신의 건강을 찾을 수 있으며, 저마다의 심신에 관한 문제를 스스로 해결할 수 있는 자기치유력(自己治癒力)을 가지고 있다는 의미가 되기 때문이다.

멘탈코칭 입장에서의 자기치유력은 몸에서 비롯되는 것만은 아니다. 자기치유력은 우리 몸이 유지하고 있는 항상성이나 면역력과 같은 생물학적 기전의 도움을 받아 긍정적이고도 무조건적 자기효능감을 통해 이루어지는 것을 의미하고 있다.

인간의 몸과 마음은 우리가 생각하고 있는 것보다 아주 복잡한 메커니즘에 의해 움직여지고 있다. 그러나 질병에 걸렸을 경우 자기치유력을 발휘하는 원동력인 자기효능감은 낫고자 하는 한 가지의 목적을 설정하고 나면 그 외의 조건은 불필요하다. 그러므로 오로지 한 방향으로 자기 스스로에 대한 믿음과 신뢰를 바탕으로 질병에서 벗어나기까지 자기효능감을 포기하지 않고 유지할 수 있도록 도와주는 것이 바로 면역력의 핵심이라고 할 수 있는 항상성이다. 또한 이것이 심리상담의 목표라고 생각한다.

30여년간 멘탈코칭에 대한 임상을 해오던 나는 많은 사례를 통해 말로 설명을 해도 경험이 없는 사람은 믿지 못할 정도의 강력한 치유력에서부터 미약한 정도의 치유력까지 개인별로 차이는 있었지만 자기치유력에 대한 멘탈코칭의 사례를 많이 경험한 바 있다.

여기 강한 긍정적 정신력으로 병을 이겨낸 경우를 두 가지 예시하고자 한다.

한가지 사례는 멘탈코칭을 진행하는 도중에 혈액암 진단을 받은 내담자의 경우이다. 그는 말문을 닫고 한동안 상념에 빠진 상태로 항암치료를 받으며 고통스러운 나날을 보내고 있었다. 불행 중 다행인 것은 그런 상황에서도 멘탈코칭의 끈을 놓지 않았다는 것이다. 나는 절망의 늪에 빠져 매사에 부정적인 반응을 보이는 내담자를 만날 때마다 최선을 다해 '긍정이 가지고 있는 힘'에 대해 강조를 했다. 그러던 중 어느 순간부터인지는 모르겠지만 내담자에게 놀라운 변화가 일어났다. 내담자는 스스로 나을 수 있다는 신념을 갖게 되었고 긍정적인 자기 암시문을 만들어 반복적으로 마음에 새기며 마음속에 숨어있던 자기치유력을 끄집어내게 된 것이었다. 그 결과, 약 6년 동안의 치료과정을 통해 내담자는 혈액암 완치 진단을 받았으며, 그는 항암치료를 받을 때마다 자신의 병이 나을 수 있다는 자기 암시를 하거나, 음악요법을 병행하며 아무 생각 없이 항암

치료를 받을 때 고통스러움이 감소했다고 자신의 경험을 이야기 했다. 그의 병을 이기겠다는 자기효능감 즉, 긍정적인 마음의 변화와 자기 암시가 자기치유력을 끌어올려 병을 극복할 수 있게 한 사례였다.

또 다른 두 번째 사례는 공황장애를 앓던 대학생의 경우로, 강한 정신력으로 자기효능감을 보이며 자기치유력을 이끌어 낸 사례이다. 당시 대학교 3학년이었던 학생으로, 이유 없이 갑자기 찾아온 공황장애로 인해 휴학한 후 1년 넘게 병원치료를 받은 학생이었다. 그는 너무도 괴로운 나머지 삶의 끈을 놓으려고까지 했다고 한다. 상담결과 그의 생각은 괴로움과 불안감으로 부정적인 방향으로 향해 있었다. 나와의 상담과정을 통해 부정적인 자기결정 습관을 과감하게 버리고 6년에 걸쳐 긍정의 자기치유력으로 자신을 옭아매고 있던 증상을 모두 끊어 냈다.

그 후에 심리치료 관련 대학원에서 학업을 마친 그는 현재, 병원에서 심리치료사로 근무를 하며 심리적 고통을 호소하는 환자들에게 자신의 경험을 배경으로 임상을 하고 있다. 이 사례에서는 자기효능감을 높일 수 있도록 독려하는 심리상담이 긍정적 마음, 즉 고칠 수 있다는 자신을 믿는 자기효능감이 일깨워짐으로 자기치유력을 끌어올려 스스로를 건강하게 만든 경우라고 생각된다.

쉽고도 어려운 규칙적인 생활로 자기치유력을 높인다

우리는 누군가의 아픔보다는 자신의 작은 아픔에 더 마음을 쓴다. 그러나 자식의 아픔을 대하는 부모의 마음은 다르다고 생각된다. 교육이란 행동의 변화에 있다고 한다. 우리는 건강을 이야기 할때 규칙적인 생활과 수면을 이야기하며 올바른 식생활과 운동 등 복잡하지 않았던 과거의 생활패턴을 지키라고 한다. 가장 쉬운 이야기이면서 또한 현대인의 생활패턴에 대비해 볼 때 매우 어려운 일이기도 하다. 그러나 어려운 가운데에서도 생활을 건전하게 바꿈으로써 조현병을 이겨낸 사례가 있어 소개하고자 한다.

고등학교 2학년 18살의 내담자는 불암산 자락에 있는 연립주택에서 부모님과 함께 살고 있었다. 내담자는 2년 전부터 갑자기 환청이 들렸고 신경정신과 병원에서 조현병 진단을 받았다. 만일 조현병 증상이 더 심해지면, 그 문제로 인해 대학에 진학하더라도 학우들과 어울려 수업을 받기 어려울 것이라는 생각으로 늘 우울해하며 지내고 있었다. 엄마인 의뢰인(49세)은 수도권 지역의 중학교에서 학년 부장 교사로 재직하고 있었으며, 남편(55세)은 수도권 지역의 고등학교 교감으로 재직 중이었다.

의뢰인은 교직원 직무연수교육을 받던 과정에서 아들의 증상에 대해 동료 교사에게 털어놓았다. 그 이야기를 들은 동료 교사는 지인을 통해 내 연락처를 받아 의뢰인에게 연결해주어 상담요청을 했다고 한다.

처음 내담자를 만난 날 의뢰인 부부는 다소 의심스러운 표정으로, 아들의 증상에 관해 나에게 쉴 새 없이 질문을 퍼 부었으며, 나는 그 부분에 대한 궁금증을 풀어주었다. 의뢰인 부부는 아들의 조현병을 치료하기 위해 여러 곳의 병원에서 진단을 받았는데, 어떤 병원에서는 조현병으로 또 다른 병원에서는 피해망상증이라는 진단을 내렸다고 한다. 서로 다른 진단으로 의사에 대한 신뢰는 낮았으며, 나에 대한 신뢰도 역시 바닥이었던 것 같았다. 조현병 진단을 받은 내담자는 유명한 의사가 있는 병원을 여러 곳 찾아다니며 치료를 받았다. 그 결과, 처음에는 하루에 2~3회 정도 들리던 환청이 병원에서 받은 약을 먹으면 들리지 않게 되었지만 그 대신 잠이 쏟아져서 그럴 때마다 내담자는 방에 들어가서 잠을 자느라 일상생활이 안될 정도로 대부분의 시간을 낭비하고 있다고 했다.

초기상담 과정이 끝날 무렵 나는 의뢰인에게 모발미네랄검사를 제안하였다. 그 자리에서 내담자의 모발을 잘라주어 검사기관에 보낸 결과 중금속의 문제는 발견되지 않았으나, 대사 불균형과 과체중의 문제가 있었다. 관련 전문가의 도움을 받아서 식이요법과 미네랄테라피를 병행하여 실시하기로 하였다.

조현병과 관련된 조증에 대한 멘탈코칭 프로그램으로는 우선 무분별한 생활습관을 일일 계획서 작성을 해서 이행여부를 엄마인 의뢰인에게 매일 싸인을 받아 확인하도록 하였다. 얼마간의 실시 후, 의뢰인은 식이요법 및 미네랄테라피를 병행한 규칙적인 운동과 변화된 내담자의 생활습관으로 인해 조현병의 긍정적인 변화가 있음을 확인하게 되었다.

이후 의뢰인의 조심스러운 개입 관리의 필요성을 인지하여 내담자와 상의해서 조정한 범위 내에서 적극적인 관리가 이루어지도록 하였다. 우리가 일반적으로 건강을 위해서 해야 하는 고전적인 요법이라고 할 수 있는 운동요법, 식이요법, 미네랄테라피, 수면요법이 모두 동원되었다.

취침시간은 밤 10시로 조정해서 수면의 질을 높이기로 하였고, 외출을 꺼리는 내담자를 위해 실내에서 사용할 수 있는 운동기구를 구매해서 매일 사용하도록 코칭하였다. 고전음악 청음을 통해 뇌파를 안정시키고 조울감을 개선시키는 클래식뮤직테라피 프로그램과 양쪽 손가락의 소근육 운동을 통해 관련 증상을 개선하기 위한 다양한 부수적 수준의 플레이테라피 프로그램을 31개월간 실시하였다.

그 결과 내담자의 규칙적인 생활습관이 고착화 되었고, 미네랄테라피가 진행되면서 건강이 회복되는 것이 눈에 띄게 보였다. 이러한 멘탈코칭 프로그램의 적극적인 참여로 인해 건강뿐만 아니라 상황대처 능력을 비롯하여 자존감이 회복되었고, 조현병과 관련된 이상 증상에 대한 조절능력이 생겼다.

이후 내담자는 산업디자인 관련 학과에 진학해서 특별한 문제없이 학업을 이어 나갔으며 관련 자격증 시험에 합격했다는 등의 기분 좋은 소식을 나에게 전해 주었다. 내담자는 병원 진단으로 병역을 면제받았으며 4년이라는 시간이 지나 졸업할 시기가 되어 이제는 남들과 같은 일상을 열심히 살고 있노라는 이야기와 함께 감사의 인사를 전해왔다.

　이와 같이 멘탈코치를 신뢰하지 못하던 내담자와 의뢰인이 마음을 열고 신뢰하는 마음을 갖게 되었고, 엄마인 의뢰인이 자식의 병이 나을 수 있도록 적극적으로 개입을 해 주었기에 가능한 일이었다고 생각한다. 또한 내담자는 자신의 문제를 해결하기 위해서 엄마의 도움을 받아 자발적인 참여를 통해 스스로 긍정적인 마음자세로 임했기에 좋은 결과가 있었다고 생각된다. 이러한 긍정적인, 자기 스스로 좋아질 수 있다는 자기효능감과 규칙적이고 건전한 생활습관이 자기치유력을 극대화시켰기에 가능한 결과였던 것이다. 우리는 누군가가 아플 때 꾸준히 조력자로 도와 줄 준비가 되어있는지, 너무 강한 자신의 주장이 아닌 밥 먹듯이 이루어지는 조용한 도움을 줄 수 있는지 묻고 싶다. 이 경우에는 엄마이기에 가능한 의뢰인의 꾸준함에 박수를 보내고 싶다. 이와 같이 도움을 줄 수 있는 사람이 있으면 도움을 요청하기를 바란다. 그렇지 않더라도 내면의 자신에게 도움을 청하고 자신을 연민하고 사랑하여 자기효능감을 높인다면, 삶에 있어 가장 중요한 건강을 얻을 수 있으리라 확신한다.

———

긍정적인 자기효능감을 통한 헬스멘탈코칭

　신체적이든 정신적인 문제든 헬스멘탈코칭의 궁극적인 목표는 내 스스로가 자기치유력을 되살려서 자기효능감을 갖고 나를 치유하는 것이다. 우리는 몸이 아프면 마음이 약해지고, 마음의 병은 우리의 신체를 병들게 하여 서로가 누가 먼저라고 할 수도 없다고 하였다. 그러나 심리학적 관점에서 보면 한 개인이 성장 과정에서 상처를 받았거나 충격적인 사건이나 사고를 경험한 후 그 충격에서 벗어나지 못하고 힘들어하는 경우 다양한 신경증과 더불어 신체화 증상을 일으킬 수 있다.

불안증이나 특정 공포증 및 무기력증과 강박증 같은 심신에 부정적인 영향을 미치는 증상은 본인을 포함하여 주위의 사람들과 불편한 관계를 맺으며 살아가도록 작용하여 결국에는 파국을 맞이하는 경우가 많다. 따라서 문제를 해결하고 원만한 가정 및 사회생활을 위해서는 효율적인 헬스멘탈코칭 프로그램의 도움을 받는 것이 바람직하다.

이때 필요한 것은 광고의 문구 'I can do it' 즉, '나는 할 수 있다'는 자신감인 자기효능감이라고 생각한다. '모든 것은 자신의 마음먹기 달렸다.'라는 말이 있다. 이러한 기본적인 마음이 상담할 때 시너지 효과를 발휘하는 경우가 많이 있었다.

개인은 자기효능감을 발휘할 때 자신을 괴롭히는 문제를 지혜롭게 해결할 수 있는 능력이 생기는 것이다. 누구나 사람들의 머릿속에는 하나의 제약회사가 자리를 잡고 있다. 그 제약회사에서 만들어내는 약은 '행복'이라는 약과 '불행'이라는 두 종류의 약을 생산하고 있으며 그 약의 효능은 이미 결정이 되어있다.

행복이라는 약은 "긍정적인 결정으로 노력하면 그 결과는 노력한 만큼의 결실로 다가온다는 생각과 그에 따른 행동"을 원료로 사용하고 있다. 불행이라는 약은 "부정적인 결정으로 어차피 노력해도 안 될 것이라는 생각과 시도조차 하지 않는 무책임한 행동"을 그 원료로 사용하고 있다.

어떤 문제에 부딪혀서 힘들어하는 사람에게는 이미 불행이라는 약이 생산되어 그 효과가 나타나 있는 상태이다. 멘탈코치는 그에게 불행에서 벗어나고 싶은 욕구를 자극하여 스스로 행복이라는 약을 생산하기 위해 어떻게 하는 것이 바람직한가를 생각해 보도록 한후, 긍정적인 결정을 내릴 수 있도록 조력해야 하는 과정이다.

그러므로 신체적 증상이나 심리적 증상의 모든 문제를 해결하기 위한 키워드는 '긍정적인 자기효능감'이다. 자기효능감을 통해 긍정적인 결정을 내리고 나면 '행복'이라는 약이 생산된다. 헬스멘탈코칭은 '긍정적인 자기효능감'이라는 원료를 지속적으로 공급할 수 있도록 도와주어 신체화 현상이나 각종 심리, 정신적인 문제로부터 자유롭게 되도록 도와주는 과정인 것이다.

심리상담 아무리 받아도 안되는 당신,
영양밸런스를 맞추어라

　본 장에서는 심리상담을 아무리 받아도 차도가 없던 한 운동선수의 사례를 소개하고자 한다. 그 경기 분야에서는 뛰어난 선수로 인정받던 그에게 번 아웃이 다가온 것이다. 평소의 나와 같지 않은 아무것도 할 수 없는 흔한 말로 '진이 다 빠진 상태'라고 표현할 수 있는 상태가 된 것이다. 인생의 전부라고 생각했던 선수생활을 그만 둘 위기에 처한 주요한 이유는 몸의 생체에너지의 고갈이었다. 심리적인 면의 접근과 더불어 신체적인 접근을 우선적으로 행하여 결국은 국가대표 선발전에서 우승을 하였으며, 경기력이 우수한 운동선수로 다시 거듭날 수 있었던 사례를 소개한다.

번아웃(burnout)에서 벗어나지 못하는 이유는 영양밸런스 때문

어느 날 다부진 체구의 청년 한 명이 상담실로 들어와서 지인의 소개로 상담을 받으러 왔다고 했다. 그 청년은 체육대학교 3학년에 재학 중인 체육장학생이며 원래 자기는 정신력이 강해 아무리 강도 높은 훈련을 받더라도 잘 버텨왔으나, 현재는 번 아웃 상태에 빠져 있다고 했다. 번 아웃 상태로 몸과 마음이 모두 지친 까닭에 국가대표 선발전에도 탈락해서 심신이 모두 소진되었음을 느낀다고 하였다. 그동안 1년이 넘도록 여러 곳의 상담실을 찾아다니며 심리상담을 받았음에도 불구하고 전혀 나아지는 기색이 없었고, 자존감은 바닥에 떨어져 있어서 자포자기하는 심정으로 군대에나 갔다 오자는 생각을 하고 있다고 했다.

과거 2년 전까지만 해도 경기력이 높아 실력을 인정받는 선수였다고 했다. 세계선수권대회나 올림픽에서 금메달을 획득한 선수들과 겨루어 우승할 경우, 세계 최강자라는 의미도 부여가 되는 국내대회에서 국가대표선수와 시합을 해도 4강까지 무난하게 올라가는 전적을 가지고 있었다. 그러나 지금은 한 경기만 치르고 나면 그다음 경기에 사용할 에너지가 없어서 8강에도 겨우겨우 올라간다고 했다. 뿐만 아니라 요즘 들어 그는 시합 전부터 결과에 대한 압박감이 늘 가슴을 짓누르고 있는 만성 스트레스 상태에 있다고 했다. 언제부터인지 모르게 지구력이 점점 떨어지고 있는 것을 느껴서, 심리적으로 위축이 되었다고 한다. 위축된 상태로 경기에 나가면 체력이 너무 빨리 소진되는 것을 느끼면서 경기를 망치게 되어 자괴감에 빠지게 되더라는 자신의 고충을 토로하였다.

이런 상태로 지내다 보니 현재 전공 종목의 운동선수로서의 실적이 좋지 않아 선수 생활을 접고 싶다는 생각이 든다고 하였다. '본인이 가지고 있는 생활스포츠지도사 2급 자격증으로 지금부터라도 PT 트레이너로 취업을 하면 졸업 후에도 먹고 사는 데에는 지장이 없지 않을까?'라는 생각을 하고 있다고 했다.

내담자는 또 한편으로 내가 자신과 같은 종목의 전공자라는 사실을 알고 있으며, '일반 상담가와는 다른 특별한 해결방법이 있지 않을까?'라는 기대감으로 찾아왔다고 했다.

헬스멘탈코칭을 위한 심리검사를 마친 후 초기상담 과정을 통해 이 내담자의 내면에 감춰져 있는 본심을 두드려 보았다. 결과, 내담자의 본심은 바닥에 떨어져 있는 자존감을 회복시켜 다시 경기력을 높이고 싶은 것이었다. 10년이 넘도록 열심히 달려온 주 종목을 포기하기에는 너무 아쉽다는 생각이 들어 매 초간에도 열두 번이 넘도록 갈등하고 있는 상태라고 했다.

내담자는 여기까지 오는 과정에서 여러 곳의 상담센터를 거쳐 왔다. 심리상담 전문가들은 대부분 심리상담기법으로 내담자의 문제를 해결하기 위한 개입을 했으나 지금까지 해결되지 않았다. 이러한 점을 고려하여 일반적인 심리상담기법의 개입이 아닌 통합적인 헬스멘탈코칭 프로그램을 통해 개입하기로 했다.

초기상담 당일 모발미네랄검사의 필요성을 내담자에게 이해시켜 모발을 채취하여 검사기관으로 보낼 것을 권유했다. 또한, 내담자의 눈 밑에 다크서클이 두드러지게 눈에 띄었고, 내담자의 표정이 어두운 것을 확인하여 성인 우울증 검사(Beck Depression Inventory : BDI)를 실시했다. 다행히도 우울증 점수는 평균보다 낮은 18point로 나타나 우울감은 문제가 없는 것으로 확인이 되었다. 따라서 수면의 문제가 의심이 되어, 수면습관에 대한 질문을 한 결과 내담자는 매일 밤 1시~2시까지 인터넷을 보느라고 잠을 늦게 자고 있지만, 그나마 평일 오후 시간에 햇볕이 조사되는 장소에서 규칙적인 운동을 하고 있었다. 수면시간은 다소 모자란 것 같지만 수면의 질은 좋을 것이라는 판단이 들었다. 하지만 잠자리에 드는 시간을 밤 10시로 앞당겨 철저하게 지키도록 코칭을 하였다.

운동의 강도에 대해 질문해 보니 운동선수인지라 일반인이 경험하는 강도보다는 과도하여, 활성산소의 영향을 많이 받고 있다고 판단되어 당분간 운동시간에 가벼운 스트레칭 정도로만 하는 것으로 일정을 정해놓았다. 이후 모발미네랄검사 결과가 나왔고, 결과는 내담자의 영양 밸런스가 불균형 상태에 놓여 있음을 알 수 있었다.

운동선수의 지구력은 미토콘드리아가 원동력이다

사람의 몸은 어찌 보면 핸드폰의 충전지와 같은 기능을 한다. 핸드폰에 내장이 되어있는 충전지에 전자기를 가득 충전해 놓고 사용하다가 거의 방전이 될 즈음 재충전을 해서 사용을 하는 반복된 과정을 필요로 한다. 사람이 필요로 하는 에너지는 세포 속의 미토콘드리아에서 생산됨을 알고 있을 것이다. 그래서 우리는 미토콘드리아를 세포 내 발전소(power plant)라고 부른다. 미토콘드리아가 만들어내는 ATP(adenosine triphosphate)는 에너지의 원천이며, 우리가 먹은 음식을 분해하는 과정에서 생성된다. 만일 미토콘드리아에 문제가 생겨 세포호흡이 비정상적으로 일어나면 신진 대사율이 엄청나게 높아져 열이 나면서, 불필요한 열량의 소비로 금세 마르고 쉽게 지친다. 왜냐하면 필요한 ATP가 만들어지는 대신에 화학에너지가 열로 방출되기 때문이다. 미토콘드리아의 기능은 ATP를 생산하는 것 이외에도 신경계의 신호전달과 세포주기 조절기능 및 세포 성장 기능 등 다양하다.

사람은 미토콘드리아가 만들어 내는 ATP를 원동력으로 삼아 활동을 하다가, 밤이 되면 숙면을 하는 동안 부교감신경이 활동하고 유해한 노폐물을 걸러주며 성장호르몬이 분비되어 몸의 조직을 튼튼하게 다지고, 피로한 근육의 회복과 재생을 돕는다. 이것이 운동 후에는 충분한 휴식과 수면을 취해야 하는 이유이기도 하다.

내담자는 항상성을 유지하지 못해 면역력이 떨어져 있는 상태로 대사 불균형으로 인해 미토콘드리아 생성에 문제가 생겨 세포 호흡이 비정상적으로 이루어졌던 것 같다. 그로 인해 신진대사율이 지나치게 상승하여 체온이 급격하게 오르는 등 불필요한 열량 소비로 쉽게 지쳐 운동선수에게 중요한 지구력에 문제가 있는 상태였다. 운동선수에게 가장 중요한 것은 지구력이라고 할 수도 있다. 그래서 장시간의 훈련은 지구력을 만들기 위한 필수과정이기도 하다.

운동선수의 지구력은 그 선수가 보유하고 있는 미토콘드리아의 개체 수를 얼마나 많이 보유하고 있느냐에 따라 판가름이 난다. 내담자의 경우, 과도한 신체활동으로 인해 만성적으로 스트레스가 쌓여 있었고 이로 인해 쉽게 지치고 번 아웃 상태가 된 것이다.

또한, 모발미네랄검사 결과를 통해 내담자는 장시간 동안 몸에 필요한 영양소를 골고루 섭취하지 않고 단백질 위주의 식단을 선호하였음을 알 수 있었다. 체내의 물질대사과정에 이상이 생김으로써 영양 불균형 상태가 되었다. 또한 이로 인해 항상성을 유지하는데 가장 필요한 길항작용의 균형이 무너져 있다는 것도 알게 되었다.

나는 내담자의 문제에 대한 충분한 설명을 통해 전문가의 도움을 받아 영양 밸런스를 유지하기 위한 미네랄테라피를 제안하여 실시하였다. 더불어 약 8개월 정도의 기간에 걸쳐 여러 종류의 스트레스를 감소시키는 이완요법 프로그램을 병행하여 헬스멘탈코칭을 실시한 결과, 체내 환경을 유지하기 위한 항상성을 되찾게 되었다. 내담자는 자기효능감을 갖게 되었고, 점차 심신의 기능이 회복되어 가는 것과 동시에 자존감도 지구력도 상승하여 운동선수로 복귀를 하게 되었다.

헬스멘탈코칭 과정을 마친 내담자는 한동안 소식이 없다가 어느 날 국가대표 선발전 경기에서 우승을 하였다고 연락을 했다. 가장 먼저 이 기쁜 소식을 전해 드리고 싶었다는 말과 함께 감사하다고 전해왔다. 나는 기쁜 마음으로 진심 어린 축하를 해 주었고, 상담하

는 직업에 대한 보람을 느끼며 뿌듯한 마음이 들었다. 만일 심리상
담의 접근을 심리적인 만성스트레스 쪽에만 초점을 두고 개입을 했
었다면, 번아웃된 그의 체력에 활력과 지구력을 주어 자신감을 회복
하고 우승할 수 있었을까라는 생각을 하며 다시 한번 통합적인 헬스
멘탈코칭의 중요성을 느끼고 상담에 대한 보람을 느꼈던 날이었다.

앞서 헬스멘탈코칭은 전문가의 심층적이며 다각적인 방법에 의
해 이루어지며, 과거의 심리치료라고 했던 심층심리상담 단계라고
하였다. 그러나 2장에서는 심리적 측면과 더불어 신체적인 문제점
을 중점적으로 관리함으로써 심리적인 측면이 치유된 사례를 소개
하였다. 즉 모발미네랄검사를 통해 때로는 중금속일 수도 있지만,
미네랄의 불균형으로 인한 대사불균형의 문제임을 알 수 있었다.
예전에는 학교에서 단체로 실시하던 기생충의 문제도 신체적, 정신
적 질환을 일으킬 수 있음을 다시 생각해 보아야 할 문제이기에 사
례로 전하고 싶었다. 실제로 기생충 중에는 뇌에 영향을 주어 우울
증을 유발하는 경우도 있기 때문이다. 그리고 무엇보다 주변에 대
한 관심과 도움, 남의 일보다는 자신이 중요한 사회에서 자신을 돌
아보고 우리의 기본적인 생활로 돌아가자는 것을 강조하고 싶다.
지면상 많은 예를 쓸 수는 없지만, 이러한 규칙적이고 평범했던 일
상이 자존감을 넘어 자기효능감을 깨워, 자기치유력의 강력한 힘을
발휘하게 하는 원동력임을 우리 모두 알았으면 하는 바람이다. 이
렇게 한다면 우리는 굳이 전문가의 힘을 빌리지 않고도 스스로의 건

강을 돌아보고 스스로 관리할 수 있을 것이다.

하지만, 이미 많이 변화되고 복잡한 현대인들의 삶이기에 쉽지 않을 것이다. 따라서 3장에서는 전문가의 도움으로 좀 더 심층적으로 에니어그램 성격유형검사를 이용하여 분석하고, 이를 바탕으로 한 다양한 도구 및 요법들을 사용하여 몸과 마음의 건강을 되찾은 사람들에 대한 이야기를 소개하고자 한다.

3장

헬스멘탈코칭으로
몸과 맘을
되찾은 사람들

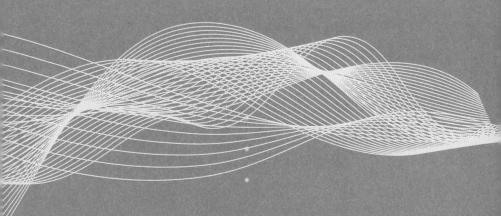

이 장에서는 에니어그램을 통한 헬스멘탈코칭으로 여러 가지 상황으로 인해 고통받던 삶의 굴레에서 힘들어하던 내담자들이 편안한 일상생활로 돌아가게 된 사례를 이야기하고자 한다. 먼저 내담자와 만나면 몇 가지 심리검사를 진행하는데, 그중에서 에니어그램 성격유형 검사는 자기 자신뿐만 아니라 타인을 이해할 수 있는 중요한 성격유형 검사라고 할 수 있겠다.

에니어그램(Enneagram)은 그리스어로 숫자 '9(아홉)'를 뜻하는 '에니어(Ennea)'라는 단어와 '도형'이란 뜻의 '그라모스(grammos)'의 합성어이다.

에니어그램은 고대 중동아시아 지역에서 BC 2,500여 년 전부터 존재해왔던 것으로 보인다. 에니어그램 성격유형 검사는 근대의 심리학자들에 의해 개발된 성격유형 검사 도구와는 다르게 오랜 시간과 다양한 과정을 거쳐 계승 및 발전되어왔다. 에니어그램을 처음 대하는 독자들은 그 내용을 쉽게 이해하기는 어려울 것이겠지만, 개인의 잠재적 지혜가 담겨있는 에니어그램을 통해 자신의 장·단점을 깨닫고 자신의 결점마저 겸허하게 인정할 수 있게 된다면 자신뿐만 아니라 타인 역시 넓은 마음으로 받아들일 수 있게 되어 바람직한 인간관계가 실현될 수 있다. 독자들이 쉽게 이해하기는 어려운 에니어그램이라는 심상지도(心象地圖)의 가치와 의미를 알게 된다면 다른 어떤 인간학이나 심리학보다 귀중한 지혜를 제공해 주므로 전문가의 도움을 받아 에니어그램으로 자신의 성격유형을 알아보기를 권한다. 다만 여기서는 에니어그램 성격유형별 실제 상담사례를 이야기하므로 여러분들의 이해를 돕기 위해 간략하게 도표를 제공하여 안내하도록 하겠다.

에니어그램
성격유형 검사란?

에니어그램의 9가지 성격 유형표

에니어그램 성격유형표 도식:
ⓒ차경수

그림과 같이 에니어그램의 가운데 도식을 자세히 살펴보면 1 ⇨ 4 ⇨ 2 ⇨ 8 ⇨ 5 ⇨ 7 ⇨ 1 / 3 ⇨ 9 ⇨ 6 ⇨ 3 과 같이 화살표가 보일 것이다. 화살표 방향은 분열 방향 즉, 미성숙함을 의미하고, 화살표의 반대 방향은 통합 방향 즉, 성숙함을 나타내는 것이라고 이해를 하면 된다.

좀 더 자세한 이해를 원한다면 전문가의 자문을 구하기를 바란다.

에니어그램 9가지 성격 유형

성격 결정 3요소	힘의 중심	유형	성격유형과 유명인	본문사례
감정	가슴	2	따뜻한 이타주의자	3-2. 엄마 껌딱지 아이와 인정욕구로 아픈 엄마 이야기
			마돈나(가수), 엘비스 프레슬리(가수), 케니G(가수), 엘리자베스 테일러(배우), 지미 카터(미국 39대 대통령)	
		3	성공 지향적인 성취주의자	3-3. 아들 문제가 아니라 엄마 선생님이 더 큰 문제였어요!
			월트 디즈니(만화제작자), 톰 크루즈(배우), 존 F케네디(미국 35대 대통령)	
		4	독특한 창조주의자	3-4. 겁 많은 은둔형! 어이구 덜떨어진 놈!
			조수미(성악가), 최민수(배우), 키츠(시인), 오슨 웰스(배우), 말론 브란도(배우)	

사고	머리	5	전문적인 분석주의자	3-5. 중2 시절 또래 집단의 폭행과 모욕을 당한 겁쟁이 청년의 PTSD증상
			메릴 스트립(배우), 프란츠 카프카(작가), 셜록 홈즈(탐정), 스티븐 호킹(과학자)	
		6	의존적인 안전주의자	3-6. 자해하고 거짓말하는 것이 아이만의 문제일까?
			우디 알렌(배우, 영화감독), 제인폰다(배우, 시민활동가)	
		7	열정적인 낙천주의자	3-7. 틱 증상이 없어졌어요!
			헨리 솔로(시인, 사회비평가), 모차르트(음악가)	
본능	배	8	강력한 권력주의자	3-8. 우리 집엔 대장이 둘!
			피카소(화가), 니체(사상가)	
		9	냉철한 평화주의자	3-9. 겨울잠 자는 웅남이!
			알프레드 히치콕(영화감독), 구스타브 융(심리학자), 클린트 이스트우드(배우)	
		1	도덕적인 완벽주의자	3-1. 나는 아수라 백작!
			버나드 쇼(극작가, 평론가), 찰스 킨스(작가), 마틴 루터(종교개혁가), 사운드 오브 뮤직의 폰 트랍 대령	

에니어그램 유형별 성격의 특징

성격 유형	성숙한 성격의 특성	미성숙한 성격의 특성
1유형	• 대인관계가 좋으며, 즐겁고 유쾌하다. • 의지가 강하며, 믿음직스럽다. • 근면·성실하고 정의감이 강하다.	• 완벽에 대한 집착이 강하다. • 비판적이며, 공격적이다. • 감정을 억누르며, 분노가 쌓여 있다.
2유형	• 대인관계가 좋으며, 이타적이다. • 정이 많으며, 매우 사교적이다. • 예리한 직감력으로 적응력이 뛰어나다.	• 말이 많으며, 사람을 쉽게 믿는다. • 자기주장이 어려우며, 객관적이지 못하다. • 사사로운 감정에 휩쓸리기 쉽다.
3유형	• 낙천적이고, 열정적이며, 자존감이 높다. • 늘 효율적이며, 공적인 희생을 감수한다. • 외교적 수완이 좋고 매력적이다.	• 이기적이며, 일 중독 성향을 보인다. • 허언과 천박한 행동을 한다. • 인간관계를 소홀히 하며, 허풍쟁이가 된다.
4유형	• 평범함을 버리고 독특함을 추구한다. • 신비롭고 매력적인 성품이다. • 상징적인 표현에 능숙하고 독창적이다.	• 자기 우월감에 대한 집착이 강하다. • 현실감이 낮고 늘 새로운 것을 추구한다. • 죽음과 관련된 생각에 빠질 수도 있다.
5유형	• 이해력이 뛰어나며, 통찰 능력이 있다. • 타인의 잘못을 따지거나 비판하지 않는다. • 말과 행동으로 능숙하게 애정표현을 한다.	• 돌발상황과 감정의 동요를 두려워 한다. • 겁이 많아 작은 소음에도 쉽게 놀란다. • 지적인 면만을 고집하기 때문에 행동이 뒤따르지 못한다.
6유형	• 약자의 입장을 잘 공감할 수 있다. • 인정이 많고 주위 사람들을 잘 보살핀다. • 상황의 변화에도 약속을 중요시한다.	• 의심이 많고 자의적 행동을 두려워 한다. • 강자에게 약하며, 약자에게는 가학적이다. • 끝없이 남을 의심하며, 이간질하여 편을 가르고 조직의 응집력을 분열시킨다.

7유형	• 모든 일에 낙관적이며, 밝고 명랑하다. • 호기심이 많고 상상력이 풍부하다. • 항상 즐거운 아이디어와 계획을 세운다.	• 충동적이며 모든 것을 독점하려고 한다. • 자기도취로 광적인 상태에 빠지기 쉽다. • 늘 문제에 맞서지 않고 도피하려고 한다.
8유형	• 헌신적으로 약한 사람들을 보호한다. • 불공평에 대항하여 싸우며, 존경받는다. • 타 집단과의 경쟁에서 지도력을 발휘한다.	• 늘 우두머리의 자리에 앉고 싶어 한다. • 모든 것에 지배권을 행사하려고 한다. • 남들에게 영향받는 것을 싫어하며, 도전하려는 욕구를 나타낸다.
9유형	• 조화로움을 중요하게 생각한다. • 말과 행동은 항상 부드럽고 친절하다. • 주위 사람들에게 안정감과 편안함을 느낄 수 있도록 한다.	• 자신의 의사를 결정하지 못하고 방관한다. • 새로운 지식이나 기술의 습득에 게으르다. • 중요하지 않은 것에 지나치게 몰두한다.

나는
아수라 백작!

예쁘기만 하구만

학교 부적응학생이라는 낙인이 찍힌 내담자(18세, 여고2)를 만나게 된 동기는 미술 교사로 재직 중이며, 생활지도부장직을 맡아 학교 적응 프로그램을 추진하고 있는 제자의 의뢰 때문이었다. 학교 부 적응학생을 위한 학교 적응 프로그램에 반강제적으로 참여하게 된 남학생 5명과 여학생 3명 중에 섞여 있는 눈에 띄는 여학생이었다. 학생들의 프로그램 참여 동기는 교내흡연과 교사지시 불이행이 대 부분이었으며, 내담자는 교사의 지시에 불만을 품고 교권에 반복적 으로 도전하는 불량학생으로 낙인이 찍혀 학교징계위원 회의를 거 쳐서 권고전학 처분을 받았으나 내담자 부모의 간곡한 요청으로 생활지도부장의 책임하에 학교적응프로그램에 참여하게 되었다고 하였다. 학교적응프로그램의 첫 단계로 학생들의 성격유형을 파악하기 위해 에니어그램 성격유형 검사를 전체적으로 실시한 결과, 일반적인 다른 학생들과는 달리 내담자의 성격유형은 긍정적인 1번의 성격유형으로 강력한 윤리적인 혁신가의 자질을 갖추고 있는 것으로 분별이 되었으며, 다른 유형들도 골고루 발달 되어있어서 그 결과지를 통해 나는 내담자에게 장래 희망에 대해 질문을 했는데, 내담자는 조금의 망설임도 없이 자신의 장래 희망은 대통령이 되는 것이라고 대답하였다. 그 순간 한 남학생이 박장대소를 하며 '야! 아수라 백작이 대통령이 되고 싶다는데 말이 되냐?'라고 하면서 내담자를 향해 비웃는 순간에도 내담자는 평정심을 잃지 않고 있었다. 프로그램이 진행되는 과정에 내담자의 어머니(의뢰인)가 간식을 준비해와서 쉬는 시간을 틈타 학생들과 간식을 나눠 먹던 중 내담자는 어머니에게 '그러니까 수술하게 해달라고 했잖아!'라고 큰소리로 화를 냈으며, 그 소리를 들은 의뢰인은 "누가 우리 딸을 놀렸어? 예쁘기만 하구만"하면서 내담자를 달래고 있었다. 휴식시간이 지나고 첫날 진행하는 프로그램 일정을 마친 다음 학교적응프로그램 관련 담당교사들(학생주임, 생활지도부장, 상담교사, 교감)과의 학생평가 시간에는 내담자의 자퇴 의사를 확인할 수 있었으며, 의뢰인은 생활지도부장을 통해 딸의 심층 심리검사를 의뢰하였다는 것을 알았다.

안면 비대칭

학교적응프로그램 전 과정을 모두 끝낸 다음 일정대로 내담자의 심리검사 의뢰를 받은 주소로 찾아갔다. 내담자는 잠을 자다 방금 일어난듯한 모습으로 거실 한편에 앉아있었고 내담자의 어머니는 외출준비를 한듯한 모습으로 다가와서 심리검사 진행순서에 대해 질문을 했다. 나는 내담자와 가족 간의 소통에 문제를 파악하려면 가족들의 성격유형 검사자료가 필요하다는 의견을 피력했지만 내 의견과는 다르게 내담자 개인의 성격유형과 심리상태에 대해서 알고 싶다는 의사를 나타내서 어머니의 의견에 동의하고 내담자를 대상으로 다시 한번 에니어그램 성격유형 검사를 진행한 후에 그 결과를 확인하였으나 처음 검사결과와 같이 긍정적인 1번 유형의 강력한 윤리적인 혁신가로 확인이 되었다. 그림 투사검사에서는 난화검사를 통해 특별히 문제가 될만한 요소는 발견하지 못했으나 채색과 선의 형태에서 질병으로 인한 후유 감정과 우울감이 나타났으며, 인물화에서도 능동적이고 뛰어난 자의식과 함께 우울감이 녹아 있는 표현으로 나타나 있었다.

검사결과를 바탕으로 내담자와 초기상담을 진행하던 과정에서 내담자는 중학교 시기부터 척추측만증을 앓고 있었으며 그로 인한 안면 비대칭이 심해져서 현재에 이르기까지 아수라 백작이라는 별명으로 놀림감이 되고 있다는 사실을 알게 되었다. 그런 상황에도 워낙 긍정적인 성격을 유지하고 있으므로 모두 감당할 수 있었으나 최근에 와서 우울감이 심해졌으며, 한편으로는 히스테리 증상도 나타난다고 하였다. 내담자의 부모님은 언제나 씩씩하게 모든 일을 긍정적으로 풀어가던 딸이 학교에서 아수라 백작이라는 끔찍한 별명으로 놀림을 받고 있었다는 생각을 하면 자다가도 벌떡 일어나 냉수를 마시며 흥분된 마음을 다스릴 때도 있었다고 한다. 하지만 대통령이 되고 싶다는 장래의 희망을 한 번도 놓지 않고 일관적인 딸의 모습에서 오히려 부모가 배울 점이 있더라고 하였다. 나는 내담자의 범상치 않은 성격유형에 대한 설명을 어머니에게 해주었으며, 내담자는 어머니를 통해 지속적인 헬스멘탈코칭을 요청하였다. 나는 내담자가 경험하고 있는 불편한 문제 중의 하나인 우울감을 유발하는 요인을 분별하기 위해 모발미네랄검사를 제안하여 전문기관에 의뢰하였다.

몸과 맘을 바로 세우기 위한 헬스멘탈코칭

전문기관에 의뢰한 내담자의 모발미네랄검사 결과는 유해중금속에 해당하는 알루미늄과 비소 및 바륨의 수치가 안전범위 내에는 있지만, 그 수위가 경계 선상에 있으므로 반드시 관리해야 하는 사항이었으며, 그에 따른 대사의 상태는 칼슘이 마그네슘보다 상대적으로 높음으로 확인되었다. 이런 경우 연조직에 칼슘의 과잉 침착을 일으키는 비정상적인 칼슘대사를 나타낼 수 있으며, 근육통과 근육경련을 비롯한 근골격계 질환에 쉽게 노출될 수 있다. 나트륨이 마그네슘에 비교해 상대적으로 낮음으로 확인되어 부신 기능의 저하가 우려되며, 부신 기능이 저하되면 내담자가 경험하고 있는 우울이나 신경질과도 연관이 있을 수 있으므로 전문가의 도움을 받아 대사의 균형을 유지할 수 있도록 미네랄테라피를 12개월 동안 진행하였다. 또한, 내담자에게 가장 스트레스를 유발하는 요인인 안면 비대칭에 관한 문제를 해결하기 위해서 내담자의 부모는 안면 비대칭교정 수술을 받도록 해 줄 생각을 하고 있었다. 나는 내담자와 다양한 정보수집을 통해 근골격계에 문제가 발생하면 우울증과 밀접한 연관이 있다는 것을 알게 되었으며, 내담자는 우선 척추교정을 충분히 받고 난 후에 안면비대칭 클리닉으로 가는 것이 바람직하다는 판단을 하게 되어 척추교정 전문병원에서 척추측만증에 관한 치료를 받기 시작하였다. 히스테리에 관한 문제는 심리요법으로 개입하기에 앞서 산부인과 진료를 제안하였으며, 우울에 관한 문제는 미네랄테라피와 척추측만증 치료를 통해 적절한 수준으로 개선될 것이라는 예후를 기대했다. 그리고 보다 안정이 요구되는 정서 상태를 유지하기 위해서 우울과 관련된 클래식뮤직테라피와 인티아트테라피 및 플레이테라피 프로그램을 진행하였다.

통합적 헬스멘탈코칭 프로그램 진행 결과

내담자의 모발미네랄검사를 통한 미네랄테라피는 처음 6개월 동안 진행한 뒤 재검사를 받도록 권유하였으며 검사결과를 통해 대사의 균형이 잡혀가는 수준의 변화를 확인하였고, 이후 총 12개월 간 미네랄테라피를 실시하도록 제안하여 대사 균형상태로 인해 몸과 마음의 항상성을 유지할 수 있도록 하였다. 척추교정 전문병원에서 치료를 받은 내담자의 척추측만증이 교정되어감에 따라 안면 비대칭의 수준에도 변화가 생기고 우울감도 거의 감소했다고 하였다.

히스테리 증상과 관련하여 산부인과 진료를 받은 내담자는 자궁냉증 진단을 받아 치료를 받았으며, 자궁 부위에 온열 관리를 하는 과정에서 히스테리 증상이 현저하게 감소하였음을 확인하였다. 우울과 관련해서 진행한 클래식뮤직테라피와 인티아트테라피 및 플레이테라피를 진행하는 과정에서 우울감이 감소가 된 것을 확인할 수 있었으나 그 효과가 미네랄테라피에 의한 것인지 아니면 척추교정치료의 효과인지 또 아니면 다양하게 진행한 심리요법 프로그램의 효과인지는 모르겠지만, 종합적인 소견은 개선의 효과는 충분히 있었다는 것이다. 이러한 과정을 통해 통합적 프로그램을 진행하는 기간은 약 26개월 정도 소요되었다. 그 후로 한동안 근황을 모르고 지내왔으나 얼마 전 내담자는 검정고시를 통해 정치외교학부에 재학 중이라며 안부를 전해왔다.

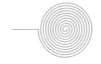

엄마 껌딱지 아이와 인정 욕구로
아픈 엄마 이야기

태교 이상과 수유기 불안정 애착으로 우울증에 빠진 여성

의뢰인은 당시 41세의 직장인으로, 아내의 극단적 선택의 징후를 발견하고 급한 마음에 직장동료에게 고민을 얘기하였으며, 직장동료의 소개로 내게 전화 연락을 해왔다. 상담 일정을 잡아 예정되어있는 날에 내담자의 가정으로 방문을 하였으며, 집 안으로 들어서는 순간 3살 정도의 여자아이를 옆에 끼고 있는 의뢰인의 아내(내담자, 34세)를 보고 그 심각성을 느낄 수 있었다. 눈 밑의 짙은 보랏빛 다크서클과 햇볕을 한동안 못 본 듯한 푸석한 피부, 그리고 무표정한 얼굴과 만사가 귀찮은 듯 느릿한 몸짓이 전형적인 우울증 환자를 연상케 하고 있었다.

선입감으로 편견을 갖지 않기 위해 우선 간단하게 인사를 나누고는 바로 심리검사를 시행하였다. 에니어그램 성격유형 검사결과 내담자는 부정적인 2번의 성격유형과 통합 방향인 4번 유형보다 분열 방향인 8번 유형의 점수가 다소 높게 나와 내담자는 생활의 전반에 부정적이고 불안한 결정으로 소통을 하고 있었으며, 결정장애로 인해 삶의 욕구가 더욱 낮아져 있었다.

의뢰인(남편)은 아내와 같은 2번 유형의 긍정적인 성격이었고, 통합 방향인 4번의 점수가 분열 방향인 8번 유형의 점수보다 다소 높게 나왔으며, 3번 날개를 사용하고 있어서 다행스러운 것은 내담자를 포함한 가족들에게 긍정적인 조력자의 역할을 하고 있었다는 점이다.

이후 내담자에게 '난화 검사(피검자에게 아무런 조건을 제시하지 않고 도화지에 크레파스를 이용하여 선의 형태로 휘갈기거나 긁적거리게 하여 그 결과물을 통해 피검자의 무의식에 잠재된 의미를 발견하는 데 사용하는 아사리 아츠시의 연구에 의한 미술치료 진단기법)'와 '인물화 검사(피검자에게 남녀 각각의 인물을 그리도록 하여 그 결과물을 통해 피검자의 의사소통, 성적 관념, 욕구체계, 좌절 경험, 지적능력 등 투사적 발달평가에 사용하는 구드너프의 연구에 의한 미술치료 진단기법)'를 실시하였다. 검사결과 내담자는 태교 이상(태아기에 어머니가 스트레스를 받거나 부정적 자극으로 인해 충격을 받게 되면 스트레스 호르몬의 발생으로 태아에게 부정적인 영향을 미치게 되고 이에 따른 결과로 아이가 출생 후 성장 과정에서 심리적 영향을 받는 현상)과 생후 1년 동안의 수유기에 어머니의 모유를 제대로 얻어먹지 못하여 성장 과정 중에 나타난 심리적 영향으로 인한 불안정 애착으로 충족되지 못한 애정 욕구가 나타났다. 이와 같은 심리검사의 결과를 살펴보면 출생 전 태내의 환경과 출생 후 성장 과정에서 불가피하게 겪었던 시행착오들이 동기부여가 되어 내담자로 하여금 극단적 선택을 하게 만든 요인이 될 수도 있었을 것이라는 결론을 내렸다.

남편은 남의 편

통합적인 검사 결과를 놓고 내담자와 초기상담을 진행했다. 태교 이상에 관한 부분을 확인하기 위해 내담자에게 질문한 결과 내담자의 어머니가 내담자를 임신하고 있을 때 시집살이를 하며 무서운 시부모님의 눈치를 많이 보았고(2번 유형의 결정요인), 자주 호통을 치시는 시아버지의 목소리에 깜짝깜짝 놀라 마음을 다스리는 일이 많았음을 알 수 있었다(태교 이상). 또한, 내담자의 어머니는 내담자를 낳고 난 한 달 후부터 형편이 어려워 일하러 나가야 했고 일을 다녀오는 동안 내담자는 이모 집에 맡겨졌으며(불안정 애착) 그로 인해 젖배를 많이 곯았음도 알 수 있었다. 이런 내막을 들으니 검사 결과의 타당도를 확인할 수 있었다.

내담자는 초 · 중 · 고 시기에 공부를 잘했음에도 집안 형편이 어렵다는 이유로 부모님이 반대하여 대학에 진학하지 못했으며 취업을 해서 월급을 타면 오빠의 대학등록금과 생활비로 쓰고 정작 자신은 스타킹과 생리대 살 돈이 없어서 불편함을 겪었다고 한다. 그렇게 딸이라는 이유로 싫다는 말 한마디 하지 않고 10년이 넘도록 헌신을 하였지만, 가족들에게 고맙다는 혹은 미안하다는 말 한마디 듣지 못하였고 오빠에게는 지원을 아끼지 않으시던 부모님의 불합리한 편애를 받으며 살았다. 그러다가 늘 자신의 편이 되어주고 자상하며 배려심이 많은 지금의 남편을 만나 행복한 감정을 느끼며 연애를 했고, 삶의 무게에 눌러서 살던 친정집에서 벗어나서 자신을 위해 살고 싶은 생각으로 결혼을 하였다고 한다.

결혼하고 1년 동안은 시부모님과 남편의 사랑을 받으며 행복한 결혼생활을 하였으나 아이가 태어나고 시부모님과 살림을 합친 3년 동안은 어려움이 닥쳤다고 했다. 엄마와 잠시도 떨어지지 않으려 하고 엄마의 그림자만 안 보여도 쉴새 없이 울어대는 딸아이 때문에 남편과 시부모로부터 아이의 버릇을 잘못 들여놨다는 비난을 받게 되면서 무조건 시부모님의 편을 드는 남편이 점점 원망스러워졌다고 했다. 인정의 욕구가 강해 비난받고 살기 싫었던 내담자는 이런 이유로 인해 삶의 끈을 하나둘씩 놓게 되더라고 하였다.

그러던 어느 날, 내담자는 이 상태로 불행하게 살고 싶은 생각이 없어졌고 이젠 모든 것을 그만두고 싶다는 생각이 불현듯 강렬하게 들어 베란다 건조대에 있던 빨랫줄로 올가미를 만들어놓고 삶의 끈을 놓아버리려 시도했다. 그러나 그 순간 아이가 자지러지듯이 울어서 잠시 행동을 멈추고 아이를 달래는 동안 다행히 남편이 귀가하는 바람에 불행을 막을 수 있었다고 했다. 내담자의 남편은 아내가 만들어놓은 올가미를 발견하고 아내에게 확인을 해보았으나 아내는 묵묵부답으로 일관하였고, 이에 위기를 느낀 남편은 출근하는 낮 동안에는 시부모에게 외출하지 말고 아내와 같이 있도록 한 후, 5일 동안 휴가를 내어 아내를 위로하고 설득해서 병원치료와 심리상담 을 병행하게 되었다.

문제의 원인을 파악하는 것이 헬스멘탈코칭의 첫 출발

가정에서 일어나는 대부분의 심리적인 문제는 그 문제를 일으키 는 주요 유발요인을 먼저 파악하는 것이 바람직하다. 그러므로 우 선 내담자의 우울증을 유발하는 심리적인 문제를 파악한 결과, 인정 의 욕구가 강한 2번 유형의 내담자는 자신의 힘든 육아 현실을 외면 당한 채 남편과 시부모님으로부터 늘 엄마 곁에 머물며 떨어지지 않 고 자주 심하게 우는 딸아이의 문제를 해결하지 못한다고 비난받는 상황과 화장실에까지 따라 다니는 분리불안이 심한 딸아이의 문제 를 중심으로 시부모님과의 관계가 불편하게 되었고 그에 대한 연쇄 반응으로 내 편이 아닌 시부모님 편에 서 있는 남편과의 감정대립으 로 이어지는 상황이 매우 불행하게 느껴진다고 하였다. 다음은 남 편의 관점에서 내담자와 감정대립을 유발하는 요인을 파악한 결과, 가정에 헌신적인 아내에 대한 불만은 없으며, 딸아이가 늘 아내를 졸졸 따라다니며 아빠나 조부모에게는 곁을 안 주고, 잠시라도 엄 마 곁에서 떼어놓으려고 하면 자지러지게 울어서 아이가 잠자는 시 간을 제외하고는 아내가 커다란 혹을 하나 달고 다니는 것 같아 안타까운 마음이 크다고 하였다. 시부모와의 상담 결과도 아빠와 마찬가지로 며느리가 안쓰러운 마음에 싫은 소리를 하게 된다고 하였다.

가족 상담을 통해 종합적으로 파악을 한 결과 전체적인 문제를 유발하는 주적은 딸아이의 분리불안으로 인해 발생이 되는 문제가 가장 컸다. 이것 때문에 내담자는 우울증에 빠졌고 무기력해졌다. 그래서 가장 최우선으로 헬스케어를 목적으로 관련 기관에 모발미네랄검사를 의뢰하였고 그 결과를 통해 전문가의 도움을 받아 미네랄테라피를 실시하였다. 헬스멘탈코칭 프로그램으로는 가능하면 매일 딸아이와 함께 낮에 햇볕을 쬐며 1시간 동안 산책하기 등의 운동하는 방법과 우울한 기분을 개선해줄 수 있는 뮤직테라피 프로그램을 실시하였다. 더불어 찰흙이나 폐신문지를 활용한 인티아트테라피 프로그램을 병행하여 가슴에 응어리로 남아 있는 화를 파편화시켜 분출할 수 있도록 하였다.

내담자의 문제를 해결하기 위해서는 분리불안이 심한 3세 여아의 문제에도 개입해야 했다. 이를 위해 딸을 대상으로 그림 투사검사(난화검사)를 실시하였으며, 검사결과 내담자는 임신 6개월 때 아이를 낳고 나면 산후조리 끝나고 바로 부모님의 살림과 합치겠다는 남편의 일방적인 통보에 거절하지 못하고 가슴앓이를 하였다는 내용을 토대로 딸의 태교 이상일 가능성이 높음을 시사하였다. 또한, 딸의 수유기에는 지속적인 스트레스로 인해 모유가 나오지 않아 분유를 거부하며 울던 아기를 방안에 두고 거실에 나와 아기가 울다

지칠 때까지 귀를 막고 앉아 있었다는 이야기를 통해 수유 불충족으로 인한 욕구불만으로 인해 모녀간에 불안정 애착 관계가 형성되었을 것으로 판단되었다.

부모와 함께 하는 심리놀이요법

나는 심리검사와 초기상담을 통해 내담자의 가정에 대한 전반적인 문제를 파악한 결과, 우선 3세 여아의 분리불안을 해결할 방법으로 부수적인 플레이테라피를 제안했다. 이 놀이법이란 퇴근해서 집에 들어온 아빠가 아이와 놀아줄 준비를 마친 상태에서, 엄마가 아이를 숨이 막히도록 일부러 반복해서 세게 끌어안으며 아이를 '거북하게' 만드는 것이다. 이때 엄마는 아이 얼굴에 침을 잔뜩 바르면서 뽀뽀를 하고, 간지럼을 태우면서 아이를 억지로 힘들게 만든다. 그러는 과정에서 아이는 불편함을 느껴 엄마를 밀어내고 아빠에게 다가가면 준비된 아빠는 품을 열고 기다리다가 엄마를 피해 자신에게 다가서는 아이를 숨겨준다. 이런 방식으로 엄마와 아이, 아빠가 함께 놀이에 참여하게 하는 것이 이 가족을 위한 멘탈코칭의 핵심이다. 엄마는 아이가 한눈을 팔 때마다 어딘가 숨었다가 갑자기 '짠!' 하고 나타나며 까꿍 놀이를 하고 이런 식으로 숨바꼭질을 하는 장소를 점점 넓은 곳으로 확장시켜 실시하도록 하였다. 그리고 아이의 불안과 연관된 동질의 음악으로 접근해서 동화시킨 후 다른 수준의 음악으로 불안한 기분을 전환시키는 방법으로 클래식뮤직테라피 프로그램을 실시하였으며, 수유기 욕구불만과 연관된 식이요법 프로그램을 병행해서 실시하였다.

내담자 문제의 개입 방법으로는 우울과 연관된 음악으로 내담자의 감정에 접근해서 동화시킨 후 밝고 경쾌한 수준의 음악으로 우울한 기분을 전환시키는 클래식뮤직테라피 프로그램을 실시하였다. 아로마테라피 프로그램을 병행해서 진행하는 과정 중에는 우울 지수가 낮아졌으나 무기력한 상태가 개선이 안 되어 관련 기관과 전문가의 도움을 받아 모발미네랄검사 후 미네랄테라피를 병행하였다. 또한 정기적으로 누적 스트레스 검사와 산소 포화도 검사를 확인하고 숨(호흡)테라피 프로그램의 병행효과를 점검한 결과, 무기력한 상태가 개선되어 우울 지수는 낮아지고 생활에 활력이 생기는 것을 확인할 수 있었다. 내담자의 시부모님은 오전에 노인대학에 가서 오후 늦게 귀가를 하면서 아이의 문제에 관여하지 않기로 하고, 낮에는 내담자가 편히 있을 수 있도록 배려를 하였다. 마지막 단계에서 과거의 부정적인 영향을 주었던 사건들을 회상하며 긍정적인 과정으로 재구조화시킴으로 삶의 질을 높이려는 목적으로 진행한 리그레션테라피[퇴행요법: 자유연상을 통해 무의식에 저장되어있는 정보가 스키마(개인이 가지고 있는 지식과 경험에 따라 인식, 판단, 기억, 이해 등의 인지 과정이 작동하는 도식)에 부정적인 영향을 미치는 정보를 긍정적으로 재구조화시키는 과정]를 실시하였다. 그렇게 4개월 정도가 지나자 전반적으로 문제가 되었던 아이의 분리불안 증상이 줄어들었다. 이러한 과정에서 시부모와 남편으로부터 비난받을 일이 없어짐으로 인해 자연히 내담자의 우울 정도가 낮아져 가사기능 및 양육기능이 높아졌으며, 이후 내담자와는 지속적인 관리를 통해 한동안 편안한 분위기가 형성될 수 있도록 관련 프로그램을 제공하는 방법으로 헬스멘탈코칭을 진행하였다.

이 가정의 심각했던 문제는 남편(긍정적인 2번 유형)의 현명하고 빠른 대처로 인해 가족들이 협력하여 지혜롭게 잘 해결할 수 있었으며, 초보 엄마가 배우지 못한 양육방법에 대한 지혜를 전달해서 또다른 아이의 문제가 발생 되지 않도록 일정한 기간을 통해 지속적인 상담 관계를 유지하였다. 그 결과 부정적이며 미성숙한 2번 유형의 성격으로 격정을 겪었던 내담자는 긍정적인 형태의 열정적인 조력가로 거듭나서 가족들과 소통하는 과정에서는 매사에 적극적인 자세로 일관하게 되었으며, 삶의 욕구가 높아져 본인을 비롯한 가족들의 건강에 일조하는 등 가치 있는 존재가 되었다.

아들 문제가 아니라 엄마 선생님이
더 큰 문제였어요!

엄마 선생님의 충동성과 이중성!

"제 아들은 로봇 같아요." 지인의 소개로 아들의 문제가 심각하니 도와달라며 걸려온 전화통화의 첫 내용이다. 의뢰인(42세)은 초등학교 4학년 남(11세) 아동의 어머니로 직업은 고등학교 영어 선생님이다. 자신은 이유 없이 매우 수동적인 아들의 행동 때문에 화병이 났다고 하며 감정을 억누르듯 말을 하고 있었지만, 인사를 하기 위해 거실로 나와 있던 남편(45세)과 아들은 "어휴~ 또 시작이군" 하는 표정으로 슬그머니 방으로 들어갔으며, 그들의 뒷모습을 향해 의뢰인은 감정의 화살을 마구 쏘아대고 있었다.

가족들과 인사를 나누며 집안 내부를 잠시 스캔한 결과, TV 진열대 위에 짝이 없는 장식품들과 찜질방의 인쇄 글씨가 새겨진 베란다에 널려 있는 빨래와 주방 바닥에 있는 걸레 등을 통해 '가족 중에 찜질방을 운영하는 분이 있나?'라는 생각보다는 '혹시 가족 중에 누군가는 도벽증이 있지 않을까?'라는 생각이 많이 들어 가족 심리검사를 통해 알아보기로 하였다.

에니어그램 성격유형 검사는 가족들 간의 의사소통이 어떻게 이루어지고 있는가를 파악하기 위해 모두 참여하도록 하였으며, 에니어그램 성격유형 검사결과 의뢰인인 어머니는 부정적인 3번의 성격유형으로 통합 방향인 6번의 점수보다 분열 방향인 9번의 점수가 더 높게 나와 무책임한 망상가 수준의 소통방식으로 가족들을 힘들게 하고 있었으며, 가족들을 향한 일방적인 의사전달을 통해 본인은 불편함이 없었으나 무조건 통보받은 결정에 따라가야 하는 가족들이 많은 불편함을 겪고 있었음을 알 수 있었다. 아들은 8번의 성격유형으로 5번의 분열 방향보다는 2번의 통합점수가 더 높아 자애로운 지도자의 성격을 반영하고 있어서 의외라는 생각이 들었으며, 아들이 엄마의 독선적 소통방식을 수용해줌으로 현재에 이르기까지 평화를 유지할 수 있었겠다는 생각을 하게 되었다. 의뢰인의 남편은 9번의 성격유형으로 분열과 통합 방향의 점수가 같아 관대한 중재자의 역할을 해왔던 것으로 확인되었으며, 상담을 통해 남편 역시 아들과 같은 생각으로 아내를 이해하려고 노력을 하고 있었다는 것을 알 수 있었다.

의뢰인 모자를 대상으로 실시한 그림 투사검사는 의뢰인의 난화

검사 결과물을 통해 선의 형태와 채색에서 도벽증의 가능성이 확인 되었으며, 죄의식에 대한 부분을 비롯하여 태교 이상 증상과 1~3세 시기 동안의 수유기와 배변훈련과정에서 아동의 성격발달에 중요 한 영향을 끼쳐 극도의 애정 결핍으로 인한 불안과 부정적인 감정을 내포하고 있는 성격의 이중성이 나타났다. 인물화 검사 결과물을 통해 파악된 정보는 여성상에서 손을 감추고 있는 형태를 통해 죄의 식에 대한 부분이 중복해서 표현되었다.

아들의 난화 검사에서는 부모에 대한 불만스러움과 의무감 및 과도한 통제로 인해 답답함을 느끼고 있으며, 인물화의 남성상에서 는 강한 의지를 나타냄과 동시에 아이러니하게 의사결정의 부자유 스러움이 나타났다. 이와같이 심리검사의 결과물을 살펴보면 어머 니의 태중에서 경험했던 고통스러운 과정의 결과가 출생 후에도 삶 의 질을 떨어트리는 중요한 요인이 될 수도 있다는 사실에 다시 한 번 태교의 중요성을 실감하는 계기가 되었다.

—

엄마 선생님의 강압적 성격과 인지하지 못하는 도벽 습관!

검사 결과물을 놓고 아들과 초기상담을 진행하는 동안 아들의 진술을 통해 의뢰인에게 도벽이 있음을 알게 되었다. 아들이 로봇 과 같은 행동을 하는 이유는 갑자기 돌변하는 어머니의 성격으로 인 해 어렸을 때부터 엄마가 시킨 것 외의 행동을 하면 가차 없이 혼이 나서 자율적으로 하려는 의지가 꺾인 탓이 컸다. 그 결과 아들은 엄마가 시킨 것만 하는 것이 자신에게 유리하다고 판단해서 엄마 앞에서는 엄마가 하라는 것만 하고, 그 외 다른 사람들 앞에서는 본인의 자유의지로 판단해서 결정하고 행동하는 모습을 보였다. 아들은 또한 자신에겐 엄마가 없으며, 다만 '선생님'과 함께 살고 있다고 했다.

의뢰인인 엄마의 행동 특성인 '도벽'은 일상생활에서 자주 나타났다. 아들의 상담 내용에 따르면, 가족끼리 외식을 한 후에 귀가한 날이면 의뢰인은 주머니에서 자연스럽게 티스푼이나 작은 포크와 같은 물건을 꺼내 아무 곳에나 던져놓는 일이 잦았다고 했다. 찜질방에 다녀올 때면 그곳의 수건을 늘 챙겨와서 아빠가 그때마다 왜 가져왔냐고 물으면 엄마는 "그냥"이라는 짧은 대답만 하고 넘어갔다고 했다. 또한, 엄마가 출장을 다녀오면 가방에서 호텔 용품이나 한 쌍이었을 듯한 짝이 없는 장식품 등을 꺼내 아무 곳에나 던져놓았다고 하는 말을 들으면서 나는 의뢰인에게 전형적인 도벽 증상이 있음을 인지할 수 있었다.

종합적인 문제의 주적을 파악하는 것이 헬스멘탈코칭의 효과를 높인다

초기상담을 진행하는 동안 아들의 문제만을 주장하던 의뢰인은 자신의 문제를 인정하지 못하고 오히려 자신을 상습 절도범 취급을 한다며 힘들어하였다. 그렇게 한동안 성장 배경에 대한 회고를 하던 과정에서 가족들에게 감정조절이 잘 안 되었던 부분으로 시작해서 타인 소유물건의 위치이동습관 등에 대해 심리학 자료를 제시하며 이해도를 높이는 설명을 통해 의뢰인 스스로 자신의 문제에 대해 인정을 하게 되었고, 상호 동의를 통해 주 내담자가 아들에서 의뢰인인 엄마로 바뀌었다.

초기상담 내용은 다음과 같다. 그림 투사검사는 의뢰인의 난화 검사 결과물을 통해 태교 이상에 대한 관련 정보를 확인하기 위해 질문을 한 결과, 내담자가 친정어머니께 전해 들은 정보에 의하면 친정어머니가 내담자를 임신했을 시기에 친정어머니는 교육부 5급 사무관으로 재직 중이셨다고 하였으며(3번 유형의 결정요인), 바쁜 업무로 인해 태교 활동은 고사하고 임신중독증으로 출산을 할 때까지 고생을 많이 하셨다고 한다(태교 이상).

팔삭둥이로 태어나서 내내 수입 분유를 먹으며 유모할머니 손에서 자라는 동안 점점 정상 체중으로 회복을 했으며, 배변훈련은 일관성 없는 방법으로 유모할머니에 의해 반강제적으로 진행이 되었고, 집안 곳곳에 조금씩 배변을 보고 다니는 내담자의 행동 때문에 유모할머니께 많이 혼났다고 한다.

자신의 문제를 인정하니 죄의식에서 벗어날 수 있게 되었어요

나는 그림 투사검사 결과를 바탕으로 내담자의 태교이상으로 인한 불안의 정도를 감소시키기 위해 아로마테라피와 클래식뮤직테라피를 병행하여 실시하였으며, 검사 결과물을 통해 초기상담을 하는 과정에서 내담자의 예술성이 뛰어나다는 것을 확인할 수 있었다. 따라서 내담자에게 예술 활동의 결과물을 액자에 넣어 거실에 걸어놓고 가족들과 주위의 지인들로부터 예술성에 대한 반복적인 높은 평가를 받는 과정에서 인정의 욕구를 충족시킬 수 있을 기회를 얻도록 했다. 또 이와 동시에 극도의 애정 결핍과 감정조절에 실패하는 원인에 대한 문제를 개선하기 위한 개입 방법으로 인티아트테라피를 제안하였다.

흙을 매체로 실시하는 아트테라피(흙이라는 매체는 묵은 감정을 파편화시켜 배출하는 과정을 통해 감정을 적절히 조절할 수 있도록 도와주는 교정기능이 탁월하여 감정조절 프로그램에 적절함)는 주로 유아기 배변활동과 관련된 문제를 개선시키는 기능이 있다. 또한 감정조절의 실패를 경험하고 있는 내담자에게 효과적인 아트테라피 프로그램과 클레식뮤직테라피를 병행하여 실시하였고, 프로그램을 진행하기 전과 실시한 후에 누적스트레스검사의 결과치를 확인해본 결과로 조절이 쉽지 않았던 충동성이 어느 정도 줄어들고 있다는 내담자의 진술을 통해 자기치유력이 회복되고 있음을 파악할 수 있었다.

다음 과정으로는 과거에 내담자에게 일어났던 중요한 문제나 앞으로 일어날 수 있는 일들을 현재로 가져와 현재에 직접적이고 반복적으로 일으키는 문제에 초점을 맞춰 진행되는 리얼리티테라피(현실요법)를 통해 내담자가 경험한 과거의 사건이나 선천적 기질 또는 주변 환경요인을 탓하지 않고 현재 내담자 자신이 내린 결정에 대한 책임을 질 수 있도록 지지해주었다. 나아가 그 결정이 다른 사람에게 피해를 주지 않으면서 자신의 욕구를 충족시키는 방법을 터득할 수 있도록 조력하였다. 그 결과 부정적이며 독선적이었던 3번 유형의 내담자는 능동적이지 못한 일관적인 태도로 아들에게 문제가 있었다는 편견에서 벗어날 수 있었으며, 스스로 인지하지 못한 채 반복적으로 경험했던 도벽이라는 증상을 인정하게 됨으로써 남몰래 괴로워하며 흘러보내던 시간을 반복하지 않을 수 있게 된 것에 매우 만족해하였다. 더불어 리그레션테라피를 통해 죄책감에서 벗어나 아들에게도 떳떳한 엄마로 마음 편히 살아갈 수 있어서 매우 좋다고 고백했다. 이후 내담자와 나는 도벽으로 인해 경험했던 죄책감의 잔재가 남아 일정 기간 동안 지속적인 상담관계를 유지하였다.

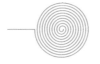

겁 많은 은둔형!
어이구 덜떨어진 놈!

쇠붙이 냄새가 풍기던 가정의 풍경

　지인의 소개로 의뢰인(어머니)의 가정을 방문하여 집 안으로 들어서니 아버지(36세), 어머니(35세). 아들(15세), 딸(12세) 그리고 이모와 이모부(목회자)가 거실에서 기다리고 있다. 가볍게 인사를 나누는 동안 아버지는 고개를 숙이고 있는 아들(내담자, 중2)을 향해 "어이구 덜떨어진 놈"이라는 말을 여러 차례 내뱉고 있었으며 나는 자연스럽게 아들 곁에 앉으며 몸으로 아버지의 시야에서 아들을 감춰주었다. 가족들과 그렇게 인사를 나누면서 쇠붙이 비린 냄새가 나는 듯해서 집안 환경을 스캔한 결과, 거실과 신발장 그리고 베란다 등에 금속성 자동차 부품들이 잔뜩 쌓여 있었다. 궁금해진 내가 출처를 묻자 내담자의 아버지가 자동차 부품 대리점을, 그리고 작은아버지가 중고부품을 취급하고 있는데 창고가 좁아서 집에 쌓아두고 있다고 하였다.

이모네 부부를 제외한 가족들에게 에니어그램 성격유형 검사를 실시한 결과, 내담자는 4번의 성격유형으로 통합 방향인 1번의 점수가 분열 방향인 2번의 점수보다 더 높게 나왔으며, 독특한 예술가의 성격을 갖추고 있었다. 내담자는 스스로 자신을 격리시키고 극한의 공포상황에서 살아남으려는 의지가 높았으며, 겁 많은 은둔형 외톨이라는 메시지를 보내고 있었다. 그에 비해 아버지는 부정적인 6번의 성격유형으로 통합 방향인 9번의 점수보다 분열 방향인 3번의 점수가 더 높게 나왔으며, 의심이 많은 분열가의 성격을 사용하고 있어서 아들과 소통하는 과정에 있어서 상처가 되는 말도 가리지 않고 하고 있었지만, 다행스러운 점은 내담자의 성격유형이 불안과 공포에 취약하지 않은 독특함을 강점으로 형성된 긍정적인 4번의 성격유형을 유지하고 있었다는 점이다. 만일 내담자가 공포와 불안에 취약한 부정적인 5번이나 6번의 성격유형이었다면 처참한 결과가 모두를 힘들게 했을지도 모른다는 끔찍한 생각이 들었다. 내담자의 어머니는 2번의 성격유형으로 통합 방향인 4번의 점수가 분열 방향인 8번의 점수보다 더 높게 나왔으며, 매우 긍정적이고 효율적인 생각으로 결정해서 실행으로 옮기고 있는 조력자의 성격으로 내담자의 문제 해결을 돕기 위해 지속적인 노력을 아끼지 않고 있었음을 상담 과정을 통해 확인할 수 있었다. 내담자의 여동생(초5)은 긍정적인 8번의 성격유형으로 통합 방향인 2번의 점수가 분열 방향인 5번의 점수보다 조금 더 높게 나왔으며, 항상 불안하고 초조해 보이는 오빠에게 밤마다 따뜻하게 등을 내어주고 괜찮을 것이라고 위로하며 냉소적인 아빠의 시선으로부터 방패막이가 되어주고 있었고, 그로 인해 극단적 선택을 미루고 있는 요인으로 작용하였다고 한다는 사실을 내담자와의 상담 과정을 통해 확인할 수 있었다.

내담자를 대상으로 실시한 그림 투사검사에서는 난화 검사와 인물화 검사 결과물을 통해 수유시기의 욕구불만으로 인한 불안의 정도가 심하게 나타난 이유가 '태내기 공포(태내에서 태아가 탯줄을 손에 쥐고 있거나 혹은 목에 감겨있는 경우, 출생 후 성장 과정에서 특정 대상물에 대한 공포감에 대해 예민하게 반응을 함)를 경험했기 때문이 아닌가?'라는 생각을 하게 되었으며, 그 부분에 대한 정보는 어머니와의 상담 과정을 통해 태교이상이라는 것을 확인하였다. 또 한편으로는 아버지의 심리적 부재 상태가 표현되었으며, 내담자는 아버지에 대한 불만스러움과 과도한 스트레스 상황에 놓여 있음을 시사하였다.

심리적인 문제로 환영에 시달리는 벼랑 끝에 매달린 소년

에니어그램 성격 유형 검사를 통해 그림 투사검사는 내담자에게만 실시하였으며, 검사결과를 토대로 초기상담을 진행한 내용은 다음과 같다.

내담자는 귀신을 볼 수 있으며 최초로 본 것은 중학교에 입학하고 나서부터라고 하였다. 귀신은 밤과 낮을 안 가리고 자신의 주위를 서성대고 있으며 낮에는 컴퓨터를 사용하고 있는 경우, 목을 매고 죽은 시신이 모니터 옆에 매달려 있기도 하고, 밤에는 내담자의 집이 아파트 6층인데 창문 밖에서 할머니가 자신의 방안을 들여다보고 있어서 놀란 적이 있다고도 했다. 때로는 침대 밑에서도 동화책에 나오는 여우 할매가 나타나서 여동생 방으로 도망을 갔으며, 그다음 날 내담자는 무서운 마음에 여동생과 침대 밑의 비어있는 공간을 Box로 메꿔버렸다고 했다. 그렇게 잠시만이라도 한 장소에 머물러 있는 경우 어김없이 귀신이 나타나서 내담자는 그러한 문제를 부모님께 말씀드렸으나 내담자의 아버지는 전혀 귀 기울여 듣지 않았다고 했다. 오히려 요즘 세상에 귀신이 어디에 있느냐고 화를 내시는 통에 더이상 부모님(특히 아버지)께는 말씀드리기 싫다고 하였다. 그러한 문제에서 벗어나기 위해 내담자는 자전거를 타고 여기저기 돌아다녔다. 적어도 자전거를 타고 다니는 동안에는 귀신이 나타나지 않았기 때문이다. 그렇게 자전거를 타고 밤늦게까지 돌아다니다가 피곤해지면 동생의 허락을 받고 부모님 몰래 여동생의 등에 붙어서 잠이 들곤 했다고 한다. 그러나 그마저도 아버지가 알게 된 후로는 못난 놈이라고 볼 때마다 혀를 차며 욕을 하는 바람에 사는 것이 너무 힘들다는 생각을 하게 되었으며, 이번 생은 실패작이라는 생각에 요즘은 가끔 옥상(12층)에 올라가서 '그만 끝내버릴까?'라는 생각을 하고 있다고 했다. 상담하는 내내 나는 내담자가 처한 문제의 심각성을 체감할 수 있었다. 이와같이 심리검사의 결과를 살펴보면 부모의 부정적인 양육 태도는 자녀의 정서 수준이 자율적으로 사고하는 능력을 발달시키는 것을 정체시키고 퇴행에 이르게 하는 악영향을 미칠 수 있다는 것을 확인할 수 있었다.

태아시기에 어려움에 처한 엄마의 불안이 문제의 시작이었을까요?

내담자와의 상담 내용을 바탕으로 어머니(의뢰인)와 상담을 진행한 내용은 다음과 같다.

내담자를 임신했을 때의 상황에 대해 질문을 한 결과 의뢰인은 미모가 출중하고 공부를 잘했음에도 불구하고 가정형편이 어려워 대학에 진학하지 못했으며, 여고를 졸업한 이듬해에 취업한 후에 남편과 사내 연애를 하던 중 혼전임신을 했다고 했다. 그러나 양가 부모님은 임신을 반기지 않았다. 친정 부모님은 낙태하기를 바라며 강요를 해서 내담자는 심한 상처를 받았다고 했다. 급기야 홧김에 일을 저지르려고 산부인과 앞까지 갔으나(태교이상) 산부인과 앞에서 남편과 통화를 하던 중에 끝까지 책임지겠다는 말에 위로를 받고 발길을 돌렸다고 했다. 이후 두 사람은 동거를 시작했고 임신 8개월부터는 아기가 탯줄을 목에 감고 있어서(태내 공포) 출산할 때까지 내내 불안에 떨었다고 한다. 내담자를 출산하고 난 약 3개월 동안은 모유를 먹였으나 그 이후에는 젖이 모자라 분유를 먹이려고 했지만 여러 날 동안 아이가 분유를 거부하고 심하게 울어서 몹시 힘들었다고 한다. 내담자는 출생한 후 3세까지 계단을 내려갈 때도 한 걸음마다 심하게 놀라는 증상이 있어서 경기(어린아이가 경련을 일으키는 증상)를 줄이는 약을 먹었다고 한다. 최근 1년 동안에는 남몰래 무당을 찾아가 큰돈을 들여 굿을 해도 효과가 없었으며 목회를 하는 이모부가 축사(逐邪)기도(사람의 정신에 기생하고 있는 귀신을 쫓아내기 위한 기독교 의식)를 통해 증상을 개선시키려는 노력에도 전혀 도움이 되지 않았다고 했다. 이후 병원에서는 청소년 정신과에서 진료를 받을 것을 권유하였으나 내담자 부모의 정신과 기피의식으로 인해 내담자는 스스로 이 모든 상황을 견디고 있는 상태였다.

문제 해결의 열쇠는 아들의 성격을 이해하는 단계부터

나는 먼저 가족 상담을 통해 내담자가 겪고 있는 어려움에 대해 가족들이 공감하고 인정을 할 수 있도록 하였다. 그리고 내담자의 부모에게는 긴박한 위급상황임을 주지시켜 협조를 요청했다. 다행스러운 것은 내담자가 학교생활을 하는 과정에서는 환시 현상이 일어나지 않아 불편함을 느끼지 않고 있었다는 점이었다. 나는 내담자가 집에 있을 때 갑자기 나타나는 형상을 필터링하기 위한 임시방편으로 시력교정 안경을 구해서 쓰도록 하였고, 취침 시에는 어머니와 같이 잠자리에 들고 안대를 하고 잘 수 있도록 하였다. 또한, 태교 이상으로 인한 극도의 불안 증상에 도움이 되는 뮤직테라피 및 아로마테라피와 부수적인 플레이테라피를 제안하였다. 헬스멘탈코칭 프로그램을 통해 문제를 해결해 나가는 과정에서 시력교정 안경이 약간의 도움이 되어 내담자는 갑작스럽게 나타나는 현상에 의해 놀라는 경우는 줄어들었다. 그러나 여전히 증상이 소거되지는 않아 다른 시점에서 고민하던 중 귀신이 나타나기 시작한 때가 중학교에 입학한 시기부터라고 하던 내담자의 진술과 작은아버지가 2년 전부터 자동차 재생부품 사업을 시작하여 창고가 없어서 매장과 가깝다는 이유로 내담자의 집 곳곳에 쌓아놓고 있었다던 의뢰인의 진술이 시기적으로 맞물려 있다는 것을 근거로 환각에 대한 자료를 찾아보았다. 그 결과 환각 증상이 중금속과 연관이 있을 수도 있다는 자료를 확인할 수 있었다. 의뢰인에게 준비해간 관련 자료를 설명하는 과정에서 내담자의 집에서 금속성 부품을 치워보자는 제안을 하였으나 여건상 당장은 어려우니 집 근처에 있는 이모부 교회의 교역자 관사에 빈방이 있어서 내담자의 거처를 옮길 수 있도록 해보겠다는 동의를 얻어 바로 이사할 수 있도록 조치를 하였다.

거처를 옮기는 과정에서 불안해하는 내담자를 혼자 보낼 수 없어 의뢰인이 같이 지낼 수 있도록 하였으며, 관련 기관의 도움을 받아 모발미네랄검사를 하였고 검사결과 의뢰인의 증상에 영향을 미치는 필수미네랄(구리)의 수치는 기준범위(9~30ppm)보다 매우 높은 수치(50.22ppm)로 나타났고, 관련 유해중금속(수은)의 수치는 기준범위(1.1ppm)보다 더 높은 수치(2.309ppm)로 나타났으며, 유해중금속인 납과 알루미늄의 수치는 기준범위 내에는 있으나 초과범위와 경계선에 있는 것으로 나타났다. 나는 검사결과에 의한 전문가의 소견을 통해 약 1년 동안 미네랄테라피를 병행하였고, 필수미네랄(구리)

은 40.17ppm으로, 유해중금속(수은)은 1.663ppm 수치로 현저히 좋은 변화가 있음을 확인하였다.

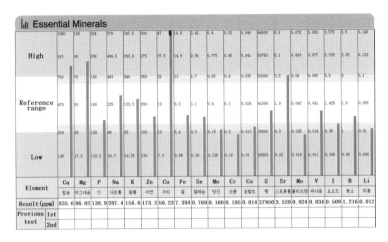

〈미네랄테라피 코칭(전)_영양미네랄〉

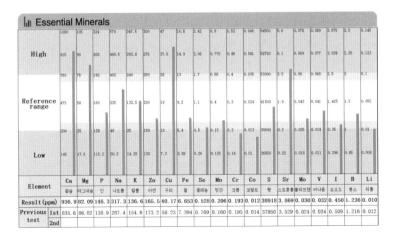

〈미네랄테라피 코칭(후)_영양미네랄〉

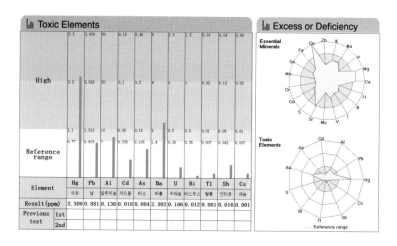

〈미네랄테라피 코칭(전)_중금속 수치〉

Element	Hg	Pb	Al	Cd	As	Ba	U	Bi	Tl	Sb	Cs
	수은	납	알루미늄	카드뮴	비소	바륨	우라늄	비스무스	탈륨	안티몬	세슘
Result (ppm)	2.309	0.881	8.136	0.018	0.084	2.302	0.106	0.012	0.001	0.016	0.001
Previous test 1st											
2nd											

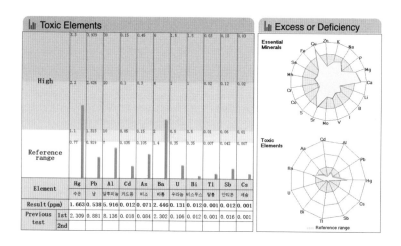

〈미네랄테라피 코칭(후)_중금속 수치〉

Element	Hg	Pb	Al	Cd	As	Ba	U	Bi	Tl	Sb	Cs
	수은	납	알루미늄	카드뮴	비소	바륨	우라늄	비스무스	탈륨	안티몬	세슘
Result (ppm)	1.663	0.538	5.916	0.012	0.071	2.446	0.131	0.012	0.001	0.012	0.001
Previous test 1st	2.309	0.881	8.136	0.018	0.084	2.302	0.106	0.012	0.001	0.016	0.001
2nd											

그 후로 약 5개월간 헬스멘탈코칭 프로그램이 진행되는 동안 집 안에 쌓여 있던 금속성 부품들은 창고를 얻어 옮겨놓았다. 그 과정

에서 점점 환시 증상은 줄어들어 조마조마하는 마음으로 다시 내담자의 집으로 거처를 옮겼으며, 그 이후로 내담자의 주 호소 문제는 점점 줄어들었고 마지막 단계에서 리그레션테라피를 실시하였다. 헬스멘탈코칭의 모든 프로그램을 진행하기 전과 후에는 누적스트레스검사를 하여 프로그램의 효과성을 확인하도록 하였으며, 헬스멘탈코칭 프로그램을 종결한 이후에도 내담자에게 일상적인 생활을 하는 과정에서 별다른 이상 현상은 발생 되지 않았다고 전해 들었다. 이 사례에 있어서 내담자의 문제는 여러 가지의 요인이 중첩되어 나타난 것으로 판단된다. 태내 공포, 태교 이상, 수유기 불안 증상과 아버지의 부정적인 양육 태도에 의한 영향을 비롯해서 가정 내 환경오염(중금속 중독으로 인한 환시 현상 등)이 더해져, 가뜩이나 불안감이 높은 내담자의 공포심리를 더욱 악화시키는 요인이 되었을 것이다. 내담자는 이후 내가 제안한 헬스멘탈코칭 프로그램으로 상당한 효과를 보았다. 심리상담 프로그램 중에 클래식뮤직테라피가 효과적이었는지 부수적인 플레이테라피의 효과인지 아니면 미네랄테라피의 효과를 통해서 문제를 개선할 수 있었는지는 명확하게 판단할 수는 없지만, 많은 시간을 고민해서 판단하고 개입했던 헬스멘탈코칭 솔루션은 효과가 있었던 것이 분명하다. 이와같이 헬스멘탈코칭은 심리상담의 영역에서만 국한하여 문제를 바로 잡아야 한다는 고정관념에서 벗어나 다양한 방향에서 더욱 다양한 방법으로 개입하는 것이 바람직하다고 확신한다.

중2 시절 또래 집단의 폭행과 모욕을 당한 겁쟁이 청년의 PTSD증상

건널목 앞에서 노상방뇨를???

지방에 거주하는 내담자(23세, 남)는 PTSD 증상 때문에 상담실로 방문할 수 없으니 의뢰인(어머니, 54세)의 가정으로 방문을 하여 심리 검사만이라도 받을 수 있게 해달라는 요청을 받아 일정에 맞춰 의뢰 인의 집으로 가던 중, 건널목 신호등 앞에서 불량스럽게 침을 뱉으 며 육두문자를 날리고 있는 여중생들의 모습을 보고 굳은 자세로 옷 을 입은 채 방뇨를 하며 조소를 띠고 있던 한 청년을 목격했다. 초행 길이라 나를 마중 나와 있던 의뢰인은 그 광경을 보고는 얼른 다가 가더니 겉옷을 벗어 청년의 허리춤에 묶어주고는 나더러 따라오라 는 눈짓을 보냈다. 그러고는 건널목을 지나 남성과 함께 집으로 발걸음을 옮겼다. 그 모자의 모습을 보며 나는 내담자를 비롯한 가족들의 고충을 미리 짐작할 수 있었다. 잠시 후 집으로 들어서니 큰소리가 나기 시작했다. 거실로 들어가면서 보이는 광경은 아버지(57세, 골프장 사업)가 내담자의 방문을 향해 정신상태가 글러 먹었다는 따위의 비난을 하는 모습이었다. 나는 내담자가 들을 수 있도록 큰 소리로 내담자 아버지의 언행을 제재하였으며 의뢰인에게 남편과 잠시 집 밖으로 나가 있으라는 부탁을 했다. 이후 내담자의 방문을 등지고 앉아 약 40분 정도의 시간 동안 내담자가 겪고 있었던 어려움에 대해 충분한 공감과 위로를 해주고 PTSD 증상에 대한 병리적 이해를 시켰다. 그러자 내담자는 내게 방문을 열어주었다. 이렇게 우여곡절 끝에 23세의 청년과 심리검사를 진행할 수 있게 되었다. 내담자에게 에니어그램 성격유형 검사를 진행한 결과 내담자는 부정적인 5번의 성격유형으로 통합 방향인 8번의 점수보다 분열 방향인 7번의 점수가 더 높게 나왔으며, 괴팍하고 소극적인 활동가 형태의 성격을 사용하고 있었다. PTSD 증상과 더불어 부정적인 7번의 기질이 더해져 의심과 겁이 많고 충동적으로 문제를 일으킨 후(고가의 게임 아이템을 부모의 동의 없이 구입) 방문을 걸어 잠그고 식음을 전폐하며 소통을 단절하기를 반복하고 부모의 걱정스러운 꾸지람을 받으면 또다시 자신을 방안에 가두어 버려 불편한 상황을 만들어놓고 현실에서 도피하여 가상공간의 정신세계로 숨어버리는, 전형적인 기질적 결함 행동을 반복하고 있었다.

내담자를 대상으로 실시를 한 그림 투사검사에서는 난화 검사

결과물을 통해 태교와 수유기에는 이상징후를 발견하지 못하였으며 유아기 배변 훈련과정에서의 문제로 인한 감정의 폭발성과 물욕의 정도가 높게 나타나 절제력이 낮음을 알 수 있었다. 인물화 검사 결과물을 통해서 알 수 있었던 점은 대인에 대한 상호 간의 신뢰도는 매우 낮았으며 의사결정에는 문제가 없으나 결정된 사항을 수행하는 과정에서 수행 의지가 낮음을 시사하고 있었고 정신세계에 있어서 현실감이 낮으며 가상공간이 확장되어 있음을 시사하였다.

가족들에게 에니어그램 성격유형 검사를 진행한 결과, 아버지는 부정적인 8번의 성격유형으로 통합 방향인 2번의 점수보다 분열 방향인 5번의 점수가 더 높게 나왔으며, 독선적인 지배자의 형태로 감정이 격해졌을 경우 폭발하는 강도가 매우 높으며 빠져나갈 수 없는 이유를 들어 상대방의 마음에 깊은 상처를 남기는 것도 서슴지 않는 성격이었다. 어머니는 긍정적인 2번의 성격유형으로 통합 방향인 4번의 점수가 분열 방향인 8번의 점수보다 더 높게 나왔으며, 긍정적인 조종가 형태의 성격을 유지하고 있어서 폭군으로 군림하려는 남편과 반목하며 숨어들고 회피하는 아들 가운데에 서서 매우 긍정적이고 효율적으로 조율하고 있었다. 내담자에게 어머니는 긍정적인 좋은 영향력을 유지하고 있었다는 사실을 상담 과정을 통해 확인할 수 있었다.

몽땅 내 탓인 것 같아서…!

에니어그램 성격유형 검사와 그림 투사검사 결과물을 통해 초기상담을 진행한 내용은 다음과 같다. 내담자는 중학교 2학년 시기에 공부를 잘했으며 반장이 되어 리더십 또한 인정받았으나 2학기에 들어서면서 일진 남녀 학생들의 열등감이 불러온 위협적인 행동에 잘 놀라게 되었다. 평상시에 잘 놀라는 성격이었으며, 겁많은 아이라는 약점을 잡혀 그들에게 학교 근처의 야산으로 끌려가 집단폭행을 당했다. 그 과정에서 내담자는 남학생들로부터 하의가 강제로 벗겨져 성기를 드러낸 채 여학생들에게 사진을 찍히는 모욕을 당했다. 가해자들은 여기에 더해 내담자에게 침을 뱉고 욕을 하며 낄낄거리는 등 치욕적인 폭력을 가했다. 이러한 경험을 하고 난 다음부터 내담자는 PTSD 증상(치욕스러움과 분노를 동반한 조울증과 강박 장애 및 피해망상으로 인해 고통받는 상황이 반복되어 일상생활에 어려움을 느낌)이 시작되었다고 한다. 그래서 지금까지도 길을 가다가 불량스러운 여중생들이 욕을 하며 침을 뱉는 행동을 하면 그 자리에서 오금이 들러붙어 움직일 수가 없게 되며 자신도 모르게 방뇨를 하게 된다고 하였다. 그 사건 후에 내담자는 심약한 자신의 성격 때문에 대항하지 못한 채 일방적인 폭행을 당했고 아버지의 말씀대로 자신에게 일어난 모든 것은 자신이 책임져야 한다는 생각을 하였다고 한다. 이러한 트라우마를 극복하기 위해 다른 학교로 전학도 해보고 이겨내야겠다는 마음을 먹고 여러 가지의 방법으로 노력을 하였으나 강력한 트라우마에서 벗어날 수는 없었다고 했다. 이후 내담자는 심신장애의 이유로 병원 진단서를 제출해서 병역을 면제받았으며, 1년 전 검정고시를 통해 서울에 소재한 대학에 합격하였으나 한 학기도 못 채우고 휴학을 한 상태였다. 내담자의 아버지는 심약한 실패자의 각본을 가지고 있는 아들의 모습이 항상 못마땅하게 여겨져 화가 나면 아들과 아내에게 상처가 되는 말도 서슴지 않았으며 아들의 방문 밖에서 부정적인 감정을 쏟아내기를 반복하였다고 한다. 이에 아들은 아버지와 마주치면 표정이 굳어지는 상황이 반복되고 있었다. 최근 (2주 전)에는 참다못한 내담자가 아버지에게 과도를 들이대고 죽이겠다고 위협을 하여 의뢰인이 말렸으며 이대로는 안 되겠다는 생각이 들어 지인을 통해 나에게 연락하게 되었다고 했다. 그 사건이 발생한 후에 부자간의 관계가 더욱 나빠진 상태이며, 아버지의 관심은 오로지 서울대학교에 다니는 딸(21세)만을 향한 무한정한 지원과 애정뿐이라고 하였다.

반장만 하던 아들이…!

의뢰인은 내담자를 임신하고 있던 기간 동안 남편의 골프장 사업이 잘되었고, 자신이 어렸을 때부터 심장이 약해 잘 놀라는 성격 (유전적 요인)이어서 사소하게 놀랐던 경우는 많이 있었지만 임신 기간 내내 놀랐던 적은 없었다고 했다. 내담자는 손이 귀한 집안의 첫아이라 시부모님들이 배려를 많이 해주셔서 지방이지만 나름대로 태교에 관련된 수업을 받으며(5번 유형) 원만하게 잘 지냈다고 한다. 출산 후에는 10개월간 모유 수유를 하는 과정에 문제는 없었으며, 배변훈련을 하던 시기에 변비가 심해서 관장을 하거나 심할 경우 티스푼으로 파내기도 했다고 한다. 배변훈련이 끝나갈 무렵에 여동생이 태어나 내담자는 시샘을 많이 하였으나 혼자 순둥이처럼 잘 놀아서 둘을 키우기에 수월했다고 하였다. 유아기에서부터 초등학교 4학년 때까지는 내성적인 성격이라서 늘 어색해하며 낯을 가렸지만, 학습능력이 뛰어나 칭찬을 받기 시작하면서 낯을 덜 가리고 자신감이 붙어 공부만 하였으며 폭행 사건이 발생하기 전까지 반장을 도맡아 했었다고 하였다. 나는 내담자를 체육관에 보낸 적이 있었는지에 대한 질문을 하였으며, 의뢰인은 지금까지의 과정을 생각해보면 공부를 시킬 욕심에 아들의 건강을 위해 운동을 가르칠 생각을 못해본 것이 한이 된다고 하였다. 의뢰인이 다행스럽게 생각하는 부분은 아들이 유일하게 자신을 잘 이해해주는 사람은 여동생밖엔 없다고 생각하고 있으며, 지금까지 여동생과 좋은 관계를 유지하고 있다는 점이었다.

심리상담의 시작은 심리적 저항이 가장 낮은 숨(호흡)테라피부터

내담자와 약 4시간 동안 초기상담을 진행한 이후 내담자가 본격적인 상담을 진행하려고 결정했을 때까지 세 번의 만남이 더 이어졌다. 이후 내담자는 효율적인 상담을 위해 서울로 거주지를 옮겼고,

나는 심리상담을 시작하기 전에 먼저 운동 처방을 제안했다. 이에 내담자는 온화한 인격의 지도자가 운영하는 유도체육관을 소개받아 아무도 없는 시간에 개인지도를 받게 되었다. 내담자와 심리상담을 시작할 때는 가장 심리적 저항이 낮은 숨(호흡)테라피(지속적인 스트레스로 인해 경직된 심신의 긴장을 풀어주는 프로그램)을 실시하였으며, 중금속의 부정적 영향을 해결하기 위해 관련 기관의 도움을 받아 모발미네랄검사를 의뢰하여 그 결과에 따라 심혈관 계통에 문제를 일으키는 요인을 확인하여 전문가가 추천해 주는 기능식품으로 미네랄테라피를 병행하도록 제안하였다.

유도수련 과정의 특성상 처음 수련을 시작하면 약 5일 정도는 근육통으로 힘이 들기 때문에 다른 심리 요법을 병행하는 것은 피했으며, 관련이 있는 신체의 부위에 근육이 형성되면서부터 하루 일과표를 작성해서 정기적으로 수정과 보완을 반복하며 내담자 스스로 자기관리를 할 수 있도록 조력하였다. 이때 PTSD 관련 증상에 대한 변화는 없는 것으로 확인되었다.

이 시기에 내담자는 나와 만나기 전에 PTSD에 대한 약물치료를 받았는데도 증상에 대해 기대할 만한 효과가 없었다고 하며 병원치료에 대한 부정적인 감정을 드러내어 나는 내담자에게 PTSD는 약물치료로 우울한 기분이나 감정의 기복 등에 대한 부분에는 분명하게 도움이 되지만 기억 속에 저장이 되어있는 치욕적이고 충격적인 정보까지 없애주지는 못하기 때문에 병원치료와 더불어서 심리상담을 병행하는 것이 바람직하다는 설명을 해주었다.

이후 나는 내담자에게 코비테라피(cognitive behavioral therapy, 인지행동요법) 기법 중 릴렉스테라피와 체계적 둔감화(Systematic desensitization)를 통한 사회성 훈련을 적용했다. 이때는 내담자가 유도를 수련하기 시작하고 3개월 후라 메치기 기술을 배울 때였는데, 이 덕분에 내담자는 사람을 메치는 기술에 익숙해지면서 자신감을 얻고 체력도 좋아져 초등생 수련시간에 아무런 거부감 없이 형, 동생 하면서 같이 운동하는 시간을 자연스럽게 갖게 되었다. 유도체육관 관장은 이후 의도적으로 내담자의 수련시간을 중학생들과 겹치게 하여 자연스럽게 접촉할 기회를 만들어주었으며, 다음 단계로 내담자와 협의를 통해 운동시간을 중고등부 수련시간으로 바꿔서 수련하도록 변화를 주었다. 그 결과, 내담자가 제일 마주치기 힘들어했던 대상인 중학생들과 자연스럽게 섞이면서 동화되어 지낼 수 있게 되었다. 인지행동치료와 더불어 나는 내담자에게 PTSD 증상을 줄이는 효과적인 치료법인 EMDR(기억의 인지적, 정서적, 신체적 요소 모두에 직접적으로 작용하는 정신적 외상에 대한 통합적 치료방법)을 소개하면서 병원치료를 받는 것이 어떻겠냐고 제안했다. 내 권유로 내담자는 병원에서 4회 정도 EMDR 치료를 받았고 약간의 효과가 있음을 인정했다. 이후로 나는 내담자와 4년이라는 시간 동안 통합적 헬스멘탈코칭 프로그램을 진행했다. 이 기간 동안 내담자는 심신을 성장시킴과 동시에 외상에 대한 기억이 점점 흐려져 특정 사람들과 소통하는 것에 대한 부담감이 감소 되었으며 유도체육관 수련생들 모두와 편하게 지낼 수 있게 되었다. 이에 나는 마지막으로 내담자와 협의하여 리그레션뮤직테라피를 진행한 뒤 상담 과정을 모두 종결하였다.

내담자와 심리상담을 진행하는 동안 보호자 상담 과정에서 아버지가 내담자에게 진심 어린 사과를 통한 화해를 하였으며, 현재 내담자는 대학에 재입학을 하여 학업을 이어 가는 상태이다. 방학 중에는 집으로 내려가 아버지의 사업장에서 골프장 운영에 관련된 일을 배우고 있다고 하였고, 나와는 1년 동안 정기적으로 온라인 예후 상담을 진행 중이다.

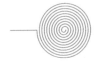

자해하고 거짓말하는 것이
아이만의 문제일까?

일방적인 부모, 자해하는 아들!

모 기관에서 실시하는 비행 청소년 상담교육 과정의 강의를 마친 후 그 교육에 참여했던 한 수강생으로부터 아들의 심리검사 요청을 받았다. 의뢰인이 알려준 주소로 찾아가니 경기도의 한 군부대 관사였다. 군인아파트 입구에 들어서자 위층에서 누군가에게 호통치는 소리가 들렸고 집 앞에 도착하여 초인종을 누르니 피 묻은 수건을 든 의뢰인(어머니, 42세)이 문을 열어주었다. 집 안으로 들어선 내 눈에 가장 먼저 들어온 광경은 거실 바닥에 누워 있는 남자아이(내담자, 15세)와 아이를 제압한 상태에서 손에서 무엇인가를 빼앗기 위해 안간힘을 쓰고 있는 군인(아버지, 44세)의 모습이었다. 아버지는 그 와중에도 내게 인사를 건네왔다. 그러면서 이런 일이 처음 겪는 일이 아니라 별로 놀랍지 않다고 말하는 여유를 보였다. 상황이 종료되고 나서 자초지종을 들어보니 중학교 2학년에 재학 중인 내담자가 간혹 무리한 요구를 할 때 부모가 원하는 것을 들어주지 않으면 가위로 귀에 상처를 내는 자해 행동을 한다고 하였다.

　이날 자해 행동의 발단은 당일 아침에 받은 외출 금지 통보 때문이었다. 부모가 내담자에게 오늘 심리검사를 받아야 하니 외출하지 말라고 일방적으로 통보했고, 이에 불만을 품은 내담자가 거부 의사를 나타냈으나 일정을 강행하여 화가 나서 가위로 자해(우측 귓불을 자름)를 했던 것이다. 상처에서 출혈이 심했으므로 당장 병원치료를 받는 것이 우선이어서 임시로 지혈을 하는 동안, 나는 내담자 편에서 대변을 해주는 등 공감의 태도를 보여주었다. 그리고 심리검사를 위한 미팅을 한 주일 미루어 다시 만나기로 약속을 정했다. 이때 내담자는 생전 처음 보는 사람도 자기의 마음을 이해하려고 노력하는데 엄마와 아빠는 왜 자기 의견을 무시하고 하기 싫은 것을 무조건 하라고 일방적으로 명령하느냐면서 자신의 맘을 몰라준다며 울먹거렸다. 이후 한 주가 지난 뒤 나는 내담자의 집을 재방문하여 가족들을 대상으로 에니어그램 성격유형 검사를 했다. 검사결과, 내담자는 부정적인 6번의 성격유형으로 통합 방향인 9번의 점수보다 분열 방향인 3번의 점수가 더 높게 나왔으며, 항상 이기적인 자세로 상황과 여건에 상관없이 목적달성을 하기 위해 이간질과 모함을 불사하는 등 수단과 방법을 가리지 않는 성격으로 나타났다.

의뢰인인 어머니는 부정적인 6번의 성격유형으로 통합 방향인 9번의 점수보다 분열 방향인 3번의 점수가 더 높게 나왔으며, 내담자를 양육하는 과정에서 내담자의 요구에 충동적으로 약속을 한 후 남편의 단호한 반대로 제동이 걸리면 아들과의 약속을 번복하는 것이 일상이었고, 남편과 아들 사이에서 일관성 없는 자기합리화로 처신하는 성격이 나타났다. 이러한 일관성이 없는 어머니의 성격이 늘 불안 속에서 혼란스러움을 경험하고 있는 아들에게는 부정적인 성격 형성에 영향을 주었을 것이라는 생각이 들었다. 내담자의 아버지는 긍정적인 8번 유형으로 통합 방향인 2번의 점수가 분열 방향인 5번보다 높았으며, 부대의 살림을 책임지고 있는 부사관(원사)으로서 흔들리지 않는 온화한 지도자의 성격으로 나타났다.

내담자에게 그림 투사검사를 실시한 결과, 난화검사 결과물을 통해 태교 이상과 수유기와 배변훈련 시기에 부적절한 자극이 있었던 것으로 나타났다. 인물화 검사 결과물을 통해서 알 수 있었던 것은 내담자가 늘 불안함을 느끼고 있는 이유는 주변 사람들과 소통하는 방법이 진심이 아닌 오직 자신의 목적을 달성하기 위한 수단으로 빤히 보이는 거짓말을 하며 남을 속이려 들어 스스로 제 꾀에 넘어가는 행동을 반복하는 것으로 자주 곤경에 처하는 상황에 놓이게 되었으며, 난처한 상황에 놓이는 것이 두려웠던 나머지 위기를 모면하려는 수단으로 자해 행동을 하고 있었음을 알게 되었다.

축구가 좋지만 무서워요!

첫 회기에 가족 대상으로 실시를 한 에니어그램 성격유형 검사와 그림 투사검사의 결과물을 통해 실시한 상담의 내용은 다음과 같다. 심리상담을 진행하는 과정에서 자해와 관련된 내 질문에 대한 내담자의 생각은 부모가 생각하는 것과는 차이가 있었다. 처음에는 자해가 아니라 내담자가 부모에게 일반 축구화 가격의 4배가 넘는 고가의 축구화를 사달라고 떼를 쓰던 시기에 공교롭게도 방 안에서 혼자 구레나룻을 정리하다 좌측 귓불을 잘라 출혈이 심해 놀랐으나 통증은 별로 못 느꼈고 오히려 기분이 짜릿한 쾌감을 경험(마조히즘: 타인으로부터 물리적이거나 정신적인 고통을 받고 성적 만족을 느끼는 병적인 심리 상태)했으며, 그 일로 어머니로부터 원하던 축구화를 얻게 되었는데 한편으로 자해를 하는 아이라는 오해를 받고 있다고 주장했다. 그리고 이번에는 주말이라서 친구들과 축구를 하기로 사전에 약속되어 있어서 나가려는데 외출하지 말고 심리검사를 받으라는 부모님의 일방적인 통보에 화가 나서 액션만 취하려고 했으나 자신도 모르게 진짜로 귀를 잘라버린(무의식적인 행동) 결과(마조히즘)가 벌어졌다고 했다. 내담자는 자신은 원래 겁이 많아 절대로 자해 행동 같은 것은 하고 싶지 않다고 했다. 그러나 목적을 달성하는 데는 이 방법이 효과적인 것을 알기에 반복해서 자해하게 되었다고 고백했다. 내담자는 나에게 이 같은 고백을 하면서 부모님에게는 비밀로 해달라고 부탁했다. 내담자의 말을 들으니 자해 동기는 미약했으나 무의식적인 마조히즘 증상은 존재하는 것으로 판단되었다. 내담자의 또 다른 문제는 축구를 정말 좋아하지만 두려움 때문에 제대로 할 수가 없다는 것이었다. 축구공이 날아오면 헤더를 해야 하지만 얼굴에 맞으면 다칠 것 같은 두려움에 무의식적으로 피하게 되고, 상대편 선수가 공을 몰고 다가오면 부딪혀서 부상이 생길 수도 있다는 두려움 때문에 미리 피해서 같은 편 친구들의 비난과 놀림을 받고 있다고 했다. 내담자는 그래도 자신은 축구가 좋으며, 좋아하는 것과 잘하는 것은 달라서 체력이 약하고 두려움이 많은 자신은 축구선수는 할 수 없을 것이라고 하였다.

겁 많은 아들이 직업군인이 되고 싶다는데…!

내담자의 아버지는 부대에 돌발상황이 발생하여 부모 상담시간에 참여하지 못하였고 의뢰인과의 상담은 내담자와는 달리 처음부터 시종일관 방어적이고 자기합리화로 일관하여 내담자의 심리검사결과와 초기상담결과를 통해 한정적으로 진행을 하였으며 그 내용은 다음과 같다.

내담자를 임신한 사실을 알게 된 시기에 의뢰인은 남편과 원만한 사이로 지내지 못했다고 했다. 당시 선임하사(당시 28세)로 근무하던 남편이 소대장(소위, 23세)의 권위적이고 부당한 태도 때문에 항상 감정의 날이 서 있는 상태라 남편의 눈치를 보는 일이 잦았고, 그로 인해 남편에게 임신 소식도 늦게(임신 4개월) 알렸다고 했다. 이후로도 의뢰인은 임신 기간 내내 조마조마한 심정으로 지냈다고 하면서 그때 뱃속의 태아에게 나쁜 영향을 주었을지도 모른다(태교 이상)고 하였다.

아들을 출산하고 나서 시부모님에게 명품가방과 순금목걸이와 팔찌 등 과한 선물을 받으며 좋아해야 하는 상황에서도 부대에서 일어나는 비상상황과 전출명령으로 겪어야 하는 새로운 근무지에서의 적응과정의 업무 스트레스가 남편을 통해 고스란히 전달되어 아기에게 먹일 모유마저 말라버려서 모유를 약 2개월 정도 먹였다고 했다. 배변훈련 시기에 의뢰인은 내담자를 따라다니며 소변이나 대변을 정해놓고 배설할 때까지 배변 통을 대고 강요하다 배설하면 칭찬을 해주었으며 그러한 자신의 노고를 자랑스럽게 생각하고 있었다.

내담자는 초등학교에 입학하면서부터 약간의 거짓말(이언증; 실제 있었던 사실을 왜곡해서 하는 말)을 하기 시작했으며, 거짓말을 하는 버릇은 성장할수록 더욱 심해져서 거짓말이 다른 거짓말로 이어지고 내담자가 거짓말을 하는 과정에서 모두가 거짓말인 것을 알 수 있을 정도로 빤한 거짓말(허언증: 없었던 일을 허구로 만들어서 하는 말)로 인해 자주 벌을 받는 상황이 벌어지게 되었으나 내담자의 거짓말은 좀처럼 줄어들지 않았다고 했다.

초등학교 4학년이 되면서 허언증은 줄어들었고 내담자의 반에서 집단 따돌림의 징후를 눈치챈 담임선생님으로부터 내담자가 주동 학생이며 야단치지 말고 그렇게 한 이유를 물어봐달라는 내용의 전화를 받은 의뢰인은 귀가한 내담자에게 반 친구를 따돌린 이유를 물어보니 내담자는 학기 초에 그 친구에게 인사를 했는데 무시하고 그냥 지나쳐버려서 그렇게 했으며 친구에게 사과하겠다는 내담자의 의사를 담임에게 전했다고 했다. 이유를 확인한 담임은 극 내성적인 피해 학생의 행동에 대해 내담자에게 이해를 시킨 다음 담임과 의뢰인과 피해 학생 부모의 입회하에 내담자의 진심이 담긴 사과와 화해과정을 통해 집단 따돌림에 대한(동조한 학생들을 포함한 교육) 문제를 정리하게 되었다고 한다. 내담자는 중학교에 진학하면서 공부에는 관심이 멀어지고 축구에 모든 관심이 집중되어 체육대학에 진학해서 축구에 관련된 공부를 하고 싶으며 졸업 후에는 아빠보다 높은 계급의 직업군인이 되고 싶다고는 하는데 의뢰인 부부가 판단하기에는 '불안이 높고 겁많은 아들이 과연 그 힘든 과정을 감당할 수 있을까?'라는 의구심이 든다고 했다.

—

부모교육과 상담 과정은 자녀를 이해하는 수준을 높여준다

나는 내담자가 겪고 있는 이유 없이 불안한 감정을 유발하는 원인이 어디에서 비롯되는 것인지를 알아보기 위해 의뢰인과 내담자에게 모발미네랄검사를 제안하였으며, 동의를 얻어 관련 기관의 도움을 받아 검사를 의뢰한 결과 의뢰인의 필수 미네랄(구리)의 수치는 기준범위보다 매우 높은 수치로 나타났고, 관련 독성중금속(수은)의 수치는 기준범위보다 높은 수치로 나타났으며, 납과 알루미늄의 수치는 기준범위 내에는 있으나 초과범위와 경계선에 있는 것으로 나타났다. 이와같은 검사결과로 구리와 수은 성분의 체내 축적 정도가 내담자가 느끼고 있는 불안한 감정을 유발하는 요인과 어느 정도 연관이 있다고 판단을 내린 전문가의 소견을 통해 약 1년 동안 미네랄테라피를 병행하도록 제안한 결과, 긍정적인 수치의 변화가 있음을 확인하였다. 또한, 이언증을 포함한 허언증이 망상을 포함한 리플리증후군(현실 세계를 부정하고 허구의 세계만을 진실로 믿으며 상습적으로 거짓된 말과 행동을 일삼는 반사회적 인격 장애)이 아닌지 의심스러워 관련 병원의 전문의를 찾아가 진료를 받을 수 있도록 권유하였다. 다행히 전문의를 통한 소견으로는 망상 증상이 희박하고 리플리증후군으로 판단하기에는 조건이 충족되지 않아 약물치료를 해야 할 필요는 없을 것 같다는 진단을 받았다. 이에 내담자에게 미네랄테라피와 함께 약 1년 동안 불안감을 안정시키기 위한 아로마테라피와 클래식뮤직테라피 프로그램을 병행하였다. 그리고 내담자의 무책임한 언행에 대한 체계적인 분석을 통해 자신의 책임을 회피하려고 하지 말고 자신이 한 행동이 무엇이며 그 결과가 무엇이고 자신의 행동에 대해 어떻게 책임을 져야 하는지에 대한 현실을 바로 볼 수 있도록 리얼리티테라피를 적용하여 심리상담을 진행하였다. 그 후로 약 2년 동안의 통합적 아트테라피와 리그레션테라피를 통한 심리상담 과정의 결과, 내담자는 주위 사람들과 소통하는 동안에 거짓말이 나오려고 하는 시점에서 거짓말을 하는 것이 자기에게 유리한가 아니면 또 다른 거짓말을 하지 않아도 되는 참말이 자신에게 유리한가의 기로에 서게 될 경우 바람직한 결정을 내릴 수 있도록 훈련이 되어감에 따라 거짓말의 강도와 주기의 폭이 많이 줄어들고 있었다. 동시에 누적스트레스 검사를 통한 비교 수치를 확인해 본 결과 스트레스의 정도가 감소하고 있는 것이 확인되었으며, 또한, 내담자는 결정 시기에 도달하면 긍정적으로 판단을 하여 결정하기에 이르러 결정장애에서 벗어났음이 확인되었다. 그러한 과정을 거치는 동안 의뢰인은 자녀를 이해할 수 있는 내용에 대한 교육과 상담을 요청하여 부모가 자녀에게 해서는 안 되는 부정적인 메시지[굴딩 부부(Bob & Mary Goulding) 심리학자가 정리한 '부모가 자녀에게 해서는 안 되는 12가지 금지령'-부록]를 배경으로 10회기에 걸쳐서 부모교육 및 상담을 진행하였다. 부모교육과 상담 과정은 의뢰인 부부에게 자녀를 이해하는 수준을 높여주어 가족 간의 유대관계를 더욱 두텁게 유지할 수 있는 계기가 마련되도록 해주었다.

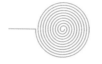

틱 증상이
없어졌어요!

입만 가리면 뭐해? 소리는 어떻게 가릴래?

법무부 관련 기관의 비행 청소년 상담실에 근무할 당시에 동료 상담사(의뢰인, 43세)로부터 아들의 심리검사를 의뢰받아 일정에 따라 집으로 방문을 하였다. 가족들과 인사를 하는 과정에서 사전에 알렸음에도 불구하고 아들(17세, 고1, 내담자)이 거실로 나오기 싫다고 고집을 부리고 있었다. 선입견으로 인해 심리검사 결과에 영향을 미칠 것을 우려하여 사전정보를 탐색하지 않고 방문한 터라서 그 이유가 궁금했으나 의뢰인이 해결하도록 잠시 기다려 주었다. 의뢰인이 내담자의 방에 들어가서 한참을 설득한 후에야 거실로 나와 한 손으로 코와 입을 가리고 불안한 모습으로 인사를 하는 모습을 보고 의뢰인은 아들에게 "입만 가리면 뭐해? 소리는 어떻게 가릴래? 전문가 선생님이라서 다 이해하시니까 가리지 않아도 괜찮아!"라고 말하니까 아들이 손을 내리고 인사하던 모습이 인상적이었는데 잠시 후 그 이유가 내담자의 복합적인 틱 증상(우측 눈 깜박임과 우측 어깨 운동성 및 코를 실룩이며 킁킁 소리를 내는 음성 틱 증상) 때문이라는 것을 알 수 있었다.

간단하게 인사를 마치고 나서 가족들을 대상으로 에니어그램 성격유형 검사를 실시했다. 의뢰인은 2주일 전에 상담실에서 초기상담에 필요한 에니어그램 성격유형 검사를 미리 실시하였으며, 그 결과, 긍정적인 5번의 성격유형으로 통합 방향인 8번의 점수가 분열 방향인 7번의 점수보다 더 높게 나왔고, 엄격한 남편과 아버지를 무서워하며 회피하는 아들 가운데서 이성적이며 긍정적인 고상한 어머니의 역할을 하고 있었음을 상담 과정을 통해 확인할 수 있었다. 내담자는 부정적인 7번의 성격유형으로 통합 방향인 5번 유형보다 분열 방향인 1번 유형의 점수가 높게 나왔으며, 생활의 전반에 산만하고 불안정한 모습으로 가족들을 불편하게 만들고 있었다. 어렸을 때부터 배우고 싶다는 것은 다 할 수 있도록 지원을 했었지만, 어느 것 하나 잘하는 것이 없었으며, 끝까지 유지하는 것이 힘들어 중단하는 성격이었다고 한다. 의뢰인의 남편(법조인)은 부정적인 8번의 성격유형으로 통합 방향인 2번의 점수가 분열 방향인 5번의 점수보다 더 낮게 나왔으며, 온화한 듯 보이지만 눈매가 매섭고 강한 인상을 풍기고 있었다. 의뢰인의 말에 의하면 매사에 강직한 성격과 준법 관념을 통해 내담자의 전반적인 생활에 통제적 역할을 함으로써 과도한 통제에 취약한 7번 유형의 아들에게 지배자의 모습으로 훈육을 해왔던 시간이 아들에게는 커다란 부담으로 느껴졌을 것이라고 했다. 내담자의 여동생(중2, 15세)은 긍정적인 8번의 성격유형으로 통합 방향인 2번의 점수가 분열 방향인 5번의 점수보다 더 높게 나왔으며, 내담자의 여동생이지만 아빠의 엄격한 훈육으로부터 그다지 영향을 받지 않는 성격으로 아빠를 겁내는 오빠를 감싸주고 도와주며 내담자에게는 밝고 긍정적인 영향력을 미치고 있었음을 초기 가족 상담 과정을 통해 확인할 수 있었다.

내담자를 대상으로 실시를 한 그림 투사검사에서는 난화 검사 결과물을 통해 태교 이상과 유아기 배변활동훈련 과정에서의 불안정 애착으로 인해 무의식적으로 반복해서 느끼게 되는 불안감 때문에 안정적이지 못한 정서 상태에 놓여 있었다. 내담자는 자신의 정서 상태를 통해 스스로 틱 증상을 인지하고 개선하려는 노력을 하였으나 결과에 못 미쳐 자존감이 낮아져 있음을 상담과정을 통해 알 수 있었다.

인물화 검사 결과물을 통해서 알 수 있었던 내담자의 문제는 '극도의 애정 결핍'인 상태(애정 결핍의 경우 사랑을 담는 그릇이 비어있는 상태라서 다시 채우면 되지만 극도의 애정 결핍은 그릇이 깨져 금이 가 있는 상태라서 채워도 계속 비어버리는 상태를 말함)를 시사하고 있었으며, 낮은 자존감과 대인관계에 있어서 상호 간에 소통하는 신뢰도는 매우 낮았고, 의사결정에 어려움을 느끼고 있으며 어렵게 결정을 한 후에도 결정된 사항을 수행하는 과정에서 수행 능력이 낮음을 시사하고 있었다. 내담자에게 어떤 문제가 발생이 되면 현실적인 문제에 부딪혀서 해결하지 못하고 회피하기 위해 아무도 모르는 장소로 숨어드는 성격임을 내담자와의 상담 과정을 통해 확인할 수 있었다.

존경하는 사람도 아빠, 싫어하는 사람도 아빠!

나는 내담자의 난화 검사 결과물을 보고 던졌던 첫 번째 질문은 "내담자를 이 세상에서 가장 사랑하는 단 한 사람이 누구라고 생각하는가?"였다. 그러한 나의 질문에 내담자는 조금 망설이는 듯하더니 가장 사랑하는 사람은 아니고 조금 사랑하는 것 같은 생각이 드는 사람은 여동생이라고 했으며, 내담자는 이 세상에서 누구를 가장 사랑하느냐는 두 번째 질문에는 대답이 없었다(극도의 애정 결핍). 다음은 이 세상에서 내담자를 제일 싫어하는 사람은 누구인 것 같냐는 나의 질문에 매우 조심스럽게 작은 목소리로 '엄마'라고 대답하였으며 자신이 제일 싫어하는 사람은 아빠인데 싫어하기보다는 무서워하는 것이며 제일 존경하는 사람도 아빠라고 해서 의외라는 생각이 들어 그 이유를 물어보니 내담자는 아빠가 평소에 실수하는 모습을 전혀 보이지 않았으며 운전을 할 때도 과속하지 않고 신호등과 정지선을 꼭꼭 지켜가며 운전하는 퍼팩트맨이라서 존경한다고 했다. 아빠를 무서워하는 이유는 초등학교 4학년 때에 같은 반 친구가 내담자의 행동을 흉내 내며 놀리고 무시하는 말을 해서 말다툼 끝에 친구에게 맞아 코피를 흘렸으며, 담임선생님이 부모님께 그 사실을 알려서 그날 저녁에 부모님은 내담자를 앞에 앉혀놓고 긴 시간 동안 혼났는데, 내담자가 맞아서 코피를 흘렸다는 사실은 묵과한 채 오히려 내담자가 잘못을 저지르면 아빠와 엄마가 실직하게 될 수도 있으며 절대로 남의 물건을 훔치면 안 되고 친구들과 싸움하면 안 되며 그 자리를 피해서 안전한 곳으로 이동을 해야 하고 반복해서 잘못할 경우 아빠가 먼저 집에서 쫓아낼 것이라며 다리에 쥐가 날 정도로 여러 번 반복했다고 한다. 그날 이후 친구와 싸움을 하거나 어쩌다 용돈이 모자라서 엄마 지갑에서 허락 없이 돈을 가져다 쓰고 나서 그 사실을 들키게 되면 화가 난 아빠에게 집에서 쫓겨나는 것이 두려워 자신도 모르는 사이에 미리 피신할 곳을 준비해 두는 습관이 생겼다고 했다. 실제로 아버지를 피해 네 번이나 은신처로 피신을 했던 경험(건축공사 현장이나 재건축 이주현장의 빈집에서 최대 8일 동안 가지고 있던 용돈으로 생라면을 사서 먹으며 지냄)이 있다고 하면서 아버지는 잘잘못을 따져 법을 집행하는 사람이라서 자기의 잘못을 용서해주고 보호해주기를 기대할 수 없는 사람이므로 철저하게 법을 지키고 수행하는 법관으로는 존경할 수 있으나 자신의 잘못을 용서해주고 감싸주며 자신이 믿고 의지할 수 있는 아버지로는 빵점이라고 하였다.

　의사 선생님도 자신이 이상한 행동(틱 증상)을 경험하고 있는 이유가 스트레스를 많이 받아서 그렇다고 하였는데 아버지 앞에만 가면 자신도 모르게 긴장이 되고 소변이 자주 마렵거나 아무런 일이 없는데에도 불안한 생각이 들어서 아버지와 마주치는 것을 피한다고 했다.

한 가지만이라도 해결이 가능할까요?

부모 상담 과정에서는 내담자를 이해하는 데 필요한 의뢰인의 성장배경을 살펴본 결과, 엄하신 친정아버지의 과도한 통제로 평소에 하고 싶은 것이 상당히 많았지만 할 수 없었던 의뢰인은 남편과 결혼한 후 남편의 배려와 지원을 받아 상담대학원을 다니면서 여러 가지(피아노·수영·미술 강습)를 동시에 배우던 중 임신한 사실을 알게 되었다(내담자의 7번 유형 결정요인에 영향을 미침)고 했다. 몸이 점점 무거워지면서 의뢰인은 자신의 활동에 제한을 받게 되어 뱃속 아이의 존재를 원망하며 낙태를 하고 싶다는 생각으로 산부인과 병원 앞까지 갔었으나(태교 이상) 일방적인 생각이어서 집으로 돌아와 남편과 상의한 결과 아기를 낳자는 결정을 하여 내담자를 출산하고 나서까지 심리적으로 힘든 시간을 보냈다고 했다. 아기를 출산하고 나서 얼마 후에 산후우울증이 와서 아기가 울어도 방 한쪽으로 밀어놓고 안아주지 않았으며(불안정 애착 및 극도의 애정 결핍의 요인), 모유는 과하게 많이 나와서 약 1년 동안 모유를 충분히 먹였다고 했다. 배변훈련을 하던 시기에 내담자는 집안 여러 곳에 배설물을 분출하며 돌아다녀서 한동안 큰소리로 혼을 내기도 하고 벽에 또는 의자에 앉혀놓고 벌을 많이 세웠다고 했으며, 그 시기가 지난 후에는 내담자가 약간의 눈치는 보는 것 같았으나 별다른 문제는 없었다고 했다. 나는 의뢰인에게 내담자가 언제부터 틱 증상을 하게 되었는지에 대해 질문한 결과, 의뢰인이 판단할 때 처음에는 지금처럼 눈, 목, 코와 소리를 통한 다발적인 증상은 없었으며, 내담자가 초등학교 4학년 겨울방학 무렵 집에서 저녁 식사를 하고 있었는데 의뢰인도 모르는 사이에 다리를 떨고 있는 아들의 모습(의사결정에 대한 불안감과 초조함)을 처음 보았고 그런 아들의 모습을 본 아빠는 무서운 표정으로 밥을 먹으면서 또다시 다리를 떨면 혼낼 것이라는 말을 하고 난 후부터 아빠가 없는 경우에는 편하게 식사를 하였으나 아빠와 같이 식사를 하는 경우, 다리 떠는 습관을 참아보려고 애를 쓰다가 결국에는 거의 식사도 못 하고 눈치를 보며 일어서는 아들의 모습을 보는 경우가 많았다고 했다. 그 시기에는 아들의 머리에 원형탈모증이 생겨 병원 진료를 받은 다음부터 다리를 떠는 증상이 없어진 대신에 눈을 자주 깜박거리며 다른 사람들의 눈을 쳐다보지 못하고 피하는 횟시 공포증(의뢰인이 인터넷 검색을 통해 알아본 결과라고 함)이 생겼다고 했다. 그러한 이유로 아빠에게 혼날 때마다 눈 깜박거림이 갑작스레 목을 젖히며 '두둑' 소리를 내는 행동으로 바뀌었고, 또 목을 젖히는 행동이 코를 실룩거리며 킁킁 소리를 내는 것으로 바뀌었지만 지금은 여러 가지 증상을 동시에 하고 있다고 했다. 의뢰인은 아들이 병원 진료를 받으며 한동안 약물치료를 하던 과정에서 약을 먹고 나면 틱 증상이 줄어드는 것을 보고 치료가 되려나 싶었는데 내담자는 약만 먹으면 밥맛이 없다며 잘 먹지 않고 또 자주 졸리고 나른해져서 아무것도 하기 싫다고 하면서 약물치료를 거부하여 병원 진료를 중단

한 상태라고 하였다.

의뢰인은 자신이 상담대학원을 졸업하고 전문 상담사로 일을 하면서 습관적으로 가출하거나 틱 증상으로 힘들어하는 자기 아들의 문제도 하나 해결하지 못하고 있다는 사실이 주위에 알려질 것이 두려워서 그동안 감춰왔으며, 아들의 틱 증상 한가지 만이라도 해결할 수 있으면 좋겠다고 했다.

의대는 아빠나 가세요!

먼저 의뢰인에게는 틱 증상을 일으키는 여러 요인 중 하나인 환경적인 요소를 무시할 수 없으며, 임신 중이나 출산 시의 영향이 틱 증상을 어떻게 유발하는지에 대한 인과관계는 명확하게 밝혀지지는 않았지만, 임산부의 지속적인 스트레스나 조기 출산 또는 중금속에 오염이 되어있는 경우 아기에게 영향을 미치는 과정에서 중추신경계 조직이나 기능에 손상을 주어 틱 증상이 발현될 수 있는 것으로 밝혀진 바가 있다고 설명을 해주었다. 중요한 점은 뱃속의 태아가 성장하는 과정에서 엄마가 보유하고 있는 중금속 중의 일부가 태아에게 옮겨갈 가능성이 있으며 그로 인해 출생 후 성장하는 과정에 있어서 심리적 부적응과 관련된 스트레스성 신경전달물질이 이동하면서 신경계의 기능에 부정적인 영향을 주어 틱 증상에 영향을 미칠 수 있으므로 중금속 독소를 배출시키는 과정을 통한 변화만으로도 틱 증상이 감소 될 수 있다는 정보를 바탕으로 모발미네랄검사를 관련 검사기관에 의뢰할 것을 제안하였다.

심리검사 결과를 통해 가족 구성원의 전반적인 초기상담을 마친 후 나는 의뢰인이 호소하는 내담자의 여러 가지의 문제행동에 대해 어떤 방향으로 접근하는 것이 바람직한지에 대해 고민을 한 결과, 내담자에게는 우선 만성적으로 경험하고 있는 불안한 감정을 낮춰주기 위한 아로마와 고전음악을 매체로 하는 릴렉스테라피 프로그램을 진행하였다.

의뢰인 부부에게는 내담자의 성격유형에 대한 설명과 '부모가 자녀에게 하지 말아야 하는 12가지 금지령'을 바탕으로 자녀의 성격 양상을 고려하지 않아 바람직한 자녀교육에 적합하지 않은 불합리한 부모의 훈육방식이 내담자에게 어떠한 영향을 주었는지를 생각하는 시간을 갖게 하였으며, 상담이 진행되는 과정 내내 합리화로 일관하던 의뢰인의 남편은 어느 순간 자신에게는 관심이 없고 남들에게 인정받으며 자식들에게 소홀했던 아버지가 떠올랐다고 했다. 지독하게도 이기적인 아버지를 통해 경험하였던 소외감이나 배신감 또는 불신감으로 원망했었던 자신의 감정과 현재 경험하고 있을 자신에 대한 아들의 감정이 겹쳐지면서 아들에게 정말 많이 미안한 생각이 들었으며 앞으로는 더욱 아들의 감정을 이해하려고 노력해 보겠다고 했다.

부모 상담을 진행하는 동안 의뢰인의 남편은 아들과 라포 형성을 위해 같이할 수 있는 것이 무엇인지 고민을 하던 중 야구 명문고를 졸업한 아빠는 야구경기 관람이 익숙하므로 내담자의 동의를 얻어 응원하고 싶은 야구팀을 정해서 일정을 잡아 경기장을 찾아가 아들과 함께 소리를 질러가며 응원을 하거나, 휴일이면 가족들과 찜질방에 가서 아들과 서로 등을 밀어주며 스킨십을 자주 하는 등의 노력을 보였다. 내담자의 아버지는 사소한 문제가 발생하더라도 아들의 편에서 생각해 보고 나서 아들과 대화를 나누는 등 여러 가지로 노력한 결과, 내담자는 아버지에 대한 두려움이 점점 줄어들고 있으며 아버지를 대하는 마음이 조금씩 편안해졌다고 하였다. 그러한 과정을 통해 내담자는 아버지에 대해 두려움을 느끼면 아무도 모르는 장소로 잠수를 타는(여동생의 표현) 행동을 할 필요가 없어졌다는 말을 해서 멘탈코칭의 예후가 기대되었다. 그렇게 1년이라는 기간 동안 내담자에게 아로마오일과 고전음악을 매체로 한 릴렉스테라피와 인티아트테라피 및 플레이테라피를 실시하는 것과 동시에 모발미네랄검사 결과, 내담자는 납과 수은 그리고 알루미늄 수치가 경계 수위에 있었다. 향후 영양요법 전문가의 도움을 받아서 약 1년간 재검사를 하며 미네랄테라피를 실시하는 것이 바람직하다는 제안을 하였으며, 미네랄테라피를 실시한 결과 내담자의 체내에 축적이 되어있던 유해중금속의 수치는 낮아졌다.

심리상담을 진행하는 동안 내담자의 틱 증상이 다리를 떠는 행동과 쿵쿵거리는 소리를 내는 두 가지 증상으로 줄어드는 것이 확인되어 의뢰인에게 그 사실을 말해주며 내담자의 증상에 관심을 보이면 다시 나빠질 수 있으니 절대로 관심을 보이지 말아야 한다는 경고를 했다.

상담을 마치고 돌아온 당일 저녁 의뢰인은 아들의 상태를 살피고 나서 기분이 좋은 나머지 아들을 안아주면서 엄마는 아들의 틱 증상이 줄어들어서 너무 기분이 좋다는 말을 한 그 순간부터 원래 하던 대로(네 가지 증상) 다 하더라면서 내게 전화해서 어찌하면 좋겠냐며 울먹였다. 나는 의뢰인에게 내담자는 이미 좋은 상태의 수위에 있어서 증상이 다시 줄어들 것이니 관심을 줄이고 지켜봐 달라고 안심을 시켰으며 이후에도 통합적인 심리상담요법과 리그레션테라피를 통해 무의식에 저장되어있으며 의식구조에 부정적인 영향을 미치는 정보들을 재구조화하는 기법을 진행하여 내담자가 할 수 있는 생각의 끝은 언제나 긍정적으로 마무리하는 것이 바람직하다는 결정을 각인시켰다. 그렇게 총 1년 8개월 동안 헬스멘탈코칭을 진행하였으며 내담자 가족들과 심리상담을 마치는 시기에 대해 협의를 하던 과정에서 의뢰인은 전문 상담가로서 자존감이 회복되어 무척 다행스럽게 생각하며 무엇보다도 다리를 떠는 정도의 증상만 남아있는 아들을 볼 때마다 엄마로서 또 상담전문가로서 반성이 많이 된다고 했다.

내담자에 대한 헬스멘탈코칭 과정을 종결한 이후에도 의뢰인과 상담실에서 자주 만나 아들의 성격유형에 대한 조언을 해주었으며, 내담자가 고등학교 3학년이 되어 담임과 대학 진학상담을 하는 과정에서 성적이 1등급임에도 서울 모 대학의 레크레이션학과를 지망했다고 하였다. 의대에 진학하기를 바라는 아버지가 개입하려는 것을 의뢰인이 만류하며 아버지의 의견을 내담자에게 전달하였더니 내담자는 의대엔 아빠나 가시라고 하면서 아빠의 주장을 포기시키고 내담자는 희망하는 대로 관련 학과에 수석으로 진학했다는 소식을 전해 들었다.

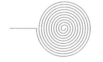

우리 집엔
대장이 둘!

I Go! 아버지 도자기!

일과를 마치고 귀가하는 길에 걸려온 전화를 받아보니 몇 년 전에 상담을 끝마친 K씨의 도움을 청하는 목소리가 들려왔다. "선생님 지금 제 남동생 집으로 빨리 와주실 수 있나요? 어쩌면 동생이 조카에게 폭력을 사용할 것 같아서요. 지금 빨리요". 다급한 상황임을 느낀 나는 앞뒤 가릴 것 없이 문자로 보내온 주소지로 갔으며, 아파트 입구에서 울면서 화내고 있는 남자와 같이 서 있는 K씨를 보고 가까이 다가갔다. 그날 있었던 일의 내용은 다음과 같다.

K씨의 남동생(의뢰인, 41세)이 퇴근해서 집으로 들어서는 순간 현관에 서 있던 아들(내담자, 11세)의 두 손엔 부친께서 물려주신 귀한

도자기가 들려있었다고 했다. 의뢰인은 도자기를 깨트릴 것이 두려워 내려놓으라고 말하는 순간 도자기를 들고 있던 아들은 아버지가 보란 듯이 의도적으로 손을 놔버려 도자기는 산산조각이 나버렸다고 했다. 그 순간 의뢰인은 너무 놀라 그 자리에서 '아이고! 아버지 도자기!'라고 소리치며 주저앉았다고 하였으며, 도자기를 깨고 제방으로 도망친 아들은 문을 잠그고 화가 난 아버지를 피해 숨어있는 상황이었다.

그 상황을 지켜본 의뢰인의 아내는 같은 단지에 살고 있던 손위 고모인 K씨에게 도움을 요청하였으며, K씨는 남동생의 불같은 성격으로 조카에게 폭력을 가할 것이 걱정되어 급한 마음에 곧바로 내게 전화를 걸었다고 했다. 자초지종을 듣고 있는 동안에도 화를 진정시키지 못하던 의뢰인은 내게 아들의 정신상태를 어떻게 이해하면 좋을지 확인 좀 해달라는 요청을 했다. 늦은 시간에 이루어진 상담이므로 우선 의뢰인에게만 에니어그램 성격유형 검사지 작성요령을 알려주고 나서 내담자와 함께 K씨의 집으로 이동하여 에니어그램 성격유형 검사와 그림 투사검사를 진행했다.

그 결과 내담자는 부정적인 8번의 성격유형으로 통합 방향인 2번의 점수보다 분열 방향인 5번의 점수가 더 높게 나왔고, 성급하고 내면에 화가 많이 쌓여 있는 도전자의 성격으로 분별되었다. 그림 투사검사에서는 난화 검사 결과물을 통해 선의 형태에서 부모에 대한 불만과 채색에서는 내담자의 내면에 아버지의 부재(不在) 상태가 투사되었다.

내담자와 검사 상담을 하는 동안 의뢰인의 에니어그램 검사 결과지를 전달받아 확인해보니 수준의 차이는 있었으나 아들과 유사한 부정적인 8번의 성격유형으로 통합 방향인 2번의 점수와 분열 방향인 5번의 점수가 비슷한 수준으로 나왔으며, 가족들과 소통하는 과정에서 감정이 순화되지 않은 채 성급한 말과 행동으로 아내와 특히 자존심을 지키기 위해 죽음을 불사하고라도 도전하는 아들에게 상처를 주는 일이 많았음을 초기상담 과정을 통해 확인할 수 있었다.

아빠는 적군 대장, 엄마는 간신?

심리검사를 진행하는 동안 내담자는 기분이 좋은 듯 계속해서 웃고 있었다. 검사를 마치고 결과물을 통한 초기상담을 진행하면서 현재 내담자의 기분에 대한 질문을 한 결과 내담자는 어렸을 때 아빠와 너무 친하게 지냈다고 했다. 그러다 2년 전부터 아빠가 내담자의 구구단 공부를 도와주면서부터 점점 사이가 나빠졌다고 했다. 처음 외우는 공부니까 틀릴 수도 있는데 걸핏하면 무식한 놈이라고 욕을 하며 놀리고, 수학 문제를 내주고 한 문제라도 틀리면 아빠는 사정없이 딱밤을 때려 아파서 울고, 화가 나서 울고, 울보라고 놀리기를 반복하는 통에 분하기도 해서 울다 보니 자존심이 상해서 초등학교 3학년 시기부터 울지 않기로 마음을 먹었으며, 그 이후에는 학교공부를 가르쳐 준다는 핑계로 계속 되풀이되는 아빠의 도발에도 한 번도 울지 않고 참고 있다고 했다. 내담자는 언젠가는 커서 힘이 아빠보다 강해지면 복수할 예정이며, 매일 밤 자기 전에 복수하는 방법을 생각하다 잠이 든다고 했다. 내담자에게 엄마와의 관계에 대한 질문 결과, 내담자는 세상에서 엄마를 제일 사랑하는데 엄마는 아빠를 더 사랑하는 것 같아 슬프다고 했다.

엄마는 내담자와 같이 있을 때는 자신의 편인듯한 생각을 하게 되지만 자신에 관한 일을 아빠에게 모두 말하는 것 같아 조심스러우며, 만일 엄마가 자신에 관한 얘기를 아빠에게 한다면 엄마는 간신이라서 엄마를 사랑하지 않을 것이라고 했다. 초등학교 4학년이 시작될 무렵 아빠는 가끔 휴일이 되면 거실에 앉아 할아버지께 전해받았다는 도자기 하나를 꺼내놓고 소중한 듯 닦고 들여다보며 감탄하는 것을 보니 꽤 값이 나가는 듯 보였다고 했다. 그 이후로 아빠는 걸핏하면 '너 같은 놈(내담자)은 내다 팔아도 이거(도자기) 하나 못 살거야!'라는 말을 해서 자존심이 많이 상했다고 했다.

내담자가 도자기를 깨트린 당일 아침엔 늦잠을 자서 등교 준비로 허둥대고 있는 내담자를 경멸하는 눈빛으로 잠시 쳐다보다 덜떨어진 못난 놈이라는 말을 던지고 출근하시던 아빠의 뒷모습이 내담자가 생전에 보는 마지막 모습이었으면 좋겠다는 생각을 했다고 한다. 그날 내담자는 학교에서 수업시간 내내 아빠에게 복수할 방법을 생각하다가 불현듯 자존심을 지키기 위해서 내담자는 자신보다 더 값이 나간다고 하는 '아빠가 소중하게 여기는 도자기를 아빠가 보는 앞에서 깨고 죽자!'라는 생각을 하게 되었고 하교 후에 엄마도 모르게 준비하고 있다가 아빠가 퇴근하고 귀가하는 순간에 눈앞에서 실행한 것이라고 했다. 와장창 도자기가 깨지는 소리와 아빠의 비명과 같은 소리가 내담자에게는 막혔던 가슴이 시원하게 뚫리는 듯한 음악 소리로 전해져서 방문을 걸어 잠그고 소리죽여 웃었다고 했다. 잠시 후 현실로 돌아와 문을 두드리는 소리에 이제는 죽는 일만 남았구나 하는 생각으로 포기하고 열었는데 처음 보는 선생님이 말하는 첫마디가 다친 곳이 없느냐는 걱정을 해 줘서 살았구나 싶은 생각이 들었다고 했다. 이러한 과정을 진행하면서 자존심을 지키기 위해 목숨까지 걸 수 있는 8번 유형들의 무모한 패기를 통해 그러한 생각을 꿈에서도 하기 어려운 성격의 나는 다시 한번 각성하는 시간을 갖게 되었다.

─

아들이 아니라 웬수야!

내담자의 에니어그램 검사결과와 투사검사 결과를 바탕으로 진행하는 부모 상담 시간에는 내담자의 성격유형과 심리 상태에 관한 설명을 하는 과정에서 의뢰인과 유사한 부분이 많아 이해도가 높았다. 의뢰인은 하나뿐인 아들을 좀 더 강하게 키우고 싶은 생각으로 밀어붙였는데 사사건건 강하게 부딪치기만 하고 의뢰인이 의도하지 못한 다른 방향으로 엇나가서 이 아이는 아들이 아니라 웬수가 환생해서 작정하고 괴롭히는 것일지도 모른다는 생각까지 해보았다고 했다. 나는 의뢰인에게 내담자의 성격 특성을 가능하면 이해할 수 있도록 충분한 설명을 해 준 후에 의뢰인의 아버지가 의뢰인에 대한 훈육방법은 어떠했는지에 대한 질문을 한 결과, 자신의 아버지는 항상 든든한 버팀목 역할을 해 주셨으며 의뢰인의 생각이나 행동이 부적절한 경우에도 스스로 바로 잡을 수 있도록 묵묵히 기다려 주셨고, 시행착오를 겪을 때마다 격려해 주시고 늘 자신이 하고자 하는 일에 대해 지원을 아끼지 않으셨다고 했다.

의뢰인은 아버지가 자신을 대해 주셨던 기억을 정리하며 스스로 자신과 많이 닮은 아들에게 왜 자신은 아버지처럼 아들을 대해줄 생각을 할 수 없었는지 자책이 된다고 했다. 그러한 생각과 더불어 의뢰인은 아들의 성격유형과 심리 상태를 이해하고 나서 들었던 생각이 자신의 양육 태도가 아들에게는 정말 나쁜 방법이었다는 것을 알게 되었다고 했다. 나는 자책하는 의뢰인에게 그 방법은 아들에게 맞지 않는 방법이었을 뿐 다른 대상에게는 적절한 양육법이 될 수도 있다고 설명을 해주었다.

나는 의뢰인에게 앞으로 아들과 대면을 해서 훈육을 해야 하는 경우엔 우선 아들의 관점에서 먼저 생각해 본 다음 단계로 내담자의 할아버지가 의뢰인에게 적용해왔던 훈육방법을 아들에게 적용해보면 어떤지 고민을 해보고 나서 다음 상담시간에 다시 얘기하자고 하였다. 나는 의뢰인에게 이 일로 인해 잃어버릴 뻔했던 귀한 아들을 다시 얻었다고 생각하고 아들이 호소하는 무의식적으로 조절이 잘 안 되는 감정폭발에 관한 문제를 감소시키기 위해 도움이 되는 방법으로 모발미네랄검사를 제안하면서 초기상담을 마쳤다.

가족 간의 관계 개선은 스킨쉽이 최고!

헬스멘탈코칭 프로그램을 진행하기에 앞서 웜업(warm-up) 단계로 아침에 첫 대면을 통한 관계 개선의 방법이 매우 중요하다고 생각했으며 웜업 프로그램을 선택하기 위한 탐색을 하였다. 아침에 제일 일찍 출근하는 의뢰인은 아들의 자는 모습을 보며 조식을 먹는 경우가 많다고 하였다.

그 말을 들은 나는 기왕이면 아침잠이 많아 늦잠을 자는 아들을 아빠가 깨워주는 것도 좋을 것 같아 부자간에 서로 불편하지 않은 방법을 찾으라는 과제를 내준 결과 의뢰인의 아버지는 의뢰인이 어렸을 적 내담자의 나이 정도에 아침마다 잠이 덜 깨어있는 자신의 등을 긁어주셨으며, 그럴 때마다 아주 편안하게 잠에서 깰 수 있었다고 했다. 그 얘기를 내담자에게 해주었으며, 그 말을 들은 내담자는 약간의 거부감을 나타내었지만 일단 한 번만 해보고 싫으면 다른 방법을 찾아보자는 말에 내담자가 동의해서 다음 날 시도를 해본 결과, 사소한 웜업 프로그램 한 가지가 내담자와 의뢰인 모두 만족을 시켜 가정의 평화를 유지할 수 있도록 그 기능을 나타내는 것이 신기하게 느껴졌으며, 매일 아침 지속할 수 있도록 제안하였다.

내담자의 모발미네랄검사 결과, 유해 중금속의 수준은 모두 안전범위 내에 있었으며, 대사균형도 잘 유지되고 있는 편이라서 관련된 요법은 불필요했다. 내담자가 호소하는 주요 문제는 '화가 나면 나도 모르게 폭발을 해요'이다. 기질적인 요인과 성격유형의 미성숙한 부분이 무의식적인 정보들을 통해 파괴적 본능과 폭발성 감정 표출에 영향을 미치므로 그 수위가 증가 될 수 있어서 부수적 조건의 플레이테라피 프로그램으로 신문지 찢기, 뜯기, 찰흙 던지기 또는 풍선 터뜨리기 등을 실시함으로 응집되어있는 감정을 파편화시켜 점진적으로 파괴적이거나 폭발적인 감정 본능을 이완시키는 효과를 기대할 수 있었다.

이 내담자의 경우 약 7개월 동안의 인티아트테라피와 숨(호흡)테라피 및 부수적인 플레이테라피를 통해 화가 나면 스스로 프로그램을 자발적으로 실행하며 감정을 조절하는 방법을 터득하게 되었으며, GIM테라피(심상음악요법: 융의 분석심리학을 배경으로 한 심층 심리분석기법 중의 하나로 과거에 경험했던 불유쾌한 감정들을 정화 또는 승화시켜 무의식 속에 쌓여 있는 분노의 감정을 긍정의 감성으로 재저장할 수 있도록 영향을 미치는 기법)를 통해 무의식적으로 표면화되던 폭발성 감정을 스스로 조절할 수 있게 되었다.

헬스멘탈코칭 과정이 마무리되던 어느 날 내담자는 할아버지께 전화를 걸어서 아빠에게 주신 도자기를 자신의 실수로 깨트렸으니 아빠에게 주신 것과 같은 도자기를 자신에게도 하나 달라고 말씀드렸으며, 그 얘기를 들으신 할아버지께서는 아빠에게 주신 도자기보다 더 귀한 가치가 있는 그림 한 점을 손수 가져다주셨다고 했다. 그날 내담자는 퇴근해서 현관에 들어서는 아빠에게 선물로 주었다고 하였다. 그 후 의뢰인이 감사의 인사를 하는 과정에서 도자기 하나를 잃어버리고 나서 도자기보다 귀한 그림을 얻게 되었으며 그보다 더욱 소중한 아들을 다시 찾게 해줘서 감사하다고 했다.

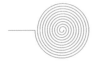

겨울잠 자는
웅남이!

결벽증에 걸린 곰

강남의 한 가정에서 내담자(20세, 재수생)를 처음 만났을 때 아주 강렬한 인상을 받았던 기억은, 5분이 채 안 되었을 시간 동안 화장실과 싱크대에서 의뢰인인 어머니(47세, 공인 중개사)의 눈치를 보며 손을 여섯 번이나 씻고 있던 체구가 큰 청년의 모습이었다. 그 모습을 본 내담자의 어머니는 '쫌! 쫌! 적당히 좀 해라'라는 말로 내담자에게 핀잔을 주며 '우리 집엔 결벽증에 걸려 겨울잠 자는 웅남이가 한 마리 살아요'라는 말로 내게 하소연이라도 하려는 듯 자세를 고쳐 앉아서 나는 사전정보가 불필요한 이유와 에니어그램 성격유형 검사의 표기 방법에 대해 간단하게 설명을 마치고 초기 심리검사를 하기 위해 내담자의 동의를 얻어 방으로 들어갔다. 내담자의 방으로 들어서는 순간 눈앞에 보이는 광경은 온통 여러 가지의 물건들이 아무렇게나 널브러져 있었고, 지저분한 것 같지만 자세히 살펴보면 나름대로 질서가 있어서 카오스라는 단어가 불쑥 생각이 났다. 에니어그램 성격유형 검사결과는 예상대로 부정적인 9번 유형인 게으른 낙오자의 성격으로 분별 되었다. 또한, 통합 방향인 3번의 점수보다 분열 방향인 6번의 점수가 더 높게 나왔으며, 의심이 많고 불안한 성격 양상을 띠고 있는 체구가 큰 청년의 모습이었다.

그림 투사검사에서는 난화 검사 결과물을 통해 채색과 선의 형태에서 배변훈련 시기 동안 주 양육자로부터 이루어진 강압적이며 과도하게 엄격한 배변훈련을 통해 강박성향을 경험할 수 있는 성격으로 분별이 되었다. 이와 같은 검사 결과물을 통한 분석 결과는 개인과 상황에 따라 다소의 차이는 있으나 내담자의 성격은 불안을 스스로 조절하는 기능이 낮으며, 강박적인 성향으로 투사되었다. 내담자의 인물화 검사에서는 회색으로 강하게 채색을 한 결과물을 통해 불안의 정도를 가늠할 수 있었다. 또한, 손의 부분을 뭉개놓은 그림을 통해 과도한 손 세척으로 습진에 걸린 손의 질병 상태를 시사하여 강박적인 성향으로 분별이 되었다.

의뢰인은 에니어그램 검사에만 참여하였으며, 결과지를 전달받아 확인해보니 부정적인 1번의 성격유형인 완벽을 추구하는 독선적인 개혁가의 성격으로 분별이 되었으며, 통합 방향인 7번의 점수보다 분열 방향인 4번의 점수가 더 높게 나와 위선적인 자선가의 성격도 나타났다. 모자 간의 소통과정에서는 언제나 그리고 항상 불러도 대답이 없는 아들의 느려터진 반응에 사사건건 잔소리를 하고 있었다는 것을 의뢰인과의 초기상담 과정을 통해 확인할 수 있었다.

엄마 말은 비수(匕首)

심리검사 결과물을 놓고 내담자와 어머니는 함께 초기상담을 진행하는 과정에서 내담자의 아버지가 내담자의 백일잔치를 하고 난 며칠 뒤에 음주 교통사고를 당해 돌아가셨다는 것을 알게 되었다. 불행 중 다행인 것은 아버지가 돌아가시기 전에 여러 종류의 보험을 들어놓으셔서 교통사고 보상금과 사망보험금을 받은 내담자의 어머니는 결혼 전에 공인중개사 자격증을 취득한 후 부동산 사무실에 근무했던 경력을 되살려 현재 주거지인 아파트와 단지 내의 상가에 부동산 사무실을 분양받아 일하며 경제적으로 어렵지 않게 살고 있다고 했다. 상담을 진행하는 과정에서 내담자의 어머니는 젊은 나이에 남편 없이 홀로 아이를 양육하는 과정에서 한계를 느꼈으며, 내담자의 배변훈련 시기에는 자신의 꼼꼼한 성격으로 인해 어린 아들에게 강압적이고 과도하게 통제적으로 힘들게 한 것 같다고 하였다. 커가는 과정에서도 아들 입장으로 볼 때 성장하는 과정에서 흔히 겪을 수 있는 조그만 실수들은 성장 과정에 있어서 없어서는 안 되는 시행착오라는 것을 알고 있었지만, 그럴 때마다 잘 키워야겠다는 마음으로 강하게 키우려는 욕심에 허용하지 않았다고 했다. 그렇게 조그마한 잘못을 하더라도 심한 꾸중과 벌을 주었으며 그러한 방법으로 아들과 소통하는 과정에서 비수(匕首)와 같은 말로 아들에게 상처를 주는 일이 많았을 것이라는 얘기를 하였다.

어머니의 말을 들은 내담자는 자신에게 가혹하게 대했던 어머니를 원망하고 비난할 것이라는 예상과는 달리 뜻밖의 반응을 보였다. 그 당시에 내담자의 말에 의하면 초등학교에 다닐 때까지는 무서운 표정으로 사사건건 지적하고 야단을 치시는 엄마가 무섭게만 느껴져서 학교에서 돌아오면 엄마를 피해서 방안에만 있었는데 중학교에 입학한 뒤에는 자신의 키와 몸무게가 엄마보다 더 커졌으며, 게으름을 피울 때마다 엄마가 큰소리로 화를 내도 별다른 반응을 하지 않는 자신의 행동 때문에 힘들어하며 큰 소리로 울고 있는 엄마의 모습을 보았고 그 순간 엄마는 무서운 존재가 아니라 약한 엄마라는 것을 알게 되었다고 하였다. 그리고 자신이 엄마를 보호해 줘야겠다는 생각을 하게 되었지만 스스로 행동의 변화는 없었으며 자신이 생각해도 무기력하며 느려터지고 결벽증이 있는 고집스러운 성격을 가진 자신에게는 어머니와 같은 강한 자극으로 밀어붙이는 방법이 맞는다는 생각을 하게 되었다고 했다. 그 후로는 방을 열심히 청소하고 있지만, 어머니는 청결 상태는 안 보시고 항상 바닥에 놓여 있는 물건들을 치우지 않는다고 역정을 내셨다. 그런데 어머니가 보시기에는 지저분하다고 생각하겠지만 자신은 어떤 물건이 어디에 있으며 필요하면 쉽게 손에 닿을 수 있는 위치에 물건들을 놓고 사는 것이 효율적이라는 생각이 들어 그렇게 할 뿐이며, 다른 이유는 없다고 했다. 그 말을 들은 나는 내담자의 어머니에게 아들은 타인에게 영향을 잘 받지 않는 9번의 성격유형들이 하는 전형적인 생활습관이 배어 있어서 그렇다는 것과 함께 9번 유형의 특성을 자세하게 설명해 주었으며, 설명을 들은 내담자의 어머니는 아무리 반복적으로 얘기해도 고쳐지지 않았던 아들의 습관을 그제서야 이해할 수 있게 되었다고 했다. 내담자가 습관적으로 손을 씻게 된 시점에 대해 질문을 하자 내담자의 어머니는 내담자가 고등학교 진학 초기에 손에 습진이 생겨서 피부과 진료를 받았으나 반복해서 손을 씻는 습관 때문에 증상이 심해져서 소아청소년정신과에서 강박증 진단을 받고 약물치료를 하던 시기부터라고 알고 있었으나 사실 내담자는 어렸을 때부터 계속해서 유난히 손을 자주 씻는 버릇은 있었다고 했다. 중학교 시기에는 학교에서나 집에서 스트레스를 받으면 반복해서 손을 씻는 습관이 점점 심해졌으나 엄마에게 혼날 것이 두려워서 감추고 있었지만, 고등학교에 진학한 후 이유 모를 무기력증으로 학습능력이 떨어져 입시에 관한 스트레스가 더해지면서 강박 증상이 더욱 심해졌다고 했다.

이와 같이 초기 검사 상담을 마친 후, 내담자가 경험하고 있는 불편한 문제들을 해결하기 위한 솔루션 중 우선순위에 있는 모발 미네랄검사를 제안하여 전문기관에 의뢰하였다.

몸과 맘을 바로 세우기 위한 솔루션

초기상담 시 제안하여 의뢰했던 모발미네랄검사 결과지를 확인해보니 내담자는 유해중금속으로부터 부정적인 영향을 받을만한 항목은 없었다. 대사 상태는 나트륨과 마그네슘의 비율이 낮음으로 확인되어 나트륨이 마그네슘에 비교해 상대적으로 낮은 경우에는 부신 기능의 저하가 우려되며, 부신 기능이 저하되면 내담자가 경험하고 있는 만성피로나 무기력증과도 연관이 있을 수 있으므로 전문가의 도움을 받아 대사의 균형을 유지할 수 있도록 미네랄테라피를 6개월 동안 진행하는 것이 바람직하다는 제안을 하였으며, 동의를 구한 후 실행을 하였다.

내담자는 평소에 하품을 많이 하고 이유도 모르는 무기력함을 지속해서 느끼고 있다고 해서 무기력증의 원인을 파악하기 위해 내담자의 어머니에게 시중에서 판매하는 산소포화도 측정기를 구해서 측정해보도록 권유한 결과, 미세먼지가 들어오지 못하도록 방문과 창문을 굳게 닫아놓고 생활하는 내담자의 방안에서는 93~94%가 측정되었으며, 거실에 있을 때 측정한 결과 수치는 97~98%로 확인되었다. 이후 매일 내담자가 생활하는 방안을 환기하도록 하였으며, 오전과 오후에 산소포화도 검사결과를 일주일간 기록하도록 한 결과 지속해서 96~98%로 유지되고 있었지만 내담자는 환기를 시키는 과정을 매우 불편하게 받아들여서 매일 한 번만 환기를 시키고 대신 어머니의 동의를 얻어 산소발생기를 방안에 설치할 수 있도록 제안하였다.

그림 투사검사의 결과지를 통해 상담을 진행하는 과정에서는 유아기 배변활동 훈련과정 영향으로 인한 결벽증상을 감소시키기 위해 손에 잘 묻어나는 크레파스와 물감, 먹물, 찰흙과 같은 미술 매체를 활용한 노출 및 반응방지 기법인 코비테라피 프로그램과 병행을 해서 밀가루 풀이나 전분 가루를 적절하게 활용한 릴렉스테라피 프로그램을 진행하였다.

내담자는 항상 느끼는 손의 오염에 대한 강박적 사고를 경험하는 상태임에도 불구하고 건강상의 문제는 존재하지 않는다는 판단 하에 의식의 재구조화를 시키는 기법으로 고전음악을 활용한 리그레션뮤직테라피를 병행하였다.

통합적 헬스멘탈코칭 프로그램의 진행 결과

모발미네랄검사를 통한 미네랄테라피는 처음 3개월 동안 진행한 뒤 재검사를 받도록 하였으며 검사결과를 통해 대사의 균형이 잡혀가는 수치의 변화를 확인하였고, 이후 총 7개월간 영양요법을 실시하여 대사 균형상태로 인해 몸과 마음의 항상성을 유지할 수 있도록 하였다. 또한, 산소포화도 수치가 다소 낮음으로 인해 숨테라피를 실시한 결과, 지속적인 점검과 환경개선의 노력으로 잦은 하품을 하는 현상이나 무기력증이 많이 개선되었다고 하였으며, 학습성취도가 높아져서 내담자가 희망하는 E스포츠학과 대학에 진학을 하였다.

　결벽증을 감소시키기 위한 인티아트테라피나 릴렉스테라피 프로그램을 진행하는 과정에서 처음에는 프로그램을 진행하는 시간 동안에는 손에 묻은 이물질을 씻어내지 못하도록 상호 약속하에 정해진 통제규칙을 거부하며 심하게 저항을 하였으나 내담자의 협력과 노력에 의해 점진적으로 통제규칙 안에서 프로그램을 진행할 수 있게 되었으며, 그에 비례하여 손을 씻는 횟수나 강박적 사고의 정도는 줄어들어 습진 치료도 가능하게 되었다.

　인지적 오류의 재정의를 위한 리그레션테라피 프로그램을 진행하는 동안 세균 감염을 통한 질병에 대한 강박적 사고를 일으키는 내담자의 비합리적 추론을 현실적으로 재해석하도록 하여 합리적 사고를 방해하는 비이성적인 사고에 묶여 있는 자신에게서 벗어날 수 있도록 해 준 결과, 오히려 자신을 힘들게 해왔던 인지적 왜곡 상태에서 벗어날 수 있게 되었다고 하였다.

　유아기 배변 활동 훈련과정으로 인한 강박적 사고를 감소시키기 위한 프로그램으로는 클래식 음악을 활용한 리그레션뮤직테라피를 통해 내담자가 배변훈련을 받던 시기의 과거로 돌아가 당시의 트라우마 상황을 재현하여 현재의 정서적 상태로 재경험을 하며 억눌린 강박적 사고에 의한 행동을 유발하도록 조장하는 부정적인 정보들을 긍정화 시키는 재구조화 기법을 경험하도록 하였다. 그 효과로 자신도 모르게 억눌려 있었던 감정에서 내담자 스스로 벗어날 수 있도록 진행한 결과, 리그레션뮤직테라피를 경험함으로써 강박적 사고가 현저하게 감소 된 것 같다는 내담자의 소감을 들을 수 있었다. 통합적 헬스멘탈코칭 프로그램을 진행하는 기간은 약 17개월 정도 소요되었으며, 몇 년 후 내담자의 어머니로부터 대학을 졸업하고 컴퓨터게임 프로그래머로 일하고 있으며, 강박증은 개선이 되어 깔끔을 떠는 수준에 있다는 내담자의 근황을 들을 수 있었다.

이 장에서는 내담자를 중심으로 주위의 모든 사람들에게 불편한 영향력을 미치며 삶의 무게에 눌려 힘들어하던 내담자들의 문제를 해결해 나가는 과정을 에니어그램 유형별로 전문적 코칭의 실전 사례를 예시하였다. 다음 장에서는 헬스멘탈코칭에 도움이 되는 기능 의학적인 검사와 그 방법들에 관한 소개를 하도록 하겠다.

4장

헬스멘탈코칭에
도움이 되는
기능의학적 검사

기능의학
검사란?

기능의학(Functional Medicine)이란 '건강을 유지하기 위해 환경적 인자를 연구하고 정상적인 물질대사가 이루어지도록 하는 방법을 연구하는 학문'이라고 정의할 수 있으며(네이버 두산백과) 기능영양의학이라고도 한다. 현대의학이 증상을 치료하는 데 초점을 둔 의학이라면, 기능의학은 그 뿌리인 주된 원인을 찾아서 통합적으로 몸 전체의 현 상태를 파악하여 전반적인 건강을 유지하도록 하는 것이다. 우리의 외모나 성격 또는 기질적인 특성 등의 차이가 있듯이 우리 몸에서 일어나는 대사 작용이 모두 다르므로 개인별의 진단과 치료가 이루어져야 한다는 생각을 기반으로 한다. 기능의학은 생화학적 요소와 다양한 기능을 알아보는 검사들뿐 아니라 영양학적 치료

방법을 사용하는 새로운 분야이다. 따라서 기능의학검사는 질병 자체보다는 질병이 생기기 이전의 상태에 초점을 두고 우리 몸에서 일어나는 질병의 원인을 찾아 영양학에 초점을 둔 관리를 함으로써 가장 좋은 최적의 상태로 기능을 회복시키는 것을 목표로 하는 것이다. 여기 헬스멘탈코칭를 위한 대표적 기능의학검사를 소개한다.

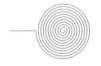

모발미네랄검사와
헬스멘탈코칭

미네랄은 말한다

인간이 건강한 삶을 유지하기 위해서는 외부로부터 영양소를 섭취하여 잘 이용하여야 한다. 영양소는 식품으로부터 섭취하여 생명의 유지, 성장, 발육, 조직의 정상적 기능, 에너지의 생성을 위해 음식물을 소화 흡수함으로써 얻을 수 있다. 이렇게 얻어진 영양소를 그 기능에 따라 6대 영양소라고 하며 탄수화물, 단백질, 지질, 비타민, 무기질(미네랄), 물이 그것이다.

이 중 탄수화물, 단백질, 지질을 3대 영양소라고 하며 각각의 주요한 기능이 있지만 공통적으로 에너지원으로 사용된다. 물과 단백질, 무기질은 우리 몸을 구성하는 구성영양소라고 할 수 있고 무기질과 비타민은 체내의 생리기능을 조절한다. 자동차의 엔진이 원활하게 작동하기 위해서는 좋은 윤활유를 넣어 주어야 하는 것과 같이, 무기질과 비타민은 부족하면 우리 몸의 생리작용이 원활하지 않거나 질병이 생길 수 있다.

영양소에 대한 개념이 열량을 공급하는 단순한 양적인 개념에서 최근에는 여러 가지 기능에 관한 질적인 개념이 중요시되고 여러 가지 기능을 나타내는 식품에 관한 관심 또한 높아지고 있는 추세이다. 그 가운데 많은 생리적 기능을 조절하는 미네랄에 대한 중요성이 대두되고 있다. 무기질이라고도 불리는 미네랄은 체중의 4%를 차지하며 인체 구성 물질 중 탄소, 수소, 산소, 질소 이외의 물질이다.

미네랄은 신체 세포의 대사 평형, 각종 효소들의 활성화, 호르몬의 생성, 체내 pH 조절, 세포의 삼투압 조절, 영양소의 운반 등 그 기능이 다양하다.

일반직으로 칼슘은 뼈 생성, 근육수축, 혈액응고 등의 중요한 생리적 기능을 하는 것으로 알려져 있다. 철분은 우리 몸 전체에 산소를 운반하는 헤모글로빈의 구성요소로, 아연은 면역작용과 어린이 성장발달 및 정자의 생성에 관여한다. 우리는 근육의 불수의적인 떨림이 있을 때 마그네슘을 보충해야 한다고 한다. 그러나 이들은 신체적인 측면뿐만 아니라 정신적인 면에서도 매우 중요한 작용을 한다.

칼슘은 신경전달물질로 나트륨, 칼륨과 함께 매우 중요하며, 부족 시 정신질환의 원인으로 작용할 수 있다. 마그네슘은 근육의 문제가 있을 때 보충하기를 권유하는 미네랄로 뇌의 경우에도 근육처럼 유연하게 작용하여 가소성을 높일 수 있다. 왜냐하면 마그네슘은 신경 간의 연결 부위인 시냅스를 강화하고 뇌혈관 장벽으로 작용하여 스트레스 호르몬인 코티솔이 뇌에 들어가는 것을 막기 때문이다. 또한 알츠하이머일 경우 생성되는 아밀로이드반의 축적을 예방한다. 아연은 우울증에 걸린 사람에게 아연결핍이 흔히 나타나므로 우울증에 영향을 미치는 것으로 생각되는 면역강화 미네랄이다. 항산화력이 높다고 알려진 셀레늄의 경우, 기분 개선, 불안 완화, 우울증 관리, 노인의 기억력과 연관성이 있다는 연구 결과가 있다.

철분의 경우 대만의 Ya-Mei Bai 박사팀에 의한 철분결핍성 빈혈을 가진 소아 청소년 연구에서 우울장애, 양극성장애, 불안장애, 자폐증 등의 정신질환 발생 위험이 높다는 결과를 얻었다. 이와 같이 미네랄 부족은 정신적인 문제를 야기하므로 정신건강을 위한 미네랄의 체크는 매우 중요하다. 그러나 좋은 미네랄과 영양소를 아무리 많이 섭취해도 체내에 유독성 원소가 쌓여 있으면 그 효과가 충분히 나타나지 않는다. 그러므로 먼저 체내의 유독성 원소의 존재를 확인하고 해독요법을 시행하거나 미네랄의 보충이 필요하다. 뿐만 아니라 미네랄간의 균형 또한 중요하므로 나의 몸 안의 미네랄의 상태를 아는 것은 나를 아는 첫걸음이 되리라 생각한다.

베토벤과 나폴레옹의 죽음의 원인, 중금속은 여전히 우리의 건강을 위협한다

미네랄에는 우리 몸에 유용한 미네랄만이 존재하는 것이 아니다. 흔히 말하는 독성미네랄 즉 유해중금속이 있다. 산업화 되고 각종 유해물질에 노출된 현대는 물론, 역사적인 사건 속에서도 중금속으로 인한 사건들을 엿볼 수 있다. 오히려 중금속을 귀한 것으로 여김으로 인해 부의 상징으로 노출된 특권층의 중금속사례도 많이 남아 있다. 로마에서는 납으로 만든 상수도 파이프와 일상생활용품은 물론 심지어는 포도주 대신 산화된 납을 마실 정도로 귀족들의 특권으로, 납이 마치 부의 상징인 듯 여겨졌다고 한다. 실제 로마인의 시체에서 뼈를 분석한 결과 정상치의 80배의 납이 나왔고, 납중독이 된 귀족이 군대에 나가 전투력이 약화되어 멸망하게 되었다고 주장하는 연구도 있다. 또 다른 사례로 우리에게 많은 명곡을 남겨 준 베토벤의 죽음의 원인이 납중독이었다고 한다. 납은 신경계통에 침투하여 사람을 광기로 몰아넣는다고 하며, 로마에 폭군이 많았던 이유로 납중독을 주장하기도 한다. 납은 흥분과 정신착란과 같은 정신이상과 경련, 발작, 마비를 일으키기도 하며, 기억력 저하, 학습장애, 주의력 부족, 신장장애, 불안감 및 청력장애 등의 여러 증상들이 나타나는데 베토벤 사후 100배 이상의 납이 발견된 이유로 조심스럽게 청각장애의 원인이 납중독 때문이라고 대입해서 생각하기도 한다. 약 200여 년 전 사망한 고인이 남긴 모발을 분석함으로써 모발 속의 중금속을 측정하여 그의 생애에서의 삶을 추적할 수 있다는 것은 놀라운 일이 아닌가?

또한 한 시대의 역사를 휘어잡고 "내 사전에는 불가능이 없다"라고 외치던 정복자의 대명사인 나폴레옹은 사후 100년도 지난 시점에 만성비소중독이 사인이라는 것이 밝혀지며, 모발검사를 통해 모발 속에 중금속이 축적되어 있음을 알게 되었다고 한다. 비소는 사극의 독살사건 및 왕이 내리는 독약의 주인공이기도 한 독성이 강한 1급 발암 미네랄이다. 나폴레옹의 신하가 기록한 수기 속에서 "쏟아지는 졸음과 불면증의 반복, 다리가 부어오르는 증세, 한 움큼씩이나 빠지는 머리…" 등의 기록 내용을 본 후대의 학자가 그 증상이 만성 비소중독임을 알고 연구를 하여 알려지게 되었다. 처음엔 독살되었다고 생각했지만 결국 그 당시에 유행하던 초록 벽지 속의 비소가 문제였다고 결론이 났다. 지금도 우리 주변에는 유해한 중금속이 들어있는 생활용품들이 우리 생활과 아주 가까이에 있기에 간과할 수 없는 내용인 것이다.

그 외에도 역사적으로 불로장생을 꿈꾸던 진시황제의 수은 연못과 수은을 먹었던 사건, 영국의 엘리자베스 1세를 비롯한 왕실 여인들의 수은화장품, 화려했던 로마시대의 납이 든 도자기로 만든 와인 잔이 자손을 지진아로 만들어 결국은 멸망하게 된 사건들도 있었다.

우리나라에서도 화장품의 역사에 납이 함유된 '박가분'이 1916년부터 약 20여 년간 유행하였다. 특히, 그 당시의 멋쟁이들이었던 기생들 사이에 유행하였다. 그러나 피부가 푸르게 괴사되고 정신이 상을 일으키며 심지어는 자살까지 하는 사건이 일어나 판매가 중지되었다.

하지만 요즘에도 2018년 발암물질로 알려진 안티몬이 함유된 화장품, 수은화장품뿐만 아니라 각종 생활용품 심지어는 프라이팬 등의 주방용품에도 중금속이 함유되어 있어 생활 곳곳에서 위험요인으로 자리 잡고 있다.

현재 우리 주변에도 중금속 관련 사건들은 심심치 않게 생기고 있다. 2013년 9월에 방영된 SBS 〈세상에 이런 일이-754회, '서있기 힘든 남자'〉는 독성 중금속이 우리 생활 가까이 있음을 알려준 사례이다. 당시 57세의 중년남성이 다리에 힘이 풀리듯 꺾이며 허리가 뒤로 젖혀지는 충격적인 모습은 보는 사람에게 놀람 그 자체였다. 이 남성은 치료를 위해 의료기관을 찾아 각종 검사를 하였으나 원인조차 밝힐 수 없어, 30년간 행하던 용접일도 그만 둔 상태에서 고통스런 일상을 지내고 있었다. 그러던 중 한 신경외과 선생님의 권유로 모발 미네랄검사를 했는데, 검사결과 비소와 카드뮴이 과량 축적되었다는 진단을 받고 중금속 해독 및 기타의 치료를 통해 보름 만에 증상이 완화되었다. 그리고 재촬영 시기인 한 달 만에 놀랍게도 거의 평범한 생활을 하는 모습을 보여주었다. 그 외에도 우리가 잘 먹는 김치찌개용 그릇에서 치매를 유발하는 알루미늄이 용출되는 프로그램 등 우리 주변에는 너무도 많은 중금속이 우리를 위협하고 있는 것이다.

우리 아이들의 중금속을 체크해주자

독성중금속의 대표주자는 역시 납이라고 할 수 있다. 납은 적은 양으로도 지능지수가 낮아지고 듣기능력이나 주의력 결핍과 집중력이 부족하며 공격적이고 비행과 범죄적인 행동을 보인다. 특히 칼슘 자리에 대신 들어가 성장저하나, 로마의 자손의 지진아 형성 사례에서 보는 바와 같이 신경학적으로도 문제를 일으킨다. 실제 미국 조지 워싱턴 대학의 마리아 교수팀은 "태아나 유아기 초기에 납에 노출되면 성인이 됐을 때 범죄 행동을 저지를 가능성이 높다"라고 발표한 바 있다. 납은 신장손상, 심장 문제, 면역체계 기능장애, 생식 문제 등의 신체적인 문제뿐 아니라 어린이의 신경발달 기능 손상도 일어날 수 있기 때문이다.

따라서 요즘의 우리 아이들에게 문제가 되고 있는 자폐나 ADHD 기타 행동장애가 있거나 성장 관련 문제가 있는 경우뿐 아니라, 교육열이 높은 우리나라 엄마들에게 아이의 모발 미네랄검사를 권하고 싶다. 납은 페인트, 건전지, 형광등뿐만 아니라 장난감, 놀이터의 놀이기구, 도자기 등의 일상생활용품에서도 쉽게 접하게 되기 때문이다. 납뿐 아니라 수은은 또 얼마나 가까운 곳에서 우리를 공격하고 있는지? 대형생선류에는 수은이 많고, 치과의 아말감은 우리의 중금속 중독의 큰 원인임을 많은 사람이 알고 있다. 심지어는 예방주사약에도 들어 있으며 이 역시 기억력, 집중력, 지능지수의 하락, 발작, 우울증 등을 일으킨다고 한다. 유기수은에 의해 일본에서는 역사적인 환경사건인 미나마타병이 있었고, 우리도 체온계를 깨뜨렸을 때 흘러나온 수은으로 장난을 치거나 제대로 처리하지 못해 모르는 사이 많은 사람들이 중독을 겪었을지도 모른다. 알루미늄은 대표적으로 2023년 우리나라 사인 중 7위로 새롭게 떠오르고 있는 알츠하이머병 즉 치매를 일으키는 중금속이다. 우리나라 많은 프로그램에서도 우리가 많이 사용하는 양은그릇에서 알루미늄이 용출되어 과량 축적을 유발한다고 그 심각성을 각 방송에서 다루기도 하였다. 비소는 중추신경을 파괴하여 마비 등의 요인이 되고 축적 시 고혈압, 피부암, 심장기능 저하, 피부각질 현상 등이 나타난다. 카드뮴의 축적은 학습장애를 일으키고 납과 공존 시 중증장애가 되며 사회적 문제아의 경우 납과 카드뮴이 많이 검출된다는 사실은 최근의 '묻지마 범죄'와 같은 사회적 문제를 해결할 수 있는 방법으로 제시될 수 있지 않을까 하는 일말의 희망을 가져보기도 한다.

이처럼 우리 몸에 축적된 중금속은 신체뿐 아니라 정신건강에도 막대한 영향을 끼침을 알 수 있다. 따라서 우리의 소중한 아이들이 총명하고 건강하게 자랄 수 있는 기초를 마련해 준다는 의미에서 모발 미네랄검사를 실시하는 것은 매우 중요하다고 생각한다.

모발을 이용한 미네랄 검사, 이래서 좋다

● 미네랄을 검사하는 방법들

우리 몸의 미네랄의 양을 측정할 수 있는 방법으로는 혈액, 소변, 손톱, 모발 미네랄 분석 등이 있다. 일반적으로 미네랄 검사는 의료 기관을 통해서만 가능하다고 생각했기에 가장 많이 하는 것은 혈액을 통한 검사 방법이다.

혈액은 체내를 순환하고 있으므로 언제나 우리 몸의 상태를 측정할 수 있으나, 장기보존이 불가능하고 직접 의료기관에 내원해야 하는 단점이 있다. 소변검사 역시 간단하게 채취가 가능하고 단기적인 배출량의 변화를 보는 데는 좋으나 소화 흡수되지 않은 미네랄은 2~3일 내에 체외로 배출되므로 장기적인 정보 확인이 어렵고 보존 역시 어렵다는 단점이 있다.

요즘은 손톱으로 분석하기도 하는데 간단한 채취와 혈액과 비교할 때 미네랄 농도가 농축되어 있는 장점은 있으나 손톱의 뿌리인 조근으로부터 멀리 떨어져 채취하므로 최근의 정보를 확인하기에는 어렵다는 단점이 있다.

이에 비해서 모발미네랄검사는 모발에 함유되어 있는 미네랄 양이 혈액이나 소변보다 10~50배 정도 높다. 그러므로 신체의 생리적 변화를 정확하게 반영하고, 측정이 용이하다는 장점이 있다. 모발은 혈액이나 소변에 비해 변질되지 않아 안정성이 뛰어나고 혈액처럼 항상성의 영향을 받지 않는다. 또한 소변과 같이 소화 흡수되지 않은 미네랄이 체외로 배출되지 않으므로 체내의 미네랄 상태를 종합적으로 파악할 수 있는 방법이다. 따라서 체내의 유독성 원소에 대한 오염과 영양 미네랄의 상태를 분석하고, 그 결과를 영양 의학적으로 평가하여 질병 예방, 식생활 개선, 건강회복 등에 필요한 정보를 제공할 수 있는 가장 손쉬운 방법이다.

또한 모발로 검사하는 방법은 채취가 쉽고 간편하며 비침습적이므로 아프지 않은 방법이다. 모발은 보통 한 달에 약 1㎝ 정도 자라는데 성장기간 동안 몸의 대사산물이 우리 몸에 나이테처럼 축적되어 영양 섭취상태를 반영해 주어 장기간의 영양섭취상황을 종합적으로 파악할 수 있는 유용한 검사이다.

1979년 미국환경보호국(E.P.A)에서도 '대부분의 독성 중금속에 대해서 모발은 의미 있고 대표성 있는 조직'이라고 하였다.

어떤 질환이 증상으로 나타나기까지는 세포, 조직, 기관의 변화를 거치는데 모발 미네랄 검사는 기관의 변화 이전의 세포와 조직수준에서의 변화를 확인할 수 있다. 따라서 질병이 나타나기 전 건강상태에서도 관리가 가능한 유용한 검사이다.

● 모발미네랄검사, 누구에게 필요할까?

그렇다면 이런 미네랄 검사, 특히 모발을 이용한 미네랄 검사는 누구에게 가장 필요할까? 나는 모든 현대인들에게 모두 필요한 검사라고 감히 단언한다. 현대인들은 환경오염으로 인한 다양한 오염원과 미세먼지, 황사 등에 의한 중금속에 지속적으로 노출되어 산다. 따라서 우리 신체는 자연스럽게 독성미네랄을 흡수하고, 반면 영양미네랄은 흡수가 덜 되거나 배설을 증가시키는 요인이 된다.

만연한 스트레스도 독성미네랄을 증가시키는 한 요인으로 작용한다. 산업화와 도시화가 가속화되면서 인체의 생활리듬이 흐트러지고 정신적 신체적 스트레스를 많이 받고 있는데 스트레스가 증가하면 특정 영양소가 소실되고 영양소의 흡수는 감소하게 되기 때문이다. 요즘 문제가 되는 약물오남용의 문제는 영양미네랄의 저장을 고갈시키거나 독성미네랄(중금속)의 수치를 증가시키는 결과를 초래하기도 한다.

불규칙한 식습관과 고도로 정제된 탄수화물의 과잉섭취, 음주나 편식 등으로 인한 미네랄 및 영양결핍을 초래하고 있다. 과거에는 건강한 자연 속에서 자란 농작물을 먹고 광합성이 제대로 일어나 신선한 공기를 마실 수 있었다. 그러나 현대에는 지나친 농약의 사용으로 인해 토양도 지쳐 있고 중금속도 축적됨으로 인해 과거에 비해 영양소의 함량이 줄어들어 있고 안전성 또한 제공되지 못하고 있는 현실이다. 입에 달콤하고 좋은 맛을 주기 위해 첨가되는 인공첨가물 역시 우리의 일상을 위협하고, 이러한 위협 속에서 우리의 건강을 지켜가기가 매우 어렵다. 지치고 힘든 자연과 더불어 우리의 영양은 균형을 잃어가고 위협받고 있는 것이다.

더불어 현대의학은 원인을 치료하려는 원인요법이 아닌, 열이 올라가면 열만을 내려주는 대증요법으로 치료를 하고 있다. 또한 각각의 진료과목이라는 명목하에 서로 분리된 단편적 해석만을 하는 의료시스템을 가지고 있다. 지나친 경쟁 구도 속에서 인간을 기계론적으로 다루면서 과다한 진료와 과잉검사, 수술의 남용에 의한 부작용과 삶의 질 저하, 항생제의 남용 등 스스로의 자연치유력을 상실시키도록 만드는 진료를 하고 있다. 일부 병원에서는 양방, 한방, 기능의학 등을 통합하는 전인적 의료를 실시하고 있지만 극히 일부에 국한되어 있는 것이 현실이다. 그러므로 이러한 의료 현실 속에서 스스로의 건강을 지키고 많은 정보의 홍수 속에서 현명하게 대처할 수 있는 지혜가 필요한 시기이다.

태어나면서 병을 가지고 태어나는 아이들, 의료 장비와 새로운 신약은 끊임없이 만들어지고 있지만, 우리의 건강은 현재 어디에 존재하고 있을까? 그러므로 세포수준에서 질병을 감지할 수 있고 예방할 수 있는 모발미네랄검사는 남녀노소 누구에게나 건강의 바로미터로서 필수라고 할 수 있다. 모발미네랄검사는 신체적인 문제뿐 아니라 정신적인 건강을 예측할 수 있다. 유독한 독성미네랄 등을 배출시키고 필요한 영양소는 넣어 줌으로써, 영양소의 적절한 비율을 유지하고 다양한 질병을 미리 예방하여 건강한 삶을 영위할 수 있게 돕기 때문이다.

● 모발미네랄검사, 어떻게 검사할까?

모발미네랄검사를 하기 위해서는 어떻게 해야 할까?

인터넷을 검색하면 많은 검사기관이 있음을 알 수 있다. 이러한 검사기관이나 혹은 대행기관을 통해 인터넷으로 키트를 신청하는 것으로부터 우리는 직접 우리의 건강 체크를 할 수 있는 모발미네랄 검사를 신청할 수 있다. 또는 의료기관에서 진료를 받고 의사 선생님의 권유로 모발미네랄검사를 의료기관에서 할 수 있다. 병원에서라면 특별히 신경 쓸 필요 없이 검사결과가 나오면 내원하여 어떻게 하면 영양미네랄은 보충하고 독성미네랄(중금속)을 빼낼 수 있는지 실행할 수 있는 방법을 자세히 알려주고 차후 효과를 알아보기 위해 추적검사가 필요함을 설명해 줄 것이다.

그러나 개인적으로 인터넷으로 신청했다면 모발미네랄검사 방법은 다음과 같다. 검사키트를 신청하여 도착하면 신청서, 무게측정용지, 모발채취용 소 봉투, 반송용 봉투 등이 오는데 이들 내용물을 확인한다. 모발 채취를 하기 전 설문지를 작성하는데 구체적인 내용은 이름, 생년월일, 성별, 임신여부, 약물복용여부 및 복용제품과 염·탈색이나 퍼머를 언제쯤 했는지에 대한 정보와 수면, 스트레스, 식생활, 우울증, 생활습관, 현재 앓고 있는 질환 등 건강상태에 대한 내용 등이다. 이때 염색이나 퍼머를 했다면 최소 2주가 지난 후 채취하도록 한다(일반적으로는 5~8주가 더욱 정확하다).

질문지를 작성한 후에는 녹슬지 않은 스테인리스 가위를 준비하고 종이로 된 무게측정용 저울의 양쪽 부분을 직각으로 접어 평평한 테이블 위에 놓고 머리 뒤쪽에서 3~4군데에서 채취하여 모근으로부터 3cm까지의 머리카락을 모발 위치 사각형 안에 저울이 기울어질 때까지 놓는다. 모발채취용 소 봉투에 모발을 넣고 밀봉한 후 빠짐없이 작성된 검사신청서를 채취한 모발과 함께 소봉투에 넣어 반송용 봉투에 넣고 송부한 후 결과를 기다리면 된다.

모발미네랄검사 결과는 검사기관에 따라 조금씩 다르나 크게 영양미네랄, 독성미네랄(중금속), 미네랄 간의 비율 및 영양미네랄과 독성미네랄(중금속)의 비율로 구성된다(검사지 참조). 각 항목은 정상범위에 속하는 기준치가 설정되어 있는데 적정치를 초과한 경우 또는 부족한 경우 둘 다 문제가 되는 상태이다. 이러한 결과를 토대로 개개인에게 부족한 식품의 추천과 독성미네랄 해소에 도움이 되는 식이 및 영양제를 추천한다. 식이에는 권장식품과 피해야 할 식품, 운동과 일상생활에 필요한 행동요령에 대한 사항이 있으며 이러한 결과에 대해서는 자신이 실천할 수 있는 방법을 계획할 필요가 있다. (이러한 전반적 과정을 헬스멘탈코칭에서는 '미네랄테라피'라 명명한다.)

검사항목	내용
영양미네랄 (19가지)	칼슘(Ca), 마그네슘(Mg), 나트륨(Na), 칼륨(K), 철분(Fe), 구리(Cu), 망간(Mn), 아연(Zn), 크롬(Cr), 셀레늄(Se), 인(P), 코발트(Co), 몰리브덴(Mo), 리튬(Li), 붕소(B), 황(S), 요오드(I), 바나듐(Vr), 스트론튬(Sr)
독성미네랄 (11가지)	수은(Hg), 납(Pb), 카드뮴(Cd), 알루미늄(Al), 비소(As), 우라늄(U), 비스무스(Bi), 안티몬(Sb), 바륨(Ba), 베릴륨(Be), 탈륨(Tl), 세슘(Cs)
중요비율 (13가지)	Ca/P, Ca/Mg, Ca/K, Na/K, Na/Mg, Zn/Cu, Fe/Cu, Se/Hg, Ca/Pb, Zn/Pb, Zn/Cd, P/Al, Fe/Al

*M사의 모발미네랄검사 결과지를 기준으로 표를 작성하였다. 분석기관마다 조금씩 차이가 있음.

중요 미네랄의 비율 중에서 칼슘/칼륨(갑상선기능), 나트륨/칼륨(스트레스), 아연/구리(면역상태, 호르몬), 나트륨/마그네슘(부신기능, 에너지), 칼슘/마그네슘(내당능성), 칼슘/인(자율신경) 등의 지표를 알 수 있다.

전술된 바와 같이, 독성미네랄(중금속)은 아이들의 성장뿐 아니라 성인의 건강에도 매우 큰 영향을 끼친다. 따라서 모발미네랄검사를 하는 것만으로도 소아, 청소년에게는 성장이나 면역력 관련 질병을 넘어서 학습과 관련된 여러 가지 문제와 생활습관에 이르기까지의 모든 문제에 도움이 될 수 있다. 즉 허약체질, 면역력 저하, 알레르기, 비염과 천식, 집중력 부족, 과잉행동장애(ADHD), 자폐증, 편식이 심한 아이, 인스턴트 선호, 성장지연, 성조숙증, 운동 부족 등이 모두 미네랄과 관련이 있는 것이다.

아이뿐 아니라 노인을 포함한 성인의 경우에도 부족한 미네랄을 채우고 독성미네랄을 빼주면서 비율을 맞춰주면 현대인의 고질병인 만성피로를 비롯해 스트레스, 수면장애, 탈모, 피부 관리, 비만과 다이어트 관리, 성욕감퇴, 발기부전, 갱년기증후군, 골다공증, 만성통증, 불임, 유산, 우울증과 조울증, 당뇨, 고혈압 등의 생활습관병을 완화 시키는 데 더 많은 도움이 될 것이다.

―

아이나 성인이나 늘어나는 ADHD 개선될 수 있을까?

● 발병이 증가한 게 아니라 진단이 늘었을 뿐

ADHD(Attention Deficit Hyperactivity Disorder)는 주의력 결핍/과잉 행동장애로 아동기에 주로 나타나나 요즘엔 '어른 ADHD'라는 말이 있을 정도로 남녀노소 누구에게나 있을 수 있는 질환이 되었다. 발병 자체보다는 진단 사례가 증가했을 가능성이 높을 것으로 추정되는 면도 있지만, 통계에 의하면 2017년 약 5만 명의 환자 수가 2021년 약 10만 명으로 2배 증가하였다. 연령별로는 남성의 경우 20대는 약 3.2배, 30대는 5.1배 증가하였고 여성의 경우 20대는 6.5배, 30대는 8.8배 증가하여 ADHD는 이제 아동들의 질환이라는 인식이 깨어지고 있는 추세이다.

ADHD의 특징은 지속적으로 주의력이 부족하여 산만하고 과다 활동, 충동성을 보이는 상태로 주로 아동기에 많이 나타나는 장애이다. 일상생활의 여러 방면에서 어려움이 지속되고 일부의 경우 청소년기와 성인기에도 증상이 남는 경우가 있으므로 방치하지 말고 치료해야 하는 질환이다.

미국의 한 연구에 의하면 ADHD 자녀를 둔 부모의 이혼율이 그렇지 않은 부모의 약 2배이며 이혼을 한 경우에도 결혼 기간이 매우 짧은 것으로 나타난다. 환아의 파괴적인 행위가 시간이 지나면서 가정이 아닌 외부 스트레스와 상호 작용하여 부부 갈등으로 나타나 최종 이혼으로 발전하는 것으로 보인다고 하였다. 이는 자녀의 문제일 때이지만 성인 ADHD의 경우에는 일반적으로 충동적이고 계획성이 없고 사람들과 어울리지 못하며 주의가 부족해 자신의 임무를 완수할 수 없는 상태로 무책임하고 무능하다. 또한 사회적 갈등을 야기하고 무기력함으로 우울증까지 불러올 수 있는 심각한 상태가 되므로 일상적인 생활을 영위할 수 없게 된다.

2022년 많은 인기를 끌었던 드라마 〈이상한 변호사 '우영우'〉는 자폐와 ADHD를 함께 가진 주인공 '우영우'를 통해 이들도 사회의 일원으로 훌륭하게 살아갈 수 있음을 보여주었다. 이는 이제 ADHD는 숨겨두어야 할 질환이 아니라 사회나 국가에서 적극적으로 이해하고 정상적인 사회의 일원으로 당당하게 살아갈 수 있도록 인식하고 함께해야 한다는 의지의 표명으로 보인다.

● ADHD 치료약으로 둔갑한 마약?

2023년 4월 세간을 떠들썩하게 만든 ADHD관련 뉴스가 있었다. 강남대로 한복판에서 청소년들을 상대로 마약이 함유된 음료를 '메가 ADHD'라는 집중력 향상을 돕는 건강보조제로 속여서 먹인 뒤, 이후 이 사실을 빌미 삼아 학부모를 협박해 돈을 뜯어내고자 한 사건이 벌어졌던 것이다.

학생들이 아무런 의심 없이 신종 '보이스 피싱' 범죄조직이 건넨 음료를 받아 마신 이유는 단 하나다. 바로 '집중력 향상'을 도와주는 음료라는 말 때문이다. 과거의 부모 세대들이 학생이었던 시절, 잠을 안 자면서 공부하기 위해 각성제를 먹었던 적이 있었다. 이러한 마음을 이용한 이번 사건은 '집중력과 기억력 강화를 돕는 음료'라는 타이틀로 학생들에게 음용시키고 마약 복용 혐의로 신고하겠다는 협박으로 돈을 벌고자 한 사건으로 많은 이들의 공분을 샀을 뿐 아니라 우리 사회에 깊숙이 침투한 마약의 위험성을 다시 한번 일깨워준 사건이었다. 더불어 ADHD라는 단어에 대한 의미를 많은 사람들이 알게 하였고, 이미 많은 사람들이 알고 있지 않았나 다시 생각하게 한 사건이었다.

이 사건을 계기로 과거의 일이 떠올랐다. 1990년대, 많은 학부모 사이에서 ADHD 치료약이 수험생의 보약처럼 쓰였던 일이 그것이다. 실제 제품 중에는 학생들의 주의력과 집중력을 높여준다는 에너지 드링크가 마치 ADHD 치료제인 것처럼 오인하게 표시를 한 경우도 있었다. 실제는 카페인의 각성효과를 이용한 것이지만 우리 사회에서 'ADHD'라는 용어가 가지는 양면성을 그대로 보여주는 일이 아닌가 하는 생각이 든다.

● 모발미네랄검사 사례를 통한 ADHD, 이렇게 좋아졌다

ADHD는 유전과 뇌 발달 결함 등의 원인으로 발생하는 것으로 알려져 있다. 연구결과에 의하면 ADHD 어린이의 뇌는 정상 어린이와 비교하면 억제와 조절을 담당하는 전전두엽의 발달이 2~3년 정도 뒤처져 있다고 한다. 최근에는 유전이나 뇌 발달의 결함뿐만 아니라 스트레스가 해마와 전전두엽에 영향을 끼쳐, 스트레스 역시 ADHD의 원인이 될 수 있다는 연구 결과와 더불어 지속적인 연구가 이루어지고 있다. 그러나 약물치료와 교육을 통해 증상을 완화하고 다소나마 사회생활을 지속할 수 있는 치료 사례가 나오고 이를 치료하는 의료기관이 늘어가고 있는 실정이다. 이러한 치료의 과정

을 보조할 수 있는 모발미네랄검사의 역할을 영양학적인 관점에서 소개하고자 한다.

ADHD, 아토피, 천식을 앓고 있는 8세의 초등학생 여아 A양의 사례를 중심으로 이에 관련한 검사 결과를 자세히 살펴보자.

A양은 2013년 2월 1일 모발미네랄검사를 실시하였다. 검사 전에 그 당시의 건강 및 상태를 표시하는 문진표에 표시를 하는데 A양의 경우, '잠을 자고 일어나도 항상 피곤하다', '한 가지 일이나 공부에 집중하지 못한다', '알레르기, 아토피, 천식 등으로 고생을 한다', '산만하고 과잉행동을 보인다', '육식이나 기름진 음식을 자주 섭취한다'는 다섯 개의 문항에 해당되고 있음을 표시하였다. 이후 A양은 검사결과에 따라 비타민과 무기질이 풍부한 식단과 건강기능식품을 보조로 꾸준히 영양요법을 실시하였다. 약 1년 후인 2014년 3월 19일 재검을 실시하였으며, 문진표에 '알레르기, 아토피, 천식 등으로 고생을 한다'의 한 항목만을 불편 사항으로 표시하였다. 즉, ADHD의 증상이 많이 좋아져서 피곤하지 않고 집중할 수 있으며 산만하거나 과잉행동도 많이 줄어들어 일상생활이 편해졌음을 알수 있다.

<모발미네랄검사에 의한 A양의 치료 전/후 사례>

분석 신청 정보

의뢰기관		접수일	2013-02-01
검사유형	⊙ 30원소 (중금속11, 미네랄19) ○ 18원소 ;중금속6, 미네랄12)		
성명	연	성별	여
생년월일	-	나이	8
모발상태	□ 자연상태 □ 염색 ☑ 파마 □ 탈색 [ ] 개월전		
모발검사 시행주증상	☑ 일반검진 □ 만성피로 □ 피부질환 □ 성장부진 □ 비만 □ 탈모 □ 기타 [ ]		
복용중인 약물,영양제			
문진표	1. 잠을 자고 일어나도 항상 피곤하다. 5. 한가지 일이나 공부에 집중하지 못한다. 6. 알러지, 아토피 피부염, 천식 등으로 고생한다. 10. 산만하고 과잉행동을 보인다. 16. 육적이나 기름진 음식을 자주 섭취한다.		

(1차 검사 문진표)

분석 신청 정보

의뢰기관		접수일	2014-03-19
검사유형	⊙ 30원소 (중금속11, 미네랄19) ○ 18원소 ;중금속6, 미네랄12)		
성명	연	성별	여
생년월일		나이	9
모발상태	□ 자연상태 □ 염색 ☑ 파마 □ 탈색 [ ] 개월전		
모발검사 시행주증상	☑ 일반검진 □ 만성피로 □ 피부질환 □ 성장부진 □ 비만 □ 탈모 □ 기타 [ ]		
복용중인 약물,영양제			
문진표	6. 알러지, 아토피 피부염, 천식 등으로 고생한다.		

(2차 검사 문진표)

Essential Minerals (1차 검사 영양미네랄)

Element	Ca	Mg	P	Na	K	Zn	Cu	Fe	Se	Mn	Cr	Co	S	Sr	Mo	V	I	B	Li
	칼슘	마그네슘	인	나트륨	칼륨	아연	구리	철	셀레늄	망간	크롬	코발트	황	스트론튬	몰리브덴	바나듐	요오드	붕소	리튬
Result (ppm)	815.3	80.02	140.6	53.18	35.07	130.8	9.532	7.612	0.534	0.188	0.184	0.014	37980	2.308	0.052	0.043	0.000	1.306	0.013
Previous test 1st																			
2nd																			

(1차 검사 영양미네랄)

Essential Minerals (2차 검사: 영양미네랄)

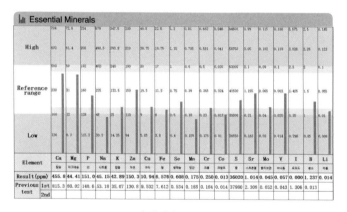

Element	Ca	Mg	P	Na	K	Zn	Cu	Fe	Se	Mn	Cr	Co	S	Sr	Mo	V	I	B	Li
	칼슘	마그네슘	인	나트륨	칼륨	아연	구리	철	셀레늄	망간	크롬	코발트	황	스트론튬	몰리브덴	바나듐	요오드	붕소	리튬
Result (ppm)	455.8	44.41	151.0	45.15	42.89	150.3	10.94	6.576	0.608	0.175	0.250	0.013	36020	1.014	0.045	0.057	0.000	1.237	0.014
Previous test 1st	815.3	80.02	140.6	53.18	35.07	130.8	9.532	7.612	0.534	0.188	0.184	0.014	37980	2.308	0.052	0.043	0.306	1.306	0.013
2nd																			

(2차 검사: 영양미네랄)

A양과 같이 증세가 호전되는 경우에는 그간의 증상이 전형적인 ADHD였음을 알 수 있다. 부족한 영양균형을 맞춘 결과 증세가 호

전되었기 때문이다. 이처럼 전형적인 ADHD의 경우는 모발미네랄 검사로 A양과 같은 특징을 보인다. 다만 체질이나 유전적 소인 등 개인마다 다른 특징이 나타날 수 있어 일률적으로 적용하기에는 어려움이 있음을 감안해야 한다.

유전자 검사와
헬스멘탈코칭

유전자 검사 : 원래의 나를 알고 삶을 이해하고 방향을 잡아보자

● 고전적인 유전자 검사는 이런 걸 알려주었다.

드라마를 보다 보면 처음 장면만 보아도 뻔하고 뻔한 이야기, 단골 주제인 바뀐 아이의 운명, 수십 년이 지난 후 생모나 생부를 알게 되고 찾아가는 이야기들, 늘 주제가 되는 이야기 속에 바로 '유전자 검사'가 등장한다.

오래전 이야기로, 유전자 검사가 비싸고 흔하지 않던 시절인 30여 년 전 기사에 이런 이야기가 있었다. A형과 O형의 부모 사이의 B형의 아이, 과학적으로 있을 수 없는 이야기이기에 부부 사이엔 싸움만 있었다. 싸우다가 아내 되는 사람이 의심과 구박을 받다가 결국 유전자 검사를 한 결과 두 부부의 아이가 맞는다는 결론이었다. 이유는 유전자 돌연변이라는 결과였다. 이러한 이야기를 수업시간에 해주면서 이런 일도 있으니 이런 경우가 생기면 꼭 유전자 검사를 받으라는 이야기를 덧붙였고 그 이후 수업에서 이 이야기는 신문기사를 자료 삼은 나의 단골 강의 자료가 되었다. 이 이야기는 몇십년 전 유전자 검사가 흔치 않던 시절의 이야기였고, 최근 국내에서도 두 부부가 B형임에도 돌연변이 등 여러 가지 이유로 A형의 자녀가 태어난 경우가 기사화 된 바 있다.

신문이나 방송 등을 통해 떠들썩했던 많은 사건의 실마리가 범인의 지문뿐만 아니라 타액, 혈액, 정액 등의 DNA의 감식을 통해 밝혀진 일 또한 유전자검사를 통한 성과였다.

과거 우리는 '유전자검사'하면 이러한 친자감별이나 범인색출 등의 단어를 떠올렸다. 그러나 현재의 유전자 검사는 우리나라 사망요인 1위인 암을 비롯한 만성질환의 발병을 예측할 수 있는 도구로도 많이 알려져 있다. 과거에는 고가의 도구였으나 요즘은 보험회사나 건강식품회사의 마케팅 자료로 사용되어 저렴하게 심지어는 무료로도 검사가 가능하여 많이 일반화되어 있다.

● 아플 확률이 얼마나 되는지 알 수 있다

2013년 안젤리나 졸리의 《나의 의학적 선택》이라는 저서에서 밝힌 유방암 예방을 위한 절제수술은 크나큰 충격을 주었고, 베르테르 효과처럼 졸리를 따라 유전자 검사를 받고 가슴을 절제하는 수술을 받는 여성의 숫자가 급증하였다고 한다. 아름다운 몸매와 연기력으로 인기 있고 사랑받는 여배우로서 이러한 수술을 감행하게 된 이유는 바로 '유전자 검사'였다. 그녀는 변형 유전자를 갖고 있으며 유방암에 걸릴 확률이 87%, 난소암 확률이 50%라고 밝혔다. 그녀의 엄마가 10년 넘게 항암투병 후, 56세의 젊은 나이에 사망한 이유 또한 젊고 아름다운 그녀에게 수술이라는 결정을 하게 만든 것이다. 더구나 "확률이 5%로 내려갔다"라며 기쁘다는 말을 덧붙였다.

혹자는 암 유전자가 실탄이라면 방아쇠는 암 발병을 일으키는 요인에 비유를 한다. '총에 실탄이 장착되었더라도 방아쇠를 당기지 않으면 암은 발병하지 않는다'라는 이야기를 한다. 이와 비슷한 이야기로 전등이 방에 설치되었더라도 스위치를 눌러 켜지 않으면 전등은 켜지지 않는다는 것이다. 방아쇠를 당기는 행위나 스위치를 누르는 행위는 병이 발현된다는 것을 의미한다. 유전자 검사는 암뿐만 아니라 안질환, 심장질환, 우울증, 파킨슨병 등의 신경 정신학적인 질환과 심장질환, 자가 면역질환에 이르기까지의 30여 가지의 질환에 대한 변형유전자에 대한 정보를 준다. 이것은 우리에게 위협이 아니라 우리 자신의 본래 타고난 모습을 이해하고 총의 방아쇠를 당기지 않도록 주변 환경을 살피고 조심해야 함을 알려주는 질환에 관한 인생의 나침반이라고 생각하면 좋겠다.

● 내가 미처 몰랐던 나를 알고 다른 사람도 이해하자

요즘은 다이어트 광풍이라 해도 과언이 아닌 시절이 되어서 유치원 다니는 유아들조차 자신이 너무 뚱뚱하다며 음식을 가려먹는 경우를 종종 본다. 한때는 "나는 물만 먹어도 살이 쪄요"라는 말을 하면 "거짓말이지? 몰래 뒤에서 먹는 것 다 먹으면서…."라고 핀잔을 주었었다. 하지만 요즘은 뚱보 유전자 이야기를 하면서 많은 사람이 물만 먹어도 살이 찔 수 있다고 이해하는 경우가 점차 많아지고 있다. 유전자 검사가 있기에 나온 말이리라. 유전자 검사에는 비만유전자 변형으로 비만 위험도를 알려주고 몸의 체지방률과 이에 따른 체질량지수를 유전자적 측면에서 알려준다. 물론 절대적이지는 않지만, 예를 들면, MC4R이라는 이름을 가진 유전자는 에너지 균형 및 식욕억제에 중요한 유전자로, 이 유전자가 변형된 경우 다른 사람보다 식욕억제가 잘 안되어 비만으로 갈 확률이 크다는 것이다. 따라서 만일 이런 변형유전자를 가졌다면 자신에게 맞는 식생활을 좀 더 잘 계획하고 실천해야 한다.

우울증의 경우도 유전자 정보에서 알 수 있으므로 방아쇠를 당기지 않기 위해서는 생활습관을 개선할 필요가 있다. 우울증의 경우 입증된 예방법은 없는 것으로 알려져 있다. 그러므로 우울증 유전자를 가지고 있다면, 우울한 마음이 들지 않도록 자신의 마음을 전환시킬 수 있는 노력이 필요하다. 우울감이 우울증으로 진전되지 않도록 일상생활을 설계하고 주변에도 자신을 알려 도움을 청해야 한다. 나이가 어릴수록 더욱 건강한 일상 생활습관을 고착시킬 수 있을 것이다. 생활 실천 사항은 너무도 보편적이고 기본적인 생활수칙이라고 할 수 있는 내용들이다. 즉, 긍정적으로 생각하고, 정해진 시간에 영양소를 골고루 섭취할 수 있는 식사하기, 몸을 이완시키는 명상이나 요가 하기, 자신이 즐길 수 있는 운동하기, 술은 우울감을 악화시키므로 자제하기, 침대는 취침의 용도로만 사용하고, 낮잠은 30분 이내로 자기 등이다. 굳이 우울증 유전자를 가진 경우가 아니더라도 건강한 생활을 위한 일반적인 생활수칙이라고 생각된다.

때로 뉴스에 많이 나오던 신입생환영회나 회식에서 강제로 먹게 한 음주가 사망에 이른 안타까운 사연을 듣게 되는데 이 또한 유전자 검사의 알코올 대사능력이라는 항목에서 검사자의 술 분해 능력이 얼마나 강한지를 알 수 있다.

커피를 좋아하지만 커피를 마시면 잠을 못 자고 가슴이 두근거리는 사람의 경우, 커피를 끊으려 해도 끊을 수 없는 사람을 유전자 검사를 하면 카페인의 대사능력이 낮고 카페인 의존성이 높음을 알 수 있다. 이는 담배나 술 등도 니코틴 의존성과 알코올 의존성에 대비해 보면 이해할 수 있다.

우리는 가끔 '세상에 이런 일이' 등의 프로그램을 통해 말도 안 되는 생활습관을 가진 사람을 보기도 하고, 같이 먹었는데 반응이 전혀 다른 모습을 보기도 한다. 나와 다른 반응을 보이는 사람을 보면서 '이상한 사람'이라고 생각한 적이 있을 것이다. 이러한 모든 것이 결국은 '다름'의 문제, 좀 더 자세히 말하면 '유전적인 차이'라고 할 수 있다. 우리는 유전적으로 다르게 태어났기 때문인 것이다. 같은 부모에게서 태어난 형제도 나와는 다르지 않은가? 이렇게 이해하다

보면 모든 사람을 이해하는 폭이 넓어지며 내가 몰랐던 나를 이해하고 나아가서는 나를 개발할 수 있을 것이다.

그렇다면 유전자 검사란 무엇이며 무엇을 알 수 있는지 알아보자.

● 유전자 검사란 무엇이며, 무엇을 알려줄까?

잘생긴 꽃미남과 개성 있게만 생긴 사람의 차이는 무엇일까? 답은 우리 몸의 유전 정보인데, 유전 정보는 우리 몸을 구성하는 약 60조 개의 각각의 세포 중 핵 속의 DNA에 담겨있다. 모든 사람의 DNA는 99.9% 동일하지만 즉, 단일염기다형성(Single Nucleotice Polymorphism: SNP)라 불리는 0.1%의 미세한 차이로 인해 남들로부터 잘 생겼다는 이야기를 듣게 되고, 신체 상태나 유전적 위험도 등이 다를 수 있다.

만일 나를 알고 싶은 마음에 유전자 검사를 원한다면, 기능의학을 하시는 의사 선생님이 계신 의료기관이나 인터넷 사이트에 키트를 신청하면 된다. 키트에는 타액 수집용기, 보존액, 밀봉용 뚜껑, 스티커, 유전자검사 동의서(또는 경우에 따라서는 입안의 상피세포를 채취할 수 있는 면봉)가 들어있다. 귀밑이나 턱밑의 침샘을 자극하여 표시된 부분까지 타액을 채취한 후 시약과 섞어서 흔들어 뚜껑을 덮고 스티커를 붙인 후 작성된 유전자검사 동의서와 함께 밀봉하여 반송한다. 약 2주 후 결과를 받을 수 있다.

암 및 질병에 대한 결과는 의료기관을 통해, 일반사항은 앱 또는 우편으로 받을 수 있다. 결과는 요즘 많이 증가추세에 있는 췌장암, 폐암을 비롯한 간암, 대장암, 위암, 갑상선암 등과 남성의 전립선암, 여성의 난소암과 자궁경부암 등에 대한 암에 걸릴 위험성에 대한 유전학적인 결과를 알려준다. 아마 안젤리나 졸리도 이러한 검사를 통해 과감한 결정을 내렸으리라 생각된다.

요즘은 핸드폰나 각종 매체에 의한 전자파의 영향으로 녹내장, 망막색소 변성증, 원추각막, 중증 안구건조증, 황반변성 등의 안과적 질환 또한 많은 사람의 걱정거리가 되고 실제 큰 문제가 되고 있다. 이러한 질병에 이환될 확률을 안다면 좀 더 조심스런 생활습관을 갖게 될 것이라고 생각한다.

우리나라가 고령사회가 되면서 이환률이 높아지는 당뇨병은 물론 심장관련 질환인 심근경색증, 심방 세동의 개인적인 위험도를 알려주고, 다발성 경화증과 류머티스 등의 자가면역질환도 알 수 있다. 우리나라 주요 사망원인 7위에 등극한 알츠하이머와 요즘 들어 유병률이 높아지고 40, 50대에게도 빈발하고 있는 파킨슨병, 우울증 등 약 30여 가지의 질환에 대한 변형유전자에 대한 정보를 준다.

이러한 유전자의 정보는 변하지 않기 때문에 평생 1회 검사만으로 질병에 대한 나침반의 역할을 한다고 한다. 그렇다면 내가 우울증의 유전자가 위험수준이라는 결과를 받았다면, 나는 꼭 우울증에 걸릴까? 후생유전학이라는 말을 들어본 적이 있을 것이다. 많은 학자들이 유전이 먼저냐? 환경이 먼저냐? 를 두고 많은 연구와 논쟁 및 근거를 제시하였다. 어느 부분에 초점을 두느냐에 따라 관점의 차이에 따른 다른 결과가 나온다. 전술했던 방아쇠가 당겨져야 총알이 나가 총으로서의 역할을 하듯이, 질병 관련 유전적 소인이 있다고 해서 반드시 그 병에 걸리지는 않는다는 것이다. 유전자 검사는 보통 일기예보에도 비유된다. 오늘 일기예보에 비 올 확률이 70%라면 우산을 들고 갈 것인가? 물론 비가 안 올 수도 있다. 하지만 확률이 높을수록 준비를 하게 될 확률도 함께 높아진다. 또한 우산을 들고 나갈 것인가에 대한 갈등으로부터 우리의 선택을 할 수 있는 기준점을 주는 것이다. 따라서 유전자 검사는 나의 인생을 설계하는 데 있어 준비할 수 있는 지침이 될 수 있다.

● 일상생활 속 나와 다른 사람의 모습을 이해할 수 있다

유전자 검사는 암이나 질병뿐만 아니라 일상생활을 이해할 수 있는 도구가 될 수 있다. 유전자 검사는 건강관리(비만, 체지방률, 체질량지수, 혈당, 혈압, 중성지방농도, 콜레스테롤, 요산치, 퇴행성관절염증 감수성, 멀미), 식습관(식욕, 포만감, 단맛 민감도, 쓴맛 민감도, 짠맛 민감도), 영양소(비타민 C, D, 마그네슘, 아연, 철 저장 및 농도, 칼륨, 칼슘, 아르기닌, 지방산 농도), 운동(근력운동 적합성, 유산소운동 적합성, 지구력운동 적합성, 근육발달능력, 단거리질주 능력, 악력, 운동 후 회복능력), 개인특성(알코올 대사, 알코올 의존성, 알코올 홍조, 와인 선호도, 니코틴 대사, 니코틴 의존성, 카페인 대사, 카페인 의존성, 불면증, 수면습관/시간, 아침형/저녁형 인간, 통증민감성), 피부/모발(기미/주근깨, 색소침착, 여드름 발생, 피부염증, 피부노화, 태양 노출 후 태닝반응, 튼살/각질, 남성형 탈모, 모발 굵기, 원형탈모), 유전자 혈통 찾기(조상 찾기) 등의 100여

가지 검사가 가능하고 검사항목은 점점 세분화되어 늘어가고 있다.

이 중에서 우리 일상생활에서 요긴하게 사용할 수 있는 항목으로 우선 영양에 대한 것을 들 수 있다. 우리는 매체에서 의사나 전문가들이 한 끼에 한 움큼, 심한 경우에는 사발에 영양제를 놓고 먹는 것을 본 적이 있을 것이다. 넘쳐나는 정보와 건강식품들은 우리의 마음을 조급하게 하고 반드시 섭취해야 할 것만 같게 만든다. 그러나 유전적으로 우리에게 필요한 영양소를 위주로 건강식품을 섭취한다면 경제적인 면에도 좋고 과량 섭취로 인한 간 기능의 손실 등의 부작용을 막을 수도 있을 것이다. 유전자 검사는 과량 섭취할 수 있는 건강식품을 절제할 수 있게 하고, 꼭 필요한 영양소의 섭취를 도울 수 있다.

요즘은 순환장애로 인해 색소가 팔다리에 많이 생기는 사람이나, 점이 생기거나 기미 등의 색소 침착을 고민하는 경우를 많이 보게 된다. 보통은 자외선에 의해 일어나는 일이므로 자외선을 피하라고 권한다. 그러나 어떤 사람은 머리의 모자로부터 얼굴을 가리는 마스크에 손 장갑과 긴팔 옷으로 중무장을 하고 온몸으로 햇볕을 거부하지만, 그래도 색소 침착을 호소하곤 한다. 이런 분은 유전자 검사 피부/모발 항목의 기미/주근깨, 색소 침착을 보면 위험성이 평균보다 매우 높은 결과인 경우가 대부분이다. 이런 경우 좀 더 일찍 유전자 검사를 했더라면 문제가 생기지 않도록 주의하고 건강한 피부로 만들기 위해 노력하지 않았을까 생각해 본다.

뚱보 유전자는 전술된 바와 같이 비만의 위험성과 체지방률 높음 등으로 나타나며 이 경우에는 식습관 항목의 식욕이 높고 포만감을 잘 못 느끼는 경우로 이어진다. 포만감을 느끼는 유전자와 음식 섭취 조절에 관여하는 유전자가 비정상적인 변이를 일으킨 경우인 것이다. 이런 경우, 영양학적으로 지방의 축적이 될 가능성이 높으므로 일반적인 다이어트보다는 카르니틴이라는 지방을 분해할 수 있는 방법이 효율적이다. 그러므로 유전자 검사는 맞춤 다이어트에도 적절한 방법이 될 수 있다.

개인특성 항목의 알코올대사는 단지 술을 못 먹는 것이 아니라 독소를 해독하는 능력이 떨어져 있음을 암시하므로 흔히 이야기하는 숙취만이 아니라 일상생활에서의 항산화나 해독에 주의해야 하는 것이다. 서양인이 동양인보다 알콜 중독자가 많은 이유는 서양인은 알코올 대사를 주도하는 유전자의 변형이 아시아의 동양인보다 적어 알코올 대사가 빠르기 때문이다. 따라서 더 많은 양의 술을 먹을 수 있기에 중독될 지경까지 음주를 할 수 있음으로 인해서 나타난 현상이라고 한다.

여드름이나 탈모는 유전적 소인이 크다고 교과서적으로 이야기하는데, 유전자 검사를 하면 여드름이 생길 위험성, 즉 유전적인 소인이 어느 정도인지를 알 수 있다. 사실 부모님이 전혀 여드름이 없음에도 아이들은 여드름이 많이 나는 경우, 부모들은 '우린 여드름이 없었는데 애들은 왜 여드름이 많지?' 라고 생각할 수 있다. 물론 생활습관이나 식품이나 환경, 자주 손으로 만지는 습관으로 인한 감염 등을 생각할 수 있다. 그러나 유전자 검사를 통해서 위험성이 크다면 마치 정답을 얻은 것 아닌가? 그런 경우 더욱 주의하여 일상생활 중 예방할 수 있는 각성제가 될 듯하다.

평소에 늘 멀미를 하던 지인이 유전자 속에 멀미유전자가 있었다고 신기해하는 모습, 임신 중 튼 살을 안 만들겠다고 열심히 마사지 한 결과 두 아이 출산 후에도 튼 살이 없다던 친구의 유전자에는 튼 살 위험이 낮게 나와 친구를 당황하게 하였다. 카페인 대사가 잘 안 되어서 커피를 끊겠다고 결심하지만 결코 끊을 수 없는 사람에게는 카페인 의존성이 높다는 결과가 나왔다. 담배를 끊을 수 없는 사람에게는 니코틴 의존성이 높은 것으로 알코올을 끊지 못하는 사람에게는 틀림없이 알코올 의존성이 높다는 결과가 나올 것이다. 알코올 의존도가 높다면 알코올에 반드시 중독될까? 대답은 가능성이 있다는 것이다. 왜냐하면 유전적인 소인을 갖고 있으므로 유전자 검사를 통해 미리 안다면 술의 양을 조절하고 음주 중 물을 자주 마신다든지, 술자리를 피하는 등의 행동을 취할 수도 있지 않을까? 원형탈모증을 2번이나 앓았던 친구는 유전자 검사결과 유전적인 소인이 크다는 것을 알고 고개를 끄덕였다.

아무리 운동을 해도 근육이 안 생기는 사람, 공주처럼 행동하면서 손힘 없다고 자랑하는 소녀 같은 주부. 아무리 자려고 해도 불면증에 시달리는 사람. 전부는 아니지만 많은 부분 유전자에 원인이 있다는 것을 빨리 알아차린다면 살아가는 데 조금은 편해지지 않을까?

얼굴이 빨개지는 친구들에게는 절대 술을 권하지 않아야 한다는 것을 알았더라면…, 가슴 아픈 사고는 없었을 텐데. 색소침착이 잘 되는 유전자를 가지고 있음을 알았더라면…, 좀 더 일찍부터 피부 보습에 정성을 들였을 텐데. 우리는 이보다 더 많은 예방적인 측면에서의 주의하고 살아야 할 이야기들을 할 수 있을지도 모르겠다. 우리의 갈 길을 막연하게나마 알고 간다면 좀 더 다른 일에 집중할 수도 있지 않을까? 평생에 한 번 나를 알 수 있는 유전자 검사를 권하는 이유이기도 하다.

청소년 심리와 유전은 깊이 연관된다

● 독립과 반항의 기로에 선 아이들

우리는 흔히 청소년기를 '질풍노도의 시기'라고 한다. 이것은 '강한 바람'과 '성난 파도'라는 의미로 어린이에서 어른이 되어가는 과도기이며, 역동적인 감정을 가지고 있음을 내포한다.

청소년기는 일반적으로 사춘기와 청년기를 포함하는 포괄적인 개념으로 사용된다. 새로운 가치관과 세계관을 형성하기 위해, 어른들의 가치관으로부터 독립하고 싶어 하고 갈등하면서 친구의 영향을 많이 받는 시기이다. 특히 정서가 불안정하고 애정결핍이 심할수록 친구의 영향을 많이 받게 된다. 요즘과 같은 다양한 가족 형태에서는 가정에서 연대감을 갖지 못할 경우가 많아지면서 또래 집단을 형성하고 비슷한 문제를 지닌 친구들끼리 모여 서로 소속감을 갖기도 한다. 이러한 소속감이 청소년의 새로운 모험과 지식을 추구하고 지적, 사회적, 정서적으로 다양한 호기심과 새로운 세계를 추구하는 동기가 되어 긍정적인 시너지효과를 낼 수 있다면 더할 나위 없이 바람직하다 할 수 있다.

그러나 이러한 또래집단의 모임은 소속감과 독립성을 유지하면서 무조건적으로 어른들로부터 벗어나고자 하는 반항심이 많은 갈등상태가 되기 쉽다. 성인의 행동을 모방하면서도 사회생활에 대한 불안감과 더불어 반항심을 갖게 되기도 하여 반사회적인 행동을 집단적으로 행하기도 한다. 심지어는 '사람을 사망에 이르게 한 10~14세 미만 촉범소년을 잡아도 반성이 없다'는 기사를 볼 수 있을 정도로 자신들이 어떤 일을 했는지조차 인식하지 못하고 오히려 영웅시하는 경우도 있어 안타까움을 자아내게 된다.

2022년 기준 소년 강력범죄가 매년 3,700여 건이며 그 행위도 성폭행, 살인미수, 보복적인 행위 등으로 어른의 범죄 수준을 뛰어넘는 것이다. 특히 그들의 입으로 "나는 촉범소년이니까 때려보라"며 신고자에게 다시 보복성 폭행을 할 정도로 자신의 잘못이 무엇인지를 모르고, 사회의 보편적인 기준이 정립되지 않았기에 그 심각성이 더하다고 할 수 있다.

● 자신이 누구인지 모르는 청소년

청소년기에는 새로운 세계에 대한 희망으로 모험과 경험을 쌓고 지적인 흥미가 다방면으로 발달해야 하는 시기이다. 그 속에서 사회의 규범을 알고 세계에 대해 생각하면서, 미래를 상상하고 꿈을 키워나가야 하는 매우 중요한 시기이다. 이것은 한 개인의 문제일 뿐만 아니라 사회와 국가 더 나아가서는 세계의 운명이 달린 일이기도 하다. 우리나라의 청소년기본법은 청소년기를 만 9세에서 24세로 규정하고 있다. 평균수명이 짧던 예전엔 우리가 알고 있는 '꼬마신랑'은 9세 이전에 혼인을 했고, 그보다 가까운 과거인 베이비부머 세대의 결혼 연령은 여성 기준 20대 초반이었다. 남성들도 20대 후반에는 한 가정을 이루고 사회구성원으로 책임감을 가지며 살아야 할 나이이기도 했었다.

그러나 현재의 상황은 사회적 분위기와 구조상 가정을 이루고 사회의 일원으로 자리매김을 할 수 있는 기간이 길고, 나만의 스펙을 쌓기 위해서는 장기간의 지식과 기술을 습득하여야 하는 구조이다. 또한 기성세대들의 '너 하나만 잘 되면 된다'는 주변보다는 자녀 자신만의 안일을 강조한 교육방식으로, 사회 현장보다는 그 환경을 피할 수 있는 선택조건을 많이 주었다는 것도 하나의 문제점이 되었다고 생각한다. 게다가 자연과 사람 속에서의 삶보다는 컴퓨터나 기계의 자동화로 인한 인간과의 따뜻한 교감, 사랑, 관심 부족의 시대임도 한몫했다고 생각된다.

그러나 이러한 시대적인 문제점 이외에 또 다른 문제는 청소년들이 자신이 누구인지를 모른다는 것에 한 표를 던지고 싶다. 내가 모르는 또 다른 나를 알 수 있는 방법, '과연 나는 어떤 사람이고 나는 어떤 일을 해야 하며 어떻게 살아야 행복할 수 있을까?'를 알 수 있는 방법, 그것은 DNA 유전자 속에서 그 답을 찾아볼 수 있으리

라. 아니 최소한 방향을 알려줄 수 있으리라 생각한다.

● 청소년 유전자 검사로 암, 우울증, 비만도와 수면습관, 중독 가능성 까지 예측한다

유전자 검사는 우리 몸을 구성하는 60조 개 세포의 핵 안의 이중 나선형인 DNA의 유전적 특성을 보여주는 검사로, 일반적으로는 혈액이나 입안의 상피세포, 타액, 지문 등을 이용한 다양한 검사를 시행하고 있다. 유전자 검사는 부모로부터 물려받은 여러 가지 기질적인 특성을 나타낸다. 인격 성향과 개인에게 내재된 여러 가지 능력을 과학적인 방법으로 또한 객관적으로 바라볼 수 있는 검사방법이다. 이를 통해 자신에 대한 이해를 높이고, 살아가면서 생길 수 있는 나의 행동에 대한 이유를 이해할 수 있다. 그로 인해 현실에서 삶의 오차를 줄여줌으로써 좀 더 행복한 삶을 영위하도록 한다.

청소년을 위한 유전자 검사는 기본적인 암이나 질병에 대한 유전자적 특성과 질환뿐 아니라 우울증의 유전자 변형에 대한 내용도 알려준다. 더불어 청소년의 관심도가 높은 외모에 대한 내용 곧 건강관리와도 연관이 있는 비만과 체지방, 이른바 뚱보 유전자라고 불리는 식욕이나 포만감을 느끼는 정도, 맛에 관한 민감성 등의 식습관 관련 내용, 자신에게 꼭 필요하지만 유전적으로 부족할 수 있는 영양소, 나에게 적합한 운동 즉 유산소운동이 맞는지, 아니면 지구력 운동이 적절한지를 알려주고 나는 운동 후 얼마나 빨리 회복될 수 있는지 회복능력 등도 알려준다. 또한 알코올과 니코틴, 카페인

을 얼마나 잘 대사시킬 수 있는지와 내가 중독될 가능성이 얼마나 있는지 등을 알려준다.

그 외 청소년기에 중요한 불면증과 수면습관과 깊은 잠을 자는지의 수면 지속시간을 알려준다. 요즘엔 많은 청소년들이 학원을 다니고, 공부를 하느라 수면시간이 매우 부족하다. 또는 게임이나 SNS 활동 등을 하느라 수면의 양이 부족할 뿐 아니라 낮과 밤을 바꾸면서 생활을 하는 경우도 많다. 그 경우 잠잘 동안 활동해야 하는 부교감신경의 활동 저하나 단순히 잠이 안 오는 것을 넘어 두통, 소화불량을 거쳐 불면증으로 인한 우울증 증상을 가져올 수도 있다. 우울증은 일상생활의 흥미나 즐거움 대신, 불안감과 초조감 등의 부정적인 감정이 느껴지게 한다. 더 나아가서 심한 경우 극단적인 충동을 느끼고 신체적으로는 알 수 없는 통증을 느끼기도 한다. 이런 경우 내가 아침형 인간인지 저녁에 활동을 잘할 수 있는지를 알아보는 것은 학습뿐 아니라 일상생활의 시간을 효율적으로 사용할 수 있는 팁이 될 수도 있을 것이다.

또한 여드름이나 탈모의 경우 유전적 소인이 크다고 말하는데 나의 유전적인 기질을 알게 되면 좀 더 주의하고 예방하여 스트레스로부터 벗어날 수 있다. 이는 예방주사를 맞듯 외모에 민감한 청소년들의 스트레스를 줄일 수 있는 방법이기도 하다. 실제 친구의 경우, 아버님을 비롯해 다른 형제 모두가 탈모이지만, 평소에 주의하고 관리해준 결과 남편이 머리가 풍성하다고 자랑스럽게 이야기한 적이 있다. 얼마든지 가능한 이야기이며 간단한 유전자 검사로 이를 청소년에게 적용하여 그들이 자신에 대한 정보를 얻고 활용하고 일부는 관리하고 예방할 수 있다면 청소년들의 중요한 시기에 그들의 미래를 위한 시간을 활용하여, 살아가는 길이 좀 더 확실하고 편하지 않을까 생각해본다.

● 환경도 무시 못 한다

혹자는 유전적 소인이 중요하기는 하지만 환경에 의해서도 많은 것들이 좌우된다고 말할 것이다. 우리는 유전과 환경에 대한 이야기를 할 때 주로 같은 모습과 성격을 가진, 심지어는 아플 때 같이 아프다는 일란성 쌍생아에 대한 연구를 통해 유전자의 우세함을 주장하기도 하고, 때로는 같은 일란성 쌍생아이지만 다른 환경에서 생활한 결과 서로 다른 모습으로 변화됨을 증거로 환경의 영향을 주장하곤 한다.

미국 미네소타대학의 세계쌍둥이 연구소는 우리 생활 전반에 미치는 영향력에 대한 연구를 통해 다양한 분야에서 분석 보고서를 발표했다. 그 결과 타고난 지능 등의 능력은 50%이며 가정환경, 즉 부모의 교육 수준이나 수입, 양육 태도의 영향은 지능 형성에 10% 미만의 영향을 미칠 뿐이라고 보고하였다.

그와 유사한 연구로 미국 텍사스대학과 영국 킹스컬리지 연구팀은 쌍둥이 6,000쌍을 대상으로 성적분석을 한 결과 학업성취 능력은 전체 요인 중 유전특성이 70%, 선천적인 부모와 가정환경 및 주변의 영향력이 25%, 학원이나 선생님 및 친구의 영향력은 5%에 불과하다고 하였다. 또 다른 연구인 옥스퍼드 대학과 네덜란드 자유 대학 연구팀은 직업을 선택하는 데 있어서도 유전적 특성이 70% 이상 영향을 미친다는 것을 발표하였으며, 특히 창조적인 직업일수록 더욱 유전의 영향력은 증가한다고 하여 유전자의 영향이 크다고 보고하였다.

성격과 지능에 관련된 유전자들이 90년대 이후 발견되고 유전자의 변이 또한 밝혀지고 있다. 한편에서는 이런 유형의 유전자를 갖고 있다고 해서 성격과 지능이 100% 유전적으로 결정되는 것은 아니라고 한다. 유전자는 잠재적인 능력일 뿐 유전자의 스위치를 켜 발현되는 데는 환경적인 요인이 매우 중요하게 작용한다고 행동유전학자들은 주장한다. 예를 들면 내성적이고 수줍음을 타는 유전자를 가지고 있더라도 쾌활하고 개방적인 환경에서 자란다면 평생 내성적이고 수줍은 유전자의 발현이 되지 않을 수도 있다는 것이다.

자살에 이를 수도 있다 : 청소년 우울증

● OECD 자살률 20년 연속 1위의 대한민국

앞에서 말했듯, 유전자 검사에서는 우울증의 유전적 소인까지도 알 수 있다. 보건복지부의 정신질환 실태 역학조사에 의하면 청소년을 포함한 성인 4명 중 1명이 평생 한 번 이상 정신건강 문제를 경험한다고 한다. 이 발표에서 조사한 정신질환은 흔히 '우울증'이라 알려진 주요 우울장애뿐 아니라, 공황장애와 강박장애 등의 불안장애, 사건사고 기사에 자주 언급되는 조현병, 그리고 알코올 중독이라 불리는 알코올 사용 장애 등이 있다.

이 중 우울증은 우울감과는 구별할 필요가 있다. 우울감이란 일시적인 기분의 저하로 사고나 의욕, 수면 등의 신체활동과 전반적인 정신기능이 저하된 상태를 말한다. 우울감은 살아가면서 생길 수 있는 부정적인 감정으로 일반적으로는 극복될 수 있다. 그러나 이러한 우울감이 현저히 2주 이상 반복되면 우울증을 의심해야 한다. 우울증은 감정을 조절하는 뇌 기능에 문제가 생기는 질병으로 여러 가지 정신질환을 일으킬 수 있지만 초기에 인지하고 관리하게 되면 '마음의 감기' 정도로 관리가 되고 회복될 수 있다. 그러나 이런 현상이 지속되면 슬픈 감정뿐 아니라 삶에 대한 의욕 상실을 일으키고 나아가서는 또 다른 심각한 정신질환으로 진행될 수 있는 흔하면서 심각한 질환으로 반드시 전문가의 도움을 받아야 한다.

우울증 환자의 반 이상이 삶을 포기하고 자살에 대하여 생각하며, 그중 일부는 실제로 자살을 시도하기도 한다. 우리나라는 OECD 자살률 1위 자리를 20년 가까이 지키고 있고 평균보다 2배 가까운 높은 자살률을 보이고 있다. 더욱 안타까운 일은 청소년기인 10대부터 30대의 사망원인 1위가 자살인 것이다. 이러한 안타까운 현실을 불러일으키는 우울증을 WHO는 질병과 장애라고 정의했으며 효과적인 치료가 필요하다고 강조했다.

그러면 우울증의 진단을 어떻게 할 수 있는가? 가장 좋은 방법은 정신건강의학과 의사와 면담하여 병력을 청취하고 환자의 상태에 따라 전문가에 의한 심리검사 등을 할 수 있으며 그 외 뇌영상 검사 등을 실시하여 진단할 수 있다. 그러나 우울감을 넘어선 우울증의 경우 초기에는 감추고 있거나 누구나 겪을 수 있는 감정으로 생각해서 방치하게 된다. 일종의 질환으로 인식되지 않고, 증세가 심하게 발현되었을 때 비로소 인지하면서 진료를 받는 것이 대부분이다. 정신질환을 앓은 것은 청소년 앞길의 걸림돌이 된다 하여 남에게 알리기를 꺼리는 경향이 있어 적절한 시기를 놓쳐 조기발견 및 치료가 어려운 이유가 되기도 한다.

그러나 우울증 환자의 60~70%가 자살을 생각하고 15%는 실제 자살을 시도하기도 한다는 통계와 더불어 중앙심리부검센터의 조사 결과 자살자의 88%에서 정신질환을 진단할 수 있다는 결과에서 보는 바와 같이 우울증의 조기진단은 자살률을 줄일 수 있는 방법이기도 하다. 즉, 많은 전문가들이 위험군을 발굴하는 시스템의 구축을 하면 자살률을 낮출 수 있다고 한 것과 그 맥을 같이 한다.

우리는 우울증을 마음의 감기로 비유한다. 감기는 걸리기 전에 열이 나거나 근육통 등의 몸에서 오는 신호가 있고 잘 쉬고 관리하고 영양 섭취를 잘 하면 쉽게 지나갈 수 있다. 하지만 최선의 방법은 면역력을 기르면 예방이 되고 혹시 걸리더라도 중증으로 가지 않고 회복될 수도 있다. 우울증 역시 전조증상이 나타나며, 초기에 우울감이 느껴질 때 관리하면 지나가는 감기처럼 관리될 수 있다. 그러므로 이러한 원리를 적용하여 보면, 유전자 검사는 일종의 면역력으로 생각할 수 있다.

한 번의 검사에서 나의 유전적 기질을 알고 타고난 위험도를 예측하고 이해함으로써 조심하고 관리하고 타인에게도 나를 알린다면 우울증으로 시작되는 모든 정신적 질환을 예방하여 청소년의 삶의 방향을 잡아주고 삶의 질에 긍정적인 영향을 끼칠 수 있는 것은 아닐까?

그렇다면 '우리는 타고난 유전자 정보를 평생 가지고 살아야 하는 운명인가?', '우울증 유전자를 가진 경우 우리는 반드시 우울증에 걸릴까?' 결단코 답은 '아니다'이다. 우리는 유전에 대하여 말할 때, "콩 심은 데 콩 나고 팥 심은 데 팥 난다"라는 속담을 인용하고 닮은꼴인 부모와 자식을 표현할 때 '붕어빵'이라는 표현을 한다. 우리는 부모의 DNA를 받아 새로운 DNA를 형성하고 그 DNA 특성에 따라 세포가 분열하여 내가 된 것이다.

전술한 각종 연구 결과, 특히 지능이나 성격 심지어는 직업까지도 유전자의 영향이 크다고 하였다. 그러나 그 유전자 형질이 반드시 나타나는 것이 아니라 마치 스위치를 켜야 불이 들어오는 것과 같은 원리로 특별한 환경에 의해 발현되기에 환경의 영향 또한 크다고 하였다. 후생유전학이란 유전자의 염기서열이 바뀌지 않아도 염색질 구조의 변화를 일으켜 다음 세대로 전달될 수 있는 유전이 가능한 형질이나 표현형에 대하여 연구하는 것이다. 즉 후생유전학은 같은 유전 물질을 다르게 사용하는 방법을 알려주는 세포의 운영체계라고 해석하기도 한다.

이와 같은 후생유전학의 측면에서 우울증 유전자를 가진 경우라도 우울증과도 멀어질 수 있고 사이코패스 유전자를 가졌어도 자라온 환경에 따라 좋은 쪽으로 발현된 긍정적이고 훌륭한 사례가 있어 소개하고자 한다.

● 사이코패스지만 괜찮아!

사이코패스란 생활 전반에 걸쳐 다른 사람의 권리를 무시하거나 침해하는 성격적 장애로 남에게 고통을 주고도 양심의 가책을 느끼지 못하는 반사회성 성격장애이다. 평소에는 정신병적 성질이 내부에만 잠재되어 있다가 범행을 통해서만 밖으로 드러난다. 따라서 주변사람들이 알아차리지 못하는 특징이 있는 사회에서 격리되어야 할 비정상인으로 인식되며, 주로 강력범죄와 연쇄살인범의 경우에 많이 보여진다.

미국 캘리포니아-어바인 대학교의 정신의학과 인간행동연구 교수인 제임스 팰런 교수는 살인범의 뇌와 일반인의 뇌 구조 연구를 하였다. 그런데 자신과 가족의 뇌 사진을 살펴보던 중 '절대 사회에 돌아다녀서는 안 될 정도의 사이코패스적 패턴이 분명한 뇌 사진'을 발견하게 되었다. 장난으로 넣어 놓은 줄 알았던 그 사진이 자신의 뇌 사진임을 알게 되어 자신이 심한 사이코패스적 유전자를 가지고 있음을 인식하게 된다. 이후 팰런 교수는 100명 중 1명이 사이코패스인 현실에서 자신은 왜 사이코패스가 아닌, 오히려 긍정적인 사람일까를 연구하게 되었다.

그 과정에서 자신의 조상 중 살인자가 7명이나 있었다는 것을 알게 되었다. 그중 한 조상이 1670년대 미국 식민사상 친모를 살해한 첫 번째 사람으로 기록되었고, 그의 사촌은 1893년 아버지와 새어머니를 도끼로 살해한 혐의로 기소된 사실도 알게 되었다. 그런데 왜 자신은 사이코패스가 아닐까? 돌아보니 그는 그의 생활에서 파티와 친척 집의 장례식장 중 파티를 선택해도 죄의식이나 잘못됐음을 전혀 느끼지 않고 일상생활에도 감정이 별로 없는 사이코패스적인 기질을 가진 냉정한 사람이었음을 새삼 알게 되었다. 그러나 그는 오히려 냉정한 시각으로 세상을 바라보고 감정을 배제함으로써 상황에 현명하게 대처할 수 있는 긍정적인 측면으로 발아되었다. 오히려 타인의 이야기를 들을 때 남이 눈물을 흘려도 전혀 감정이입이 되지 않아 냉정하고 정확한 성의 있는 분석을 가능하게 한 것이다. 그는 자신을 '괜찮은' 사이코패스라고 명명하였다. 그는 뇌를 일종의 근육으로 보았고 사이코패스는 해당 기질을 갖고 태어나는 게 아니라 특정 성장환경이나 과정의 영향으로 관련 부분들을 발달시키지 못했기 때문이라 하였다.

폭력적 사이코패스의 뇌는 전두엽의 회백질 양이 적고, 편도체의 크기가 상대적으로 작다. 전두엽은 타인의 감정을 이해하는 데 중요하고 도덕적 행동에 대해 생각할 때 활성화되는 부위이며, 편도체는 두려움과 관련된 부위이다. 이러한 특징이 어릴 때부터 나타난다면 유전적으로 사이코패스적 기반을 갖고 있다고 볼 수 있다.

그러나 그는 "사이코패스 유전자를 갖고 있더라도 어린 시절 그런 성향을 촉발할 계기가 있었는지 여부가 중요하여, 유년기에 학대를 당한다면 일생에 거쳐 범죄를 저지르게 될 확률이 훨씬 높아진다"고 설명한다. 또한 "유전자 자체는 한 사람의 행동에 큰 영향을 미치지 않는다. 다만 그 유전자가 어떤 환경에 놓이는지가 진짜 차이를 만든다"고 덧붙였다. 즉, 발현의 문제로 이는 생물학적 특성이 많은 것을 의미하지만 그게 전부는 아니며, 누군가 유전자 때문에 범죄를 저지르게 될 거라고 단언할 수도 없다고 하였다. 즉 유전자의 힘은 바꿀 수 없지만 변형되어 좋은 유전자로 작용할 수 있다는 것이다.

● 우리 이젠 다름을 인정하자

오늘날 청소년의 정신적인 문제는 가족으로부터 시작되어 사회, 국가적 차원에서 고려되어야 할 것이다. 청소년은 얼마든지 바뀔 수 있는 가소성을 가지고 있다. 과거에는 "개천에서 용 난다"는 말이 일상적으로 쓰였다. 환경이 아무리 나빠도 본인이 뛰어나거나 열심히 노력하면 사회적으로 잘 될 수 있다는 의미였다. 그러나 물질만능주의 속에서 일반인이 알지 못하는 물질적 시스템과 신데렐라 신드롬이 없어진 요즘의 세태로 인하여 이제는 있을 수 없는 전설 속의 일이라고 말하는 사람이 점점 많아지고 있다. 이러한 사회분위기 속에서 자신의 장단점을 알고 자신이 잘할 수 있는 분야에 집중해서 노력하면 무엇이든지 이룰 수 있다는 신드롬을 만들고 상상의 나래를 펴는 젊은이가 많아지길 기대한다.

인간은 꿈이 없이는 살 수 없다. 꿈이 있으면 하루를 시작할 의미가 있고, 하루를 상쾌하고 기분 좋게 열 수 있으리라. 그런 의미에서 유전자 검사는 다름의 미학을 통한 나를 알 수 있는 통로가 되지 않을까? 내가 잘할 수 있는 것, 내가 나아가야 할 방향을 알고 나갈 수 있는 나침반이 될 수 있지 않을까 생각된다. 모든 사람이 다 같은 편하고 좋은 일을 한다면 세상은 제대로 돌아갈 수 있을까? 시장에서 좌판을 깔고 콩나물 등의 나물을 놓고 판매하는 분과 고가의 귀금속을 팔아 이윤을 많이 남길 수 있는 분과 비교하면서 생각한 적이 있었다. 그러나 그것이 '다름'이었음을 깨달았다. 전자는 성실함에 가치를 두고 작은 것에 만족하고, 후자의 큰 것을 추구하는 사람은 더 많은 투자와 더 많은 손실에 대한 통 큰 감수가 필요한 것이다. 두 경우의 타고난 성격과 삶에 대한 가치관은 다르다는 것을 살면서 더욱 절실하게 느끼게 된다.

그런 면에서 유전자 검사는 내가 평소에 느끼던 나의 모습을 더욱 분명하게 알게 해주고 그것을 기초로 내가 잘할 수 있는 것, 행복할 수 있는 것, 나의 삶에 몰두할 수 있는 것으로 가치관을 세우고 향해 나갈 수 있는 방법이 아닐까 생각한다. 이 글을 읽는 분들만이라도 자신을 알기 위해 유전자 검사에 관심을 가지고 일생에 한 번은 검사할 것을 권한다. 이제는 차분히 나 자신의 내면을 바라볼 수 있는 사회가 되기를 희망하면서….

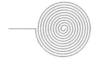

타액호르몬 검사와
헬스멘탈코칭

호르몬 균형이 무너지면 만병의 근원이 된다

● 우리 신체의 드라이버, 호르몬!

호르몬은 몸의 내분비기관에서 합성, 분비되어 혈액을 통해 몸
속 여러 기관으로 운반되어 필요한 기능을 하는 화학물질로 신경계
통과 협동하여 신체 활동을 조절하고 감독하는 역할을 한다. 우리
신체는 몸에 변화가 생기면 신경계통이 빠르게 반응하고 이차적으
로 내분비계통이 반응하여 호르몬을 혈액에 분비하여 변화에 대응
한다. 혈액에 분비된 호르몬은 혈액과 더불어 순환하다 특정 표적
기관에서 작용한다. 예를 들면, 당뇨병과 관련된 인슐린과 글루카
곤은 췌장에서 분비되어 혈액을 타고 이동하며 과부족 시 췌장에서

길항작용에 의해 분비되어 혈당을 조절한다. 즉, 혈당이 높아지면 인슐린을 분비하여, 간이나 근육에 글리코겐으로 저장하고 남은 것은 지방으로 저장한다. 혈당이 낮아지면 글루카곤이 분비되어 간이나 근육에 임시 저장된 글리코겐을 사용 후 그래도 모자라면 저장된 지방을 에너지원으로 사용하게 된다.

이와 같이 호르몬의 분비는 혈중농도에 맞추어서 조절되어 일정한 수준으로 유지되나, 마이크로그램 단위의 극소량의 차이에서도 상당히 크게 작용하는 민감한 물질이므로 주의를 하여야 한다. 과다할 때의 과다증과 부족 시의 결핍증은 우리의 삶의 질에 큰 영향을 주며, 육체적인 문제뿐 아니라 인간의 감정과 의지를 조절하기도 한다. 예를 들면, 갑상샘 호르몬이 과잉으로 분비되면 활력이 지나치게 넘치는 조증형 인간이 되고, 부족 시에는 움직임을 싫어하는 우울증형 인간이 되는 것으로 알려져 있다.

이 외 생화학자들은 옥시토신을 사랑의 묘약으로 표현하여 친밀감을 느끼게 한다고 한다. 세로토닌은 행복호르몬이라는 별명을 가지며, 스트레스를 가라앉히는 역할을 하므로 부족하면 우울증을 유발한다. 도파민은 쾌감을 느끼게 하며, 경우에 따라서는 사랑의 감정으로 하늘의 별도 따다 줄 듯한 기세가 된다고 한다. 스트레스 호르몬이라는 코티솔은 위기상황에서 에너지를 공급하고 위기를 극복하게 하지만, 과다 분비되면 신진대사가 활발해 지면서 급격한 피로감을 느끼게 되며, 이러한 지속적인 피로감은 우울증이나 불안 증세를 느끼게 한다. 엔돌핀은 모르핀의 100배에 해당하는 진통 효과가 있고, 사랑과 동정심의 감정에 관여한다. 웃을 때 엔돌핀이 분비되어 스트레스나 통증을 조절하므로 심지어는 암과 관련된 NK세포를 활성화시켜 암도 이길 수 있다고 웃음요법을 추천하기도 한다. 수면과 관련된 호르몬으로 멜라토닌이 있다. 멜라토닌은 숙면을 취하고 피로를 푸는 데 도움을 주고 부족 시에는 불면증과 더불어 무기력감과 우울감을 야기한다. 이 외에도 많은 호르몬들이 혈액을 타고 다니면서 끊임없이 작용하고 우리의 마음까지도 조절하고 있는 것이다. 그러므로 우리가 감정을 느끼고 살아가는 것은 호르몬의 작용이라고 생각할 수 있다. 사람들은 흔히 뇌로 생각하고, 뇌로 느끼고, 뇌에 의해 행동한다고 생각하지만, 결국 우리의 삶은 많은 부분이 호르몬에 의해 좌우되고 있다고 할 수 있다. 그렇다면 우리는 타액에서 어떤 정보를 얻을 수 있을지 알아보기로 한다.

● 타액 호르몬 검사란 무엇이고 무엇을 알 수 있나?

우리는 화가 나거나 위급한 상황이 되면 스트레스를 받는다고 한다. 스트레스 호르몬은 코티솔(cortisol)이라고 하며 신장 위쪽에 있는 부신에서 분비된다. 코티솔은 스트레스를 받을 때 분비되므로 일반적으로 나쁜 호르몬이라고 생각한다. 그러나 코티솔은 스트레스를 받는 상황에서 심장을 빨리 뛰게 하고 호흡을 가쁘게 함으로써 위기 상황에서 우리를 보호해준다. 그러나 지속적으로 계속 분비가 되면 만성피로 등의 부작용이 일어난다. 호르몬은 혈액과 함께 전신을 순환하므로 일정한 관이 없어 내분비계라고 하는데, 이러한 호르몬은 혈액뿐만 아니라 타액이나 소변에서도 측정할 수 있다. 이 중 혈액검사와 소변검사는 의료기관을 통해 할 수 있다. 혈액을 통한 호르몬검사는 생식호르몬과 같이 하루 동안 큰 변화가 없는 호르몬의 측정에는 적합하지만 호르몬의 대사산물에 대한 정보를 얻기 어렵다는 단점이 있다. 소변검사는 대사산물에 대한 정보까지 얻을 수 있으나 호르몬의 변화 패턴이 다른 경우 여러 번 검체를 채취해야 하므로 번거롭고 불편할 수 있다. 반면 타액 호르몬 검사는 검사기관의 키트를 통해 집에서도 쉽고 편하게 결과를 확인할 수 있는 검사 방법이다. 하루 여러 번에 걸쳐 채취가 되므로 다양한 정보를 얻을 수 있어 코티솔 등의 패턴에 대한 정확한 검사를 할 수 있다.

호르몬에는 단백질 결합형과 유리형이 있다. 유리형은 단백질과 결합하지 않았다는 의미로 자유(free) 호르몬 또는 활성 호르몬이라고도 한다.

혈액에서 측정하는 호르몬 검사는 단백질 결합형은 측정이 가능하나 유리형의 경우 측정할 수 없다. 반면, 타액 호르몬 검사는 인체의 기관 및 조직에서 실제 기능을 나타내는 자유 호르몬의 양을 타액을 통해서 측정할 수 있는 기능검사이다.

타액 호르몬 검사를 통해 알 수 있는 것은 부신에서 분비되는 코티솔과 생식호르몬인 DHEA의 비율과 성호르몬의 수준을 보게 된다. 이 비율이 불균형할 경우 스트레스에 효과적으로 적응하지 못하고, 지속적인 스트레스를 받게 되면 부신피로 증후군이 발생하게 된다. 비정상적인 코티솔과 DHEA의 불균형은 만성질환의 증상을 야기할 수 있다.

검사방법은 기관마다 다르나 4회 채취를 기준으로 할 때 기상 직후(또는 30분 내, 7:00-9:00), 정오(11:00~13:00), 오후(16:00~18:00), 밤 (22:00~오전 12:00)에 채취한다. 채취 시 이를 닦거나, 흡연, 커피, 홍차 종류를 마시지 않도록 하며 음식물도 섭취하지 않는다. 섭취한 경우 30분 경과 후 채취한다. 반드시 냉수로 입안을 헹구고 3cc 이상 채취하며 냉동 보관한다. 이때 객담이 채취되지 않도록 주의하고, 구강에 염증이나 상처가 있으면 정확한 결과를 얻기 어려우므로 주의한다. 심한 운동이나 감정변화가 있는 상태에서는 타액 채취를 금한다. 검사자의 기본 정보를 기입한 정보 분석 의뢰서와 함께 검사기관에 보내면 타액을 통한 호르몬을 검사할 수 있다. 검사항목은 검사기관마다 다소 차이가 있으나 일반적으로는 성호르몬인 남성호르몬 테스토스테론, 여성호르몬 에스트라디올, 프로게스테론과 스트레스 대처능력을 나타내는 코티솔(Cortisol), 단기간의 스트레스 대처 능력을 평가하는 코티솔 각성반응 CAR(Cortisol Awakening Response), 성호르몬의 전구물질인 DHEA, 수면호르몬 멜라토닌 (melatonin)을 측정하여 결과를 알려준다.

스트레스는 우리 몸의 보호기전이지만 지속적으로 노출될 경우 만성스트레스로 이어질 수 있다. 만성스트레스로 인한 호르몬의 불균형은 뇌와 다른 조직을 손상시켜 우울증이나 면역저하, 수면장애, 당뇨병 등을 유발할 수 있다. 코티솔과 DHEA는 부신에서 분비되며 코티솔은 스트레스에 반응하여 분비되어 스트레스 호르몬이라고 한다. DHEA는 코티솔의 반대작용을 하는 호르몬으로 테스토스테론과 에스트로겐의 전구물질로 남성호르몬의 특성을 띤다. 강력한 항노화 호르몬이라고도 하며 우리 몸의 근육이나 골격, 면역기능, 뇌기능, 성기능 및 에너지 대사에 관여하며 퇴행성질환으로부터 신체를 보호한다.

부신호르몬의 불균형 상태는 부신항진과 부신저하의 형태로 나타난다. 부신항진이란 코티솔과 DHEA가 같이 상승한 상태로 감정조절이 불가능하고 우울증, 수면장애, 집중력 저하, 기억력 저하 등의 정신 반응이 일어날 수 있다. 반대로 두 호르몬의 저하는 만성피로나 우울증, 어지럼증, 면역 이상 등의 부신피로 현상이 나타날 수 있으므로 두 호르몬의 균형은 매우 중요하다.

코티솔 각성반응(CAR)이란 신체가 아침에 일어나서 스트레스에 대처하기 위한 코티솔 분비량이 증가되면서 일어나는 스트레스 반응의 정도를 말한다. CAR이 높다는 것은 아침에 일어나자마자 많은 양의 코티솔이 분비되는 것을 의미하고 이는 만성 스트레스와 연관되어 있을 수 있다. 또 다른 호르몬인 멜라토닌은 수면장애와 연관될 수 있다. 멜라토닌이 저하되면 잠들지 못하거나 잠들더라도 양질의 수면을 지속하기 힘들다.

● 만성 스트레스가 호르몬 때문?

타액 호르몬 검사는 현대를 살아가면서 누구에게나 필요한 스트레스와 관련된 검사이다. 물론 검사를 굳이 안 해보더라도 복잡한 현대를 살아가는 누구나가 스트레스 상태임은 감각적으로도 인지할 수 있을 것이다. 하지만 그 심각도에 대한 정도는 수치로 나타날 때 경각심을 줄 수 있을 것이다. 왜냐하면 내 안에는 나도 모르는 내가 스트레스를 더 많이 받고 있을 수 있기 때문이다.

스트레스의 근본적인 역할은 위험한 상황에서 인체를 보호하기 위한 반응이다. 스트레스 상황에서 뇌는 생존에 초 집중하게 되는데 이때 분비되는 스트레스 호르몬들 중에서 코티솔은 에너지대사를 조절하고 면역기능을 억제하고 혈당을 높이거나 염증반응을 억제하는 역할을 한다. 이는 생존이 위협받는 상황에서는 생명유지에 관련된 요소들에 집중해 나타나는 반응이다. 그러나 일시적인 힘으로 위험으로부터 인체를 보호해주는 스트레스 호르몬 분비가, 지속적인 스트레스에 노출된다면 코티솔을 분비하는 기관인 부신이 피로해지고, 마치 어른들이 모든 일을 해주면 나의 할 일이 없어지는 아이처럼 다른 호르몬이나 기관의 역할이 무기력해져 많은 부작용이 생기기 때문이다.

과거 이웃에 고조할머니까지 4대가 함께 살던 아이가 있었다. 그 아이는 자신을 그릴 때 몸통만 그리고 팔다리를 그리지 않았다고 전해 들었다. 그 이유는 고조할머니까지 모든 식구들이 아이의 일거수일투족을 보면서 모든 일을 다 대신해주었기 때문이었다. 그 아이는 팔다리의 중요성을 느끼지 못했기에 자신의 팔다리를 그리지 않은 것이었다. 이러한 심리학적 해석은 스테로이드의 대표적 부작용이라고 할 수 있다. 강력한 스테로이드의 효과로 인해 질환으로부터의 탈출은 쉽게 되지만, 혼자서 아무 일도 못 하는 아이처럼 호르몬 체계가 교란되어 다양한 부작용이 생기고, 전신적인 문제와 나아가서는 사망에 이르기도 하기 때문이다.

만성적인 스트레스는 호르몬의 불균형을 유발하고 이로 인해 두통, 우울증, 비만, 면역력 저하 및 수면장애, 당뇨병 등 다양한 질병을 유발할 수 있다.

스트레스는 우리 몸을 보호하기 위한 역할을 하지만 지속적인 스트레스에 노출이 되면 오히려 질병을 일으킬 수도 있는 것이다. 우리는 흔히 스트레스를 표현할 때 fight-flight(투쟁 또는 도피반응)이라는 표현을 하며 혹자는 이에 경직(freeze)하게 해서 위험으로부터 벗어나게 한다고도 한다. 스트레스는 우리를 위험한 상황 등에서 맞서 싸우거나 도망칠 수 있게 하고, 때로는 포기 상황에서 죽은 척해서 곰으로부터 생명을 건진 동화 속 사례처럼 행동할 수 있게 한다. 이 모든 행동을 할 수 있는 것은 호르몬에 의한 신체적 변화가 있어 가능한 것이다.

만성스트레스의 주요 원인으로는 다양하고 복잡한 인간관계 외에도 생리적으로 약물 부작용, 내분비계 및 대사질환, 우울증이나 불안증 등의 정신질환, 감염성 질환, 심장이나 폐 등의 각 기관의 질환, 자가면역 질환 외에 원인을 알 수 없는 다양한 질환을 지적한다. 이러한 만성질환을 일으키는 기저의 문제는 일상적인 생활에서도 찾을 수 있다. 우리는 흔히 건강한 생활을 위해 기본적으로 '잘 먹고, 잘 자고 잘 싸는 일'을 이야기한다. 이 중 잘 자는 즉 숙면을 취할 수 있는 호르몬인 멜라토닌에 대해 언급하지 않을 수 없다.

● 청소년의 멜라토닌 수치를 점검하자

'잠 못 이루는 대한민국' 요즘 많이 듣는 이야기이다. 특히 우리 청소년들은 더욱 심화된 경쟁과 넘쳐나는 디지털정보로 잠 못 이루는 경우가 많다. 항산화제이면서 수면 호르몬인 멜라토닌은 행복감과 평온함을 느끼게 해주는 신경호르몬인 세로토닌으로부터 만들어진다. 두 호르몬 사이에 이런 상관관계가 있다는 사실은, 사람은 깊고 충분한 수면을 하면 행복하고 평온해지고 반대로, 이런 평온한 마음이 깊은 수면을 이룰 수 있게 한다는 상호 연관성이 있음에 이는 너무도 당연한 일이 아닐까 생각된다. 따라서 수면의 질을 높이기 위해 멜라토닌이 적절히 생성되도록 하려면 세로토닌 분비를 적정한 상태로 조절하는 것이 필요하다. 그러나 잠 못 이루는 현대인들, 특히 청소년의 수면 부족과 인터넷의 계속적인 사용으로 인한 전자파나 블루라이트에 노출은 학습부진의 원인이 될 수 있을 뿐 아니라 내분비계와 심혈관 질환 등에 영향을 미친다. 청소년뿐 아니라 성인들에게 만연된 SNS 중독은 우울증 발생 위험을 1.65배 높이고 ADHD 등을 유발한다. 이는 수면의 양과 질에 관련이 있으며 이에 관련된 멜라토닌을 점검하고 관리할 필요가 있다.

멜라토닌은 수면과 각성주기를 조절하는 송과체에서 생성되고 신체회복 및 수명연장에 도움이 될 수 있는 강력한 항산화 및 항염 작용을 비롯한 여러 주요기능을 수행한다. 또한 멜라토닌은 인체가 계절의 변화에 적응하고 시차로 인한 피로를 해소하는 데도 도움이 될 수 있다. 이러한 멜라토닌은 세로토닌으로부터 만들어지는데 뇌에 세로토닌이 충분한 경우 어두운 곳에 있으면 세로토닌이 멜라토닌으로 전환되어 숙면을 돕는다. 따라서 숙면을 취하고 싶으면 암막 커튼 등으로 주변 환경을 어둡게 하고 취침 전에는 전자파로부터 멀어지고 조명도 조절해야 한다.

세로토닌은 건강한 뇌 기능에 필수적인 신경호르몬으로 최근 몇 년간 선택적 세로토닌 재흡수 억제제(SSRI)가 항우울증제로 널리 사용되면서 관심을 끌게 되었다. 이는 세로토닌이 기분을 조절하고 안정적으로 유지하는 데 중요하다는 사실을 보여준다. 세로토닌은 기분을 조절하는 주 기능 외에 기억력과 내분비 및 대사과정을 돕는다.

극히 적은 양으로도 강력한 작용을 하는 호르몬의 균형은 우리의 몸과 마음을 건강하게 만들어주므로 스트레스 관리와 더불어 호르몬의 관리에 관심을 가져야 하겠다.

신경질 나는 당신, 당장 이것을 체크하자

● 짜증 천국 대한민국, 어떻게 된 일일까?

"무개념 지하철녀, 무개념 지하철남, 무개념 지하철 노인을 아시나요?"라고 묻는다면 "어떤 무개념 인간을 말하는 것이지?" 하는 사람들이 대부분일 것이다. 너무도 많은 사건과 등장인물들이 있기 때문이다.

출퇴근 지하철 안에서 옷깃만 스쳐도 소스라치게 몸을 떨면서 상대방을 위아래로 째려보며 "아, 짜증나" 소리를 자동으로 내는 이들, 애 어른을 가리지 않고 남을 향해 무례함을 난사하는 사람들. 어느 날 9호선에서 60대 남성이 20대 여성에게 폭행을 당했다는 뉴스를 들으며 이것이 꼭 남의 이야기가 아니라는 생각도 들었다. 말 한마디 하면 즉각적인 반응이 화살이 되어 돌아오는 세상, 옳은 말일수록 더욱 그러한 것이 현실이기도 하다. 선생님이나 어른들의 이야기가 옳고 그름에 관계없이 받아들여지지 않고 잔소리로 들려지는 세상, 부모가 자녀를 훈육하다 경찰서에 고소까지 당했다는, 어른들로서는 다소 황당한 이야기를 듣게 된다. 중고등학교 이상의 자녀를 둔 지인들에게서는 '무슨 말을 못 하겠어, 한마디만 나가도 짜증을 내서….'라는 이야기를 많이 들었다.

중년의 여성들은 예전에는 많이 참았지만, 이제는 참을 수가 없어 꼭 표현을 한다고 하면서 자신이 '싸움닭'이 된 기분이 된다고 덧붙인다. 이것은 아마도 호르몬의 변화로 인한 결과일 것이다. 요즘 젊은이들은 경제활동을 부부가 거의 같이하면서 육아나 가사도 분담을 하고 있다. 그러나 과거에는 남성들이 가사에는 전혀 관심이 없다가, 나이가 들어감에 따라 설거지도 하고, 심지어는 살림도 맡아 하는 경우를 보았다. 반면 여성들은 밖에서 친구들과 새로운 관계십을 맺고 여러 가지 프로그램에도 참여하는 등 활발한 활동을 하는 것을 보면서 여성호르몬이 줄어듦에 따라 남성호르몬이 상대적으로 작용을 하는 호르몬의 힘 때문이라 생각했다. 모두에게 적용 되는 것은 아니겠지만 이와 같이 호르몬은 한 시대의 시대적 관념도 바꿀 수 있다고 생각된다.

또한 이것은 시대가 변함에 따른 교육의 결과일 수도 있다고 생각한다. 예전의 한 광고에서 "남들이 'yes' 할 때 'no' 할 수 있는 사람"이라는 광고를 본 적이 있다. 또한 흡연광고에 어린아이가 입을 막는 장면과 'NO'라는 글이 쓰인 것을 보는 순간, 오랜 예전에 프랑스 비행기를 타고 갈 때 뒷좌석에 흡연석이 있었던 전설과 같은 장면이 같이 떠오르면서, 싫어도 말할 수 없는 교육에서 이제는 당당하게 말해야 하는 방향임을 감지할 수 있었다.

즉 나의 입장이 강해진 것이다. 나와 다름을 아는 순간 짜증이 날 수 있고, 이를 이해하고 싶지 않기에 바로 표현하는 것 같다. 요즘 TV나 매체에서 많이 강조하는 소통의 시간이 어렵게 된 것이다. 소통은 사전적으로 보면 '막히지 않고 서로 통함', '뜻이 서로 통함', '도리와 조리에 밝음' 등으로 되어 있다. 현시대의 기준은 무엇일까? 생각해 보면 일상생활에서 기준과 기본이 필요하다는 결론이 나온다. 학교에서는 인성교육이 필요하고 서로의 감정을 읽는 연습도 글자를 익히듯이 교육의 시간이 필요할 듯하다. 자기 자신을 존중하고 귀하게 여기되 남도 함께 귀하게 여기는 마음, 자기효능감은 높이되, 결코 남과 비교하지 않는 삶의 모습을 정립하는 것도 중요하다.

● 여성의 간헐적 짜증은 호르몬 탓?

'만성적으로' 짜증이 심하거나 습관적으로 신경질을 부리는 경우를 제외하고, 여성의 짜증이나 예민함 등은 생리적 호르몬의 영향이 원인이 되기도 한다. 여성은 생리로 인한 월경전증후군, 임신 및 출산으로 인한 산후증후군, 폐경과 관련한 갱년기증후군 등 호르몬의 강한 영향을 받는다. 갑상샘 호르몬이나 스트레스 호르몬 등의 다양한 호르몬의 영향을 받을 수 있지만. 여성에게 있어서는 이러한 여성호르몬의 변화로 인한 증후군으로 짜증이나 무기력 등이 심해질 수 있다. 또한 만성피로증후군과 더욱 진행된 증상인 부신피로증후군 및 번아웃증후군 등도 짜증을 유발하는 증후군으로 꼽힌다. 이러한 증후군에 적극적으로 대처하지 않으면 짜증을 시작으로 불안이나 우울증이 심해지고 불면증으로 이어질 수 있다. 또한 정신적인 '적응 장애'에 노출되거나 각종 질환에 노출될 위험이 커질 수 있다. 왜냐하면 짜증은 각종 정신질환의 초기 증상일 수도 있기 때문이다.

그렇다면 짜증의 원인은 무엇일까? 아마도 몸과 마음의 불편함 때문이 아닐까?

'몸과 마음의 건강 중 어느 것이 먼저일까?'라는 질문에 몸이 건강해야 마음도 건강하다고 스스로 답하는 한의사 선생님의 책 내용을 보면서 백번 동감했었다.

콜롬비아 대학교의 조나단 레바브 교수의 연구에 의하면 이스라엘 법원의 가석방 판례를 분석한 결과, 가석방을 허가해주는 판사가 허가를 많이 해주는 시간은 컨디션이 좋은 시점이었다. 즉, 아침에 처음 심리할 때, 점심시간 이후, 휴식 이후로 배부르고 심신이 편안할 때이며, 배고픈 점심시간 이전이나 퇴근 전 등 피곤하거나 스트레스를 많이 받는 시기에는 가석방 허가를 적게 내준다는 재판내용 분석은 우리의 일상에도 어느 정도 적용될 수 있다. 우리말에도 "등 따숩고 배부르면 세상 부러울 게 없다"고 하지 않는가?

잠을 설치고 피곤하고 컨디션이 나쁠 때 누군가가 나에게 시비를 걸고 있다고 느끼거나 감정을 건드리면 화가 나면서 감정조절이 안 되어 건디지 못하고 짜증이 난다. 이를 혼자서 참으면 화병이 되고, 드러내면 싸움이 된다. 짜증은 확실히 전염력이 크기 때문에 주변에도 좋지 않은 에너지로 작용하게 된다.

전문가들은 평소보다 짜증이 많아지고 화가 많이 나며 불안하고 초조해지는 것은 불안증상이나 우울증상일 수 있다고 말한다. 이때 짜증이 화로 발전하면 분노조절장애나 화병의 위험이 커지는 것이다. 이것이 우리 사회의 문제인 '묻지 마' 범죄로까지 발전되는 경우도 있을 것이다. 짜증은 내적으로는 갈등이나 고민, 스트레스로 인한 결과일 수 있으나, 심층적으로는 과거의 특정사건으로 인해 생긴 트라우마나 외상 후의 스트레스 장애, 각종 중독 현상 또한 나도 모르는 짜증의 원인이 될 수 있다고 한다.

● 짜증의 원인은 다양하다

우리 사회에서 일어나고 있는 다양한 사건 사고에는 음주가 원인이 되는 경우가 많다. '필름이 끊겨서…', '알코올섭취로 기억나지 않는다.'가 용인되는 사회. 이것이 모르는 사이에 알코올 중독자를 양산하고 있지 않은지 생각해 볼 때이다. 알코올 중독은 짜증뿐 아니라 우울과 불안, 불면 등을 유발한다. 2021년 보건복지부의 국민건강영양조사 결과 '최근 한 달에 1회 이상 음주한 경우'는 19세 이상을 대상으로 했을 때 57.4%이며, 청소년 건강행태조사에 의하면 술을 마시고 우울감을 느끼는 청소년이 24~35%에 달한다는 결과가 있어 이에 대한 관리와 교육이 필요한 시점이다. 음주로 인한 사건 사고에 관대함을 느끼는 사회 분위기도 이제는 사회적 차원에서 제고되어야 한다고 생각된다.

건강한 신체에 건강한 마음이 깃든다는 올림픽 정신처럼, 짜증은 내과 질환을 예고하는 징후일 수도 있기에 주의해야 한다. 특히 연로한 분들의 짜증은 치매의 초기 증상을 의심할 수 있으며 불면증과 심한 코골이로 인한 수면무호흡증은 숙면을 방해해 신체 피로는 물론 짜증과 불안 등을 유발할 수 있다. 또한 요즘은 '단짠' 음식을 좋아하고 식사 후의 달콤한 디저트를 주의하라는 이야기가 많은데 탄수화물 중독 또한 일상에서의 짜증을 늘게 할 수 있다.

기본적으로 기초 체력이 떨어지고 면역력이 저하되면 활동이 힘들어지면서 무의식적으로 짜증을 내게 된다. 갑상선기능항진증은 체력이 저하되면서 짜증이 느는 대표적 질환이며 '당 떨어져서'라고 흔히 이야기하는 저혈당증 역시 쉽게 허기가 지고 기운이 없어지면서 짜증이 늘게 된다. 즉 에너지는 활력이므로 몸과 마음의 활력을 위해 노력해야 한다.

또한 기능의학에서는 모발 속의 구리(Cu)가 많은 경우 '까칠인'일 수 있다는 이야기를 한다. 구리는 EPA(미국환경 보호청)에 의하면 미량 영양소이면서 독소로 명시하고 있는 원소이다. 만성적인 구리 노출은 간과 신장을 손상시킬 수 있어, 포유류는 일반적으로 과도한 구리 수준으로부터 보호되도록 보호하는 효율적인 메커니즘을 가지고 있고, 이러한 보호 메커니즘이 종종 정신질환으로 오진되는 증상을 유발할 수 있다. 구리가 조직에 흡수되는 것을 막기 위해 혈장 내에서 구리를 결합하는 데 사용될 때 종종 감정의 변화, 과민성, 우울증, 피로, 흥분, 집중의 어려움, 그리고 통제 불능 등이 일어날 수 있다. 그래서 아마도 모발미네랄검사를 하게 되면 까칠인은 대체적으로 모발 중 구리가 많이 검출될 것이라고 예견해볼 수 있는 것이다. 3장의 코칭사례에서도 구리의 과다로 정신. 심리적인 문제를 보이다가 미네랄테라피를 시행한 후 효과를 본 경우가 있으니 주의 깊게 살펴보기 바란다.

● 너도나도 공황장애!

짜증이 일상화되면 짜증 섞인 말을 하면서 분노가 폭발하거나 그 상태를 지나면 오히려 불안감과 우울감을 느낄 수 있다. 일명 '연예인병'으로 일반 대중에게도 알려지게 된 공황장애는 이러한 불안장애 중의 하나이다.

활발한 방송 활동을 하던 정형돈을 비롯, 불면증을 함께 호소한 이경규와 김태원, 많은 스트레스로 공황장애를 겪었다는 김구라, 우울증을 함께 겪었다는 이병헌, 비행기 안에서 흡연을 해서 물의를 빚었던 김장훈을 비롯해 차태현, 김하늘, 장나라 등의 연예인들이 자신이 공황장애로 활동에 어려움을 겪었다고 방송에서 언급하여 일반인에게도 알려졌다. 그들의 증세는 다양했고 불면증과 폐쇄공포증, 우울증 등이 동반되었음을 이야기했다. 과거에는 정신의학과적인 질환으로 감추어졌을 공황장애는 병명을 정확히 인지하지 못했던 일반인들조차도 자신이 겪은 내용이 공황장애였음을 인지하게 되었다. 통계적으로 공황장애 환자 중 10~25%가 우울증이 공존하는 경우가 많고 이 경우 증상이 더 심하고 기간도 더 길어진다고 한다.

건강보험심사평가원 자료에 의하면 공황장애로 병원을 찾은 환자의 수는 2017년 14만 4,943명에서 2021년 22만 1,131명으로 4년 사이에 53.0% 넘게 늘어났다. 연령별로는 40대가 가장 많았지만 10대 환자도 수는 적지만 꾸준히 증가하고 있는 추세이다.

공황장애는 이유 없이 불안하거나 불안의 정도가 지나친 정신질환인 불안장애에 해당하며 공황발작이 주요 특징인 질환이다. 공황발작은 극도의 공포심이 느껴지면서 심장이 터지도록 빨리 뛰거나 가슴이 답답하고 숨이 차며 땀이 나는 등 신체 증상이 동반된 죽음에 이를 것 같은 극도의 불안 증상을 말한다. 이는 종교나 문화를 불문하고 나타나는 보편적인 장애로 계속적으로 증가하는 추세이다.

원인은 다양하나 학업이나 직장생활, 가정 내 문제, 사회적 불안감에서 오는 극심한 스트레스가 가장 크다. 가족력이 있는 경우 유전적 원인일 수 있으며, 세로토닌이나 가바(GABA)등의 뇌신경전달물질의 불균형에 의한 신경학적 원인과 변화하는 사회에 적응하기 어려움에 따른 스트레스, 사회적 압력 등이 공황장애의 발병과 증상 악화에 영향을 줄 수 있다. 그 외 개인적으로 지나치게 예민한 성격이나 우울장애나 불안장애, 강박장애 등과 동시에 발생할 수도 있다

초기 증상은 갑작스런 불안과 호흡곤란, 두근거림 등이 반복되는 증상이다. 불안감이 심해지면 호흡곤란, 식은땀, 질식감, 가슴 통증은 물론 발작 증상까지 나타나기도 한다. 이런 증상을 피하기 위해 회피하는 반응 역시 공황장애 증상 중 하나로 알려져 있다.

대개의 발작은 10분 이내 급격한 불안과 동반되는 신체 증상에서 정점에 이르고, 20~30분 정도 지속되다가 저절로 사라지게 된다. 불안을 느끼는 장소 역시 일상적인 사람이 붐비는 장소나 막히는 차 안 등 어디에서나 답답함과 두근거림을 느낄 수 있고, 복잡한 지하철에서 증상을 느껴 지하철에서 하차할 수밖에 없어 내리고 타고를 반복하다가 결국은 직장생활을 그만두는 경우도 보았다.

공황장애는 우울증과 동반되는 경우가 10~25% 정도라고 하였다. 그러므로 조기 치료가 매우 중요하다. 병원을 방문해 약물치료와 인지행동치료 등 적절한 치료를 받으면 70~90%의 환자가 상당히 호전되는 예후가 좋은 질환이라고 하는 게 전문가들의 의견이므로 가장 먼저 전문가와 진료 및 상담할 것을 권한다. 초기의 증상이 나타났을 때 바로 나를 알고 대처할 수 있는 나를 만드는 것이 이 험

한 세상을 살아갈 수 있는 가장 큰 지혜라고 생각한다.

● 신경질이 많은 당신, 이렇게 하세요

짜증나는 이유는 상황에 따라 다양할 수 있다. 그러나 크게는 내부적 원인과 외부적인 원인으로 구분할 수 있다. 건강한 몸과 건강한 정신은 어느 것이 먼저라고 할 수 없을 정도로 상호 밀접한 연관성을 지닌다고 했다. 우리 몸에 일어나는 변화는 우리의 정신을 변화시키고, 그 반대의 경우도 성립하기 때문이다. 당신이 만일 화가 나고 언제나 짜증이 난다면, 일단은 몸의 상태를 체크해 볼 필요가 있다고 생각된다. 내과적 원인으로는 당뇨나 고혈압 등의 만성질환이나 퇴행성 관절염 등으로 인한 통증을 생각할 수 있다. 연령이 높은 사람이 갑자기 화를 자주 낸다면 치매의 초기 증상임을 알 수 있을 것이다. 나이가 들어감에 따라 근육이 감소되고 근력이 없어짐으로 인해 움직임이 적어지면 면역력 또한 떨어질 것이다. 이로 인한 무기력증은 짜증으로 표출될 수 있다. 또한 내분비기관인 호르몬의 영향으로 특히 여성의 경우 월경 및 출산, 폐경으로 인해 짜증을 낼 수 있다. 그 외에도 갑상샘 기능 항진증과 스트레스로 인해 유발되는 만성피로증후군, 부신피로증후군, 번아웃증후군 등으로 인한 것일 수도 있다. 이러한 신체적 증상들은 우울증, 불안증상으로 이어질 수 있고, 트라우마, 외상 후 스트레스 장애 등 나의 마음의 상처는 없는지를 돌아볼 필요가 있다. 또한 우리 사회의 관대한 이해 부분인 알코올 중독 또한 짜증을 유발할 수 있다. 어젯밤에 몇 시에 잠을 잤는지? 얼마나 숙면을 취했는지를 되돌아보자. 우리는 언제부터인지 잠을 안 자고 밤을 밝히는 사람의 수가 많아졌다. 내적인 수면무호흡증이나 불면증이 아니더라도 대한민국의 밤은 밝음 속에서 하루를 마무리하고 다시 새로운 날을 맞게 된 것 같다.

외부적인 요인으로는 다양한 오염물질이 우리를 침범하고 있기에 우리를 싸고 있는 다양한 환경이 우리를 짜증나게 하는 것 같다. 공기, 물, 땅, 심지어는 그 안에서 생존하는 생물체들까지 모두 아프고 스트레스를 받기에, 그것을 섭취하는 우리에게도 해롭게 다가오는 것도 원인이 될 수 있다. 전문가들은 기름진 육류나 탄수화물 중독, 식품첨가물과 이로 인한 다양한 환경호르몬을 심신의 질환을 일으키는 주범으로 지적하고 있다. 또한 현대를 살아가기 위한 발버둥으로 남을 배려해서는 안 되는 듯한 생각들이 사람들을 더욱 지치게 하는 것 같다. 남들과의 비교, 싫은 것은 바로 표시하고 절대로 남에게 배려하지 않아야 잘 사는 것 같은 사회적 분위기 또한 문제점이라고 생각된다. 지금이라도 나를 돌아보자.

신경질이 많은 당신이라면 내 몸과 마음의 상태를 체크하고 잠시 쉬어가며 생각해보기를 권한다, 덧붙여, 주의 깊게 보아야 할 검사는 모발 미네랄검사와 타액 호르몬검사를 추천하고 싶다. 또한 가능하다면 나를 알기위한 유전자 검사를 할 기회를 갖는 것도 좋겠다. 전술된 바와 같이 모발에 유해 중금속 중 특히 납이나 카드뮴이 많은 경우와 미네랄 중 구리나 철이 많이 있는 경우, 경우에 따라서는 미네랄 간의 비율이 불균형 상태일 때도 신경질이 많이 날 수 있다. 또한 스트레스는 만병의 근원이므로 호르몬 검사의 균형을 바로잡을 필요가 있다.

짜증날 때 좋은 영양소를 추천한다면, 되도록 자연에서 나오는 채소나 과일을 먹을 것을 권하고 싶다. 그러나 예전과 같은 영양소를 함유하지 못하고 필수 영양소는 우리 몸에서 생성할 수 없는 경우도 있기에 신경전달에 필요한 칼슘과 흥분을 진정시키는 마그네슘, 짜증을 해소하고 자율신경을 정돈하여 즐거운 마음을 갖게 하는 트립토판과 이를 합성하는 데 도움을 주는 피리독신이라고 불리는 비타민 B6, 비타민C 등이 함유된 건강식품이나 식품을 섭취하는 것을 권한다. 그러나 무엇보다도 균형 있는 식단에 주의를 기울일 필요가 있다. 차류로 가바(GABA) 또는 허브티로 카모마일 등도 신경을 안정시키는 데 도움을 준다. 단것과 카페인은 되도록 피하고 균형 잡힌 식사를 통한 영양섭취가 중요하다. 규칙적인 생활 습관의 기본이라고 할 수 있는 수면시간을 재점검하고 늘 즐길 수 있는 적당한 운동을 생활화함이 필요하다. 당신의 나이가 몇 살이든 관계없이 지금 이 순간부터 실행하자. 실행하고자 하는 당신에게 부록에서는 매일 실시할 수 있는 실천 가능한 방법을 제시하고 있으니 실행하고 생활화하기 바란다. 삶의 연장선 속에서 많은 순간 자신을 돌아보고 마음의 평정심을 가져야 할 수도 있기에, 그러한 순간에 도움이 되길 바란다.

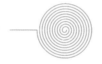

근골격계와
헬스멘탈코칭

근골격계의 문제가 정신건강을 해친다

요즘의 지하철을 타면 남녀노소 누구나 고개를 숙이고 핸드폰을 보고 다리를 꼬고 구부정하고 불편한 자세로 탑승하고 있음을 볼 수 있다. 많은 사람이 흔히 말하는 거북목이며, 걷는 뒷모습을 볼 때 11자로 바른 다리 모양을 가진 사람이 드물게 되었다. 예전에는 학교에서도 수업 시작하기 전에 바르게 앉기를 먼저 시킨 후 수업을 하곤 했는데 만일 요즘에 그렇게 한다면 순순히 앉아서 바른 자세를 취하는 척이라도 하는 학생이 얼마나 될까 궁금해진다. 하루 종일 학교와 학원에 가서 책상 앞에서 공부하는 학생은 물론 대부분의 사무실 근로자들은 근골격계에 부정적인 건강문제를 초래할 수 있는 불편한 자세로 장시간 컴퓨터 작업을 병행한 업무를 수행하고 있다. 이로 인한 근골격계 문제와 우울증과의 상관관계를 연구한 결과를 소개하고자 한다. 근골격계 질환 검진 대상자 724명을 대상으로 근골격계 질환자를 근막통증증후군, 추간판 탈출증군, 건막염군 및 기타 군으로 분류하고, 각각의 질병군에서 우울증 유병률과의 상관관계에 대하여 조사한 결과, 특히 추간판 탈출증 질환군에서 우울점수가 증가할수록 우울증의 유병률이 증가하였고 통증의 정도가 클수록 우울증의 유병률 또한 높아지는 것으로 나타났다. 또한 우울증이 있는 집단이 통계적으로 유의하게 통증을 더 많이 느끼는 결과를 얻었다. 따라서 효과적인 근골격계 질환의 진단 및 치료를 위해서는 우울증에 대한 정신 심리적 접근이 동반되어야 한다는 결론을 도출하였다. 우리가 생각할 때 '근골격계 질환과 정신적 건강과 무슨 상관이 있을까'라고 생각할 수 있겠지만, 병원이나 심리상담을 하는 전문가들은 우울증이나 기타의 정신장애를 가진 분들의 자세가 바르지 않고 근골격계의 문제를 가지고 있다고 언급하고 있다. 신체구조가 틀어지게 되면 체형이 문제가 생기고 이로 인해 신경전달과 혈액 수송에 문제가 생기기 때문이다. 특히 정신건강에 있어서 목을 지나가는 경동맥과 추골동맥의 압박은 치명적이라 할 수 있다. 이는 우리가 알고 있는 만성질환 즉 중풍이라고 불리는 뇌혈관질환이나 치매, 파킨슨병 등과도 연관이 있고, 이로 인한 정신건강에도 영향을 줄 수 있기 때문이다.

또한 청소년기의 척추측만증은 우울증 및 자살과도 연관성이 있다는 연구결과는 우리가 그냥 지나칠 수 없는 문제이기도 하다. 1997년 미네소타에서 34,706명의 청소년을 조사 연구한 결과 1.97%에 달하는 685건의 척추측만증이 조사되었다. 이들을 대상으로 자살에 관련한 생각을 조사한 결과 척추측만증이 있는 경우 그렇지 않은 경우의 약 1.82배 높다는 결과가 나왔다. 즉 척추측만증과 심리적 스트레스와의 연관성을 시사하고 있어 우울증이나 자살을 근골격계 질환 측면에서 주목할 필요가 있다.

—

우리의 삶을 피폐하게 만드는 척추질환

우리의 몸은 206개의 뼈로 되어있고 뼈에는 신경이 지나고 있다. 척추는 경추 7개, 흉추 12개, 요추 5개와 어른의 경우 골반을 이루는 천골과 꼬리뼈인 미골 각각 1개로 되어있다. 머리뼈부터 골반까지 연결되어 있는 척추는 만곡을 이루며 S자 형태를 이루어야 건강하다. 그러나 척추측만증은 척추가 어느 한쪽으로 휘거나 치우쳐 구부러지는 질환으로 주로 청소년기에 나타난다. 건강보험심사평가원 자료에 따르면 2020년 척추질환으로 병원을 찾은 환자 수는 약 890만 명으로, 5명 중 1명이 척추질환을 경험하고 있다. 이 중 척추측만증 환자는 약 8만 7,600여 명이며, 이 중 10대와 20대가 차지하는 비율이 55%를 차지하고 있다.

또한 60대, 70대 고령층에서의 척추후만증은 2020년 기준으로 1만 9,800여 명이었으며 전체 환자의 35% 정도를 차지하였다.

이러한 척추측만증과 척추후만증은 심폐기능 이상이나 통증, 청소년의 경우 성장 장애를 겪을 수 있으며, 노인의 경우 보행 장애로 인한 심각한 지장을 주는 등 신체적 문제뿐 아니라 정신적인 스트레스를 유발함으로써 삶의 질과 만족감을 저하시키므로 그 심각성이 더욱 크다 하겠다. 청소년의 경우 감수성이 예민한 시기로 앞으로 변형된 몸으로 살아야 한다는 불안감으로 인한 우울 등으로 정신의학과 질환 유병률이 높고, 실제 척추측만증 환자의 다면적 인성평가 결과 불안, 우울과 더불어 임상학적 변화가 없음에도 다양한 이상 증상을 호소하는 신체화 증상이 높다고 한다.

노년기의 척추후만증 역시 외형적 변형으로 정신적인 스트레스가 극심하고 일상생활에 대한 두려움과 불안으로 인한 심리적인 문제가 발생되기도 한다. 갈수록 평균수명이 길어지고 있는 현재, 통계청 자료에 의하면 65세 이상의 외모 꾸미기 시간은 점차 늘어나는 추세라고 한다. 평균수명이 길어지고 있고, 100세 시대를 넘어 120세 시대를 꿈꾸는 현실에서 척추변형은 자신감을 저하시키고 삶의 의욕을 상실하는 계기가 되고 있는 현실이다. 이러한 척추의 변형은 신경계의 흐름을 방해하고 더불어 혈액순환을 어렵게 하여 다양한 질환을 야기할 수 있다.

신경계는 중추신경계과 말초신경계로 구분되고, 중추신경은 뇌와 척수를 말한다. 말초신경계는 다시 체성신경계와 자율신경계로 나뉘게 된다. 체성신경계에는 뇌신경 12쌍과 척수신경 31쌍이 있으며 뇌신경에는 소화기관까지 분포하는 미주신경을 제외하고는 주로 얼굴에 분포하고 있고, 척수신경은 척수로부터 나와 온몸으로 분포되어 감각을 뇌에 전달하고 뇌의 명령을 신체 각 부위에 보내는 작용을 한다.

자율신경계는 교감신경과 부교감신경으로 이루어져 있으며, 의식에 관계 없이 불수의적으로 작용하며 내분비계나 면역 시스템과 함께 체내의 환경을 조화롭게 하는 데 중요한 역할을 한다. 이 둘은 같은 내장기관에 존재하면서 상반된 활동을 담당하여 항상성을 유지한다.

교감신경계는 공포를 느끼거나 흥분 또는 분노했을 때 등 신체가 위협당하는 상황에서 적응할 수 있는 가장 적합한 상태를 제공하는 반면, 부교감신경계는 가능하면 신체에너지를 보존하고 소화나 배설과 같은 꼭 필요한 기능을 담당하며 안정화시키는 역할을 한다. 교감신경 말단에서는 노르에피네프린이, 부교감신경 말단에서는 아세틸콜린이라는 서로 다른 신경전달물질이 분비되면서 길항작용을 하게 된다. 교감신경이 우세한 경우에는 심장박동수가 증가하고 기관지는 이완되며 멋진 사람을 봤을 때처럼 동공이 확대된다. 혈관은 수축되고 땀 분비가 자극되며 소화기관의 움직임이 억제되며 침샘이 자극되어 침이 마르는 현상이 생기게 되며 이때에는 에피네프린과 노르에피네르린의 분비가 일어나게 된다.

일반적으로 낮에는 교감신경이 밤에는 부교감신경이 주로 작용하면서 호르몬과 더불어 신체의 조화를 이루도록 되어 있다. 그러나 스트레스가 가해지면 심리적 긴장이 높아지고, 호르몬의 균형이 깨지면서 자율신경의 협조 활동이 흐트러지게 된다. 교감신경이 지나치게 흥분하게 되고 이런 상태가 지속되면 자율신경 실조증이 되어 정신적인 긴장과 불면증 등을 유발하게 된다. 우리말에 '보기 좋은 떡은 먹기도 좋다'라는 말이 있는데 이는 바른 척추에도 적용되는 말이 아닐까 생각된다. 따라서 이제는 바르게 앉고 척추를 쉬게 할 수 있는 방법을 연구해야 할 시기이다.

기타 현재 많이 실시하고 있는
기능의학 검사

기능의학검사는 질병의 원인을 찾아서 치료한다는 측면에서 일반적인 건강검진과는 다르다. 일반적인 검사는 그 당시의 몸의 상태를 나타내며, 이를 기준으로 대부분 증상을 치료한다. 그러나 기능의학검사는 그 환경까지를 고려한 전체적인 상태를 보고 판단하여 자기치유력을 끌어내려고 노력하는 방법이라고 할 수 있다. 따라서 일반 의학이 나무에서 나뭇잎과 열매의 모습을 먼저 본다면, 기능의학은 그 뿌리를 보고 잘 자랄 수 있는 환경을 만들어주고자 한다.

기능의학의 종류에는 혈액검사를 비롯해 모발 미네랄검사, 유전자검사, 타액 호르몬검사, 산소포화도검사, 소변유기산검사, 장내 미생물검사, NK세포 활성도검사, 자율신경검사, 뇌파검사, 알레르기 검사, 혈관건강검사, 스트레스검사 등이 있다. 대부분은 병원을 통해서 실시할 수 있으나, 모발 미네랄검사, 유전자검사, 타액 호르몬검사, 장내 미생물검사는 일반인들도 키트를 구입함으로써 쉽게 접근할 수 있는 검사로 이미 전술한 바 있다. 보통 병원에서 건강검진을 통한 검사 결과는 현재의 상태를 나타내는 데 비해 이러한 기능의학검사들은 나이테와 같이 과거의 영양 이력까지 발견할 수 있다는 장점이 있어 원인을 알 수 없는 다양한 증상을 알아보기 위해 많이 실시하고 있다. 이 중 우리가 주의해서 살펴볼 수 있는 검사를 소개하고자 한다. 우리의 몸과 마음은 상호 유기적인 관련성이 있으므로 이러한 검사들은 단지 신체적인 문제뿐 아니라 정신적인 문제의 실마리를 푸는 도구가 되기도 한다.

스트레스 정도를 막연히 묻기보다는 이러한 측정 도구를 통해 수치를 나타내고 상담을 하다 보면 훨씬 빠르게 마음을 열어 자신을 인정하기 때문이다. 또한 때로는 중간 점검을 통해 점점 좋아지고 있는 자신을 확인할 수도 있고, 결과를 평가할 수도 있기 때문이다.

산소포화도검사는 코로나로 인하여 우리들에게도 많이 알려진 검사로 손가락을 넣어서 간단하게 측정할 수 있다. 산소는 우리 몸의 각 기관에 부족하게 되면 여러 가지 부작용이 일어나기 때문이다. 점심식사 후 하품을 자주하고 졸음이 찾아오는 이유는, 음식을 섭취하고 소화하는 과정은 많은 산소가 소모되는 산화 과정이기 때문이다. 많은 산소를 사용 후에는 뇌를 작동할 수 있는 산소가 부족하므로, 자연적으로 우리는 하품을 해서 부족한 공기 중의 산소를 보충하려고 하는 노력을 하게 된다. 산소가 결핍되면 정신적으로는 주의력의 결핍과 기억력의 감소, 더 나아가서는 학습효과의 저하를 가져올 수 있으며, 만성피로나 스트레스 및 소화불량 등으로 이어질 수 있다. 산소의 포화도는 상황에 따라 다르므로 일시적인 문제로 생각할 수 있으나, 생활습관이나 기타의 환경적 요인으로 심리적 문제를 유발하므로 상담 시에 산소포화도를 측정하기도 한다.

소변유기산검사는 체내의 탄수화물, 단백질, 지방이 각각 잘 분해돼서 몸속에서 잘 이동하고 세포가 에너지를 잘 생성하고 이용하고 있는지를 평가하는 세포대사검사이다. 이를 통해 대사불균형과 영양불균형을 평가할 수 있으며 유해 세균분석과 간 해독 효율 등을 알 수 있는 유용한 검사이다. 소변 유기산 대사물의 증가는 세포 내 미토콘드리아의 기능 장애를 평가하는 데도 이용된다. 미토콘드리아는 세포 내에서 산소를 감지하고, 신호전달 세포의 스트레스 조절과 에너지 생산 등의 중요한 역할을 하는 기관이다. 미토콘드리아 기능에 문제가 생기면 산화 스트레스가 증가하고 결과적으로 활성산소를 생성해 질환을 일으킬 수 있다. 따라서 유기산 검사는 각종 영양대사와 에너지대사, 신경계의 정상작동에 필수적인 미네랄 부족 여부 및 세포의 감염 및 염증 등에 대하여 알 수 있는 검사이다. 그러므로 다른 기능의학검사와 같이 유기산검사는 병이 없음에도 여러 가지 질환에 시달리는 경우 실시한다.

장내 미생물(마이크로바이옴)검사는 장 속의 유익균과 유해균, 미생물에 대한 검사로 장 속의 환경을 알아볼 수 있는 검사 방법이다. 이 역시 키트를 이용해서 측정이 가능하다. 결과는 유익균(80%)과 유해균(20%)의 비율에 의한 균형이 중요하다. 그 외 비만, 당뇨, 대장용종, 알레르기, 장 질환, 자가 면역질환의 건강지표와 아토피 관련 미생물 분포도도 알려준다. 장은 제2의 뇌로 불릴 정도로 우리의 신체는 물론 정신적인 측면에서도 많은 영향을 끼치므로 지속적인 관리가 필요하다.

NK세포 활성도검사는 Natural Killer 세포, 즉 '자연살해세포'라는 이름으로 불리며 일반적으로 암세포나 바이러스를 묻지도 따지지도 않고 제거하는, 면역세포가 얼마나 있는지를 확인하는 검사이다. 우리 몸에는 하루에 약 5,000여 개의 암세포가 생성된다. 그러나 우리 몸 또한 이를 방어할 수 있는 면역세포들이 있고 몸 곳곳에 방어막이 있다. NK 세포는 채혈을 통해 검사가 가능하며 면역력 활성도는 수치로 확인이 가능하다. 주로 면역력의 기초가 되므로 건강관리계획을 세우고 스트레스 및 만성피로에 의한 질환이 걱정이 될 때 할 수 있는 검사이다. 그러나 웃기만 해도 NK세포는 활성화된다고 한다. 이로 인해 한때 '웃음치료사'라는 직종이 붐을 이루기도 하였다. 따라서 긍정적이고 밝은 마음을 갖는 것과 건전한 생활습관 관리는 우리가 얻을 수 있는 가장 싼 만병통치약이 아닐까 생각한다.

자율신경검사는 지속적인 스트레스에 노출될 경우 이유 없는 우울, 가슴이 갑자기 두근거리는 불안한 마음이 생기거나, 소화가 잘

안 되고 속이 더부룩한 느낌의 증상이 있지만 여러 가지 검진상에서는 별다른 문제가 없어 답답한 마음을 호소하는 경우 실시해 볼 수 있는 검사방법이다.

신경계는 중추신경계와 말초신경계가 있다. 말초신경은 자율신경과 체성신경이 있다. 이 중 자율신경은 교감신경과 부교감신경이 있으며 척수에서 같은 장기로 들어가 반대작용이라고 할 수 있는 길항작용을 하면서 우리 몸의 항상성을 유지한다. 즉, 교감신경이 활동할 때는 부교감신경은 작용하지 않고, 반대의 경우 부교감신경이 활발하게 움직이는 것이다. 교감신경은 긴장을 시켜 외부자극으로부터 방어하거나 위기에 대처하는 역할을 하는 반면 부교감신경은 이완작용을 하여 몸을 편안한 상태를 유지하게 한다. 그러므로 일반적으로 낮에는 교감신경이 밤에는 부교감신경이 활발하게 활동을 하여야 한다. 그런데 이 둘의 균형이 깨진 상태를 자율신경실조증이라고 하며, 이 경우 전신적인 다양한 기능적 문제를 동반하게 된다. 심한 경우 일상생활이 어려울 수 있으며 삶의 질 또한 저하된다. 또한 이를 방치하게 되면 우울증이나 공황장애 등의 정신적인 문제를 유발할 수 있다.

검사는 손가락 맥파 검사기를 통해 쉽게 측정할 수 있으며, 스트레스 지수, 맥박변화도, 심박분포도, 자율신경균형도, 교감신경과 부교감신경의 활성, 자율신경균형을 분석할 수 있다.

다양한 질병에 의해서도 일어날 수 있지만, 신경세포의 기능 저하로 인한 신경조절물질의 조절이 안 되거나, 스트레스의 지속이 가장 큰 요인이라 할 수 있다.

뇌파검사란 뇌에서 일어나는 미세한 전기활동을 증폭시켜 기록하는 검사로 두피에 전극을 부착하고 시간이나 상황에 따라 변화하는 뇌 기능의 변화를 볼 수 있는 검사이다. 뇌파검사는 깨어있는 상태에서 시행하거나 수면상태에서 시행할 수 있다. 전극만 부착하여 시행하므로 통증이 없고 간단하게 시행할 수 있는 검사이다. 각성상태와 수면 시의 뇌파가 모두 기록되었을 경우 더 많은 정보를 얻을 수 있다. 뇌파검사는 주로 간질 발작을 진단하고 감별하는 데 사용되며 그 외 뇌졸중, 뇌종양, 뇌염 등 여러가지 뇌 질환을 진단할 때 시행할 수 있다.

그 외에도 많은 기능의학 진단도구들이 있으나, 건강을 위한 원칙은 모두 하나로 통한다고 생각한다. 자기효능감을 가지고 항상성을 유지하며, 자기치유력을 활발하게 살리는 것이 핵심이라 할 수 있겠다. 스트레스지수가 높다면, 자율신경 실조증으로 진단이 된다면, 모발중금속이 있고, 영양균형이 맞지 않는다면…, 등 그 결과를 아는 것은 나의 몸 상태를 아는 첫걸음이 될 것이다. 모르면서 무작위로 복용하는 영양소 섭취보다는 이에 맞는 영양요법 등을 실시하고, 휴식하고 마음을 챙기면서 평정심을 가지려고 노력하는 그 자체만으로도 흔히 말하는 '시작이 반'의 길로 들어섰다고 생각된다. 늘 우리의 몸과 마음은 함께 간다는 것을 마음에 새기며 몸의 움직임과 변화에 귀를 기울이고, 마음에게도 말할 수 있는 시간을 주자. 나를 중심으로 한 가족과 사회에서 만나는 사람들에게 긍정의 에너지를 줄 수 있는 내가 되자.

부록편에서 이러한 내 몸 지키기를 실천할 수 있는 성격유형검사 및 그림투사검사와 간단한 자가헬스멘탈코칭법 몇가지를 별도로 제시하였다. 복잡한 사회와 일들 속에서 잠시라도 나를 찾을 수 있는 방법들을 살펴보고 실천하기를 권한다.

부록

일상생활에서
할 수 있는
나를 지키는
셀프헬스멘탈코칭법

왜
셀프헬스멘탈코칭인가?

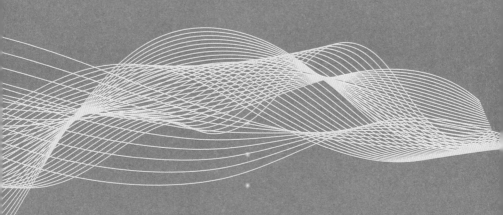

셀프헬스멘탈코칭은 나 자신의 몸과 마음의 건강을 위하여 나를 스스로 이해하고 향상시키기 위하여 이 시대를 살아가는 누구에게나 필요한 것이라고 정의하고 싶다. 혼돈의 카오스 같이 복잡하게 얽혀있는 사회관계망(SNS)속에 살지만 과거나 지금이나 인간은 오롯이 혼자이다. 본문에서 언급한 많은 이야기들 속에서 셀프헬스멘탈코칭을 해야하는 이유를 수십가지는 찾을 수 있다. 이 책을 읽는 현명하신 독자분들은 이미 이유를 간파하셨을 것이므로 여기서 이유는 생략하겠다. 다만 -나를 연민하고, 나를 사랑하고, 나를 지키자.-라고 외치고 싶다. 한사람 한사람 각자가 이러하다면 우리는 진정한 함께 살아가는 인간(人間)이 될 것이라 믿는다.

헬스멘탈코칭을 위한 심리검사

나는 내담자를 만나면 상담을 하기에 앞서 우선 내담자가 마음으로 호소하는 메시지에 집중하기 위해 에니어그램 성격유형 검사와 그림 투사검사를 진행한다.

● 에니어그램 성격유형 검사를 하는 세 가지 이유

- 첫 번째 이유는 태내에서부터 현재에 이르기까지 성장

과정에서 겪은 다양한 경험을 바탕으로 자신의 기억 속에 축적되어있는 정보의 추상적인 구조인 스키마가 긍정적인 구조를 형성하고 있는지 아니면 부정적인 스키마의 구조로 형성되어 사사건건 실패자의 각본을 취하고 있는지를 분별할 수 있는 유용한 검사 도구이다.

- 두 번째 이유는 지속적인 스트레스나 중금속의 영향 또는 근골격계 이상으로 인한 이유와 같이 다양한 원인에 의해 심리적인 문제가 발생한다. 이러한 심리적인 문제가 내담자의 결정으로 인해 발현되고 있는 에니어그램 성격유형의 미성숙한 성질과 결합을 하는 경우, 우울감이 우울증으로 진행되거나, 불안감이 불안증이나 공포증으로 증폭이 되는 경우의 수가 발생할 수 있기 때문이다.

- 세 번째 이유는 정신분석이론을 배경으로 실시하는 그림 투사검사를 비롯하여 융의 심리학적 유형 이론에 근거한 MBTI 성격유형 검사와 교류분석 이론 중 구조분석에 속한 겉마음과 속마음 및 자기 긍정의 수준을 알 수 있는 EGO-OK 그램 검사와 병행을 하여 분석하기에 유용하기 때문이다.

● 난화검사와 인물화 검사

정신분석이론을 배경으로 실시하는 그림 투사검사로

는 난화검사와 인물화 검사를 실시하고 있는데, 그중 아사리 아츠시(淺利 篤)의 무조건적 난화(無條件的 亂畵) 검사는 프로이트의 정신분석이론 중 심리 성욕 발달단계와 연관된 증상을 분별할 수 있는 매우 유용한 그림 투사검사 도구이다.

구디너프(F. Goodenough)의 인물화 검사(drawing a person test-DAP Test)는 내담자의 자아상을 반영하며, 자아상에서 강조된 부분을 통해 의사소통의 수단과 관념화된 의식 수준 및 욕구의 정도와 체계를 분별할 수 있다. 또한, 성적 능력과 갈등 그리고 좌절 경험과 성장배경을 포함하여 자기 동기부여 능력과 감정통제 및 감정공유의 능력 등이 반영된 결과물은 투사적 평가를 포함하여 내담자의 지적인 능력이나 발달평가에 유용하다.

심리검사 결과물에 의한 상담자료는 헬스멘탈코칭의 모든 프로그램에 반영이 된다.

헬스멘탈코칭에 적용하고 있는 심리요법은 내담자의 문제와 관련된 효과적인 매체를 활용한 인티그레이티브 아트 테라피(Integrative art therapy, 통합예술요법)를 중심으로 뮤직테라피(Music therapy, 음악요법)의 GIM 테라피(Guided Imagery and Music therapy, 심상 음악요법)와 리그레션 뮤직테라피(Regression

Music therapy, 퇴행 음악요법)가 활용되었으며, 심신을 안정시키기 위한 이완요법으로는 아로마테라피(Aroma therapy, 향기요법)와 숨테라피(Sum therapy, 호흡요법)가 활용되었다. 인지기능이나 현실지각공간 능력을 상승시키기 위한 프로그램으로는 부수적인 조건의 플레이테라피(Play therapy, 놀이요법)를 활용한 프로그램 등이 활용되었으며, 필요에 따라 인지행동치료 기법과 현실치료기법 등을 병행해서 실시하고 있다. 이와 같은 헬스멘탈코칭 프로그램은 전문의사가 진행하는 의학적 치료(Medical treatment)의 개념이 아닌 심리요법(Therapy)의 개념을 갖고 있으며, 몸과 마음의 문제를 비롯하여 인지기능 및 사회적 부적응에 긍정적인 영향을 미치도록 돕기 위한 것이다.

셀프헬스멘탈코칭을 실천하면 나 자신의 몸과 마음을 지키고 향상시킬 수 있는 강력한 파워를 얻을 수 있다. 또한, 개인이 더 나은 삶의 질과 안녕을 추구하는 데 중요한 역할을 한다. 이는 전문적 심리상담과 함께 현대 사회에서 필수적인 요소 중 하나로 자리매김을 할 것이다. 이 장에서는 전문가의 도움 없이도 일상생활에서 실천할 수 있는 셀프헬스멘탈코칭법을 소개한다.

인티그레이티브 아트테라피
[Integrative Art Therapy, 통합적 예술요법]

인티그레이티브 아트테라피란?

아트테라피(Art Therapy)는 Art(예술) + Therapy(심리요법) 즉, 예술과 심리학의 결합으로 구성된 것이다. 인티그레이티브 아트테라피는 기존의 미술이라는 매체와 함께 언어와 영상, 독서, 시, 연극, 무용 등의 여러 가지 치료적 요인을 내포하고 있는 예술 매체를 통하여 예술 활동을 진행하면서 말로써 표현하기 힘든 감정이나 내면의 정보를 표현함으로써 기분의 이완과 감정적 스트레스를 완화시키기 위해 시행되는 것이며, 기질적 요인을 포함한 심리적 갈등이나 정신질환으로 인해 정상적인 생활에 어려움을 겪고 있는 내담자를 위해 예술요법의 통합적 성격을 수용하고 있다. 인티아트테라피는 예술작업을 통하여 내담자의 문제점이나 장애를 점검하고, 예술 활동의 과정을 통해 심리적 갈등이 경감되도록 유도하며, 심리적으로 안정을 찾도록 하는 과정을 의미한다. 이러한 과정들 속에서 무의식을 탐색하고, 그 속에 감춰져 있는 내면의 세계를 표면화시킴으로써 정화(catharsis)를 경험하고 마음의 안정을 찾게 되는 내담자(client)는 안정 효과를 경험하게 된다. 이러한 인티아트테라피는 외부적인 상황의 묘사보다 한 개인의 정신세계로부터 탄생한 인간 자체에 뿌리를 둔 살아있는 창작과정의 소산이며, 예술작품 자체가 가지는 예술성보다 창작과정의 심리적 현상과 예술작품에 나타난 상징성을 포함한 통합적 성격의 방식을 더 중요하게 다루고 있다. 인티아트테라피는 굳이 말로 표현하지 않아도 비언어적 의사소통이 가능하고 자발적이며 즉흥적이기 때문에 언어 구사를 회피하고 자신의 마음을 열지 않는 폐쇄적인 사람들에게 매우 유용하게 적용할 수 있는 장점이 있다. 인티아트테라피는 창조적인 표현기법이기 때문에 경직된 몸과 마음을 이완시키는 역할을 하며, 자신감이 없거나 의사결정력이 낮은 사람에게는 자신감을 회복시켜주기도 한다. 그리고 심리적으로 무기력하거나 위축된 사람에게는 활동력을 증가시키고 자존감이 심하게 손상이 되어 있는 사람에게는 건강한 자존감을 높일 수 있도록 도와주는 역할을 한다. 또한, 예술작업을 통해 대·소근육을 발달시키며, 예술표현 과정에서는 언어의 발달과 대인관계 개선 및 우울감이나 불안에서 벗어날 수 있도록 도와주는 역할을 하고 심리적인 질병에 대한 면역력을 높여주기도 한다.

예술매체의 활용법

예술매체는 예술표현 활동에 사용되는 재료를 의미한다. 인티아트테라피 프로그램을 진행하는 과정에서 예술매체의 역할은 매우 중요하다. 예를 들면, 연필로 그려진 인물화보다 크레파스로 그려진 인물화에서 내담자가 전달하는 심리적 감정이나 메시지가 훨씬 더 많이 담겨 있다. 내담자가 어떤 매체를 선택하기를 좋아하는가는 인티아트테라피를 진행하는 과정에서 매우 중요한 단서가 된다. 특히 유·아동의 예술 활동 과정에서 예술매체는 더욱 중요하다. 때문에 인티아트테라피를 위한 프로그램의 선택은 아래와 같이 예술매체의 특성과 사용법 및 매체의 장단점에 관한 전문적인 지식과 경험이 필요하다.

예술매체의 활용

인간은 태어나자마자 곧바로 음식에 대한 생물학적 욕구를 느끼며, '배고픔'이라고 하는 생리적 불쾌감은 젖을 빠는 행위를 통해 해소되는데 이러한 욕구는 입으로 빠는 행위를 통한 쾌감뿐만 아니라 입으로 물어뜯는 데서 얻는 쾌감이 더해진다. 입을 통한 감각적 쾌감이 외부세계와의 중요한 커뮤니케이션 수단이 되는데, 욕구가 과잉충족되거나 과잉결핍되는 경우, 나중에 의존적이거나 자기중심적인 성격이 되며, 풍자적이고 논쟁을 좋아하는 형태로 대치될 수 있다. 또한, 타인에게 의존적이며, 모든 것을 희생해서라도 인정받고 싶어 하고 과식을 하거나 흡연 또는 폭음을 하기도 한다. 또한, 남을 험담하는 데 익숙하고, 수다증이 있는 등 타인을 이용하거나 지배하려고 하며, 입과 관련된 문제행동들을 나타낸다.

- 입과 관련된 문제행동을 경험하고 있는 사람에게 효과적인 매체는 도화지와 크레파스를 사용하여 구강적 활동과 관련이 있는 소재(음식의 좋은 점과 나쁜 점)를 그려놓고 자신에게 유익한 부분을 살펴보거나, 찰흙이나 지점토로 선호하는 음식과 싫어하는 음식을 각각 만들어 놓고 그 이유를 생각해서 정리해 보도록 하는 것도 도움이 된다.

이와 같은 프로그램의 적용 효과로 욕구가 적절하게 충족이 되면 자신감이 회복되고, 대인 간의 소통과정에서 신뢰감이 형성되며, 독립성 등 안정된 성격을 발달시킬 수 있다.

대소변을 가리는 훈련이 시작되는 시기의 유아는 신경계의 발달로 괄약근을 자의적으로 조절할 수 있으며, 괄약근의 발달로 마음 내키는 대로 배설하거나 보유할 수 있다. 그러나 대소변 훈련이 시작되면서 유아의 본능적 충동은 주 양육자에 의해 통제되며, 최초의 사회적 제지를 경험하게 된다. 주 양육자는 배변훈련 시 옳고 그름에 대해 말하고 유아는 주 양육자의 의견을 내면화시켜서 이를 따르게 된다. 이것이 초자아 발달의 시초가 되며, 주 양육자가 거칠게 혹은 억압적으로 훈련하여 형성된 성격은 고집이 세고 인색하며, 복종적이고 시간을 엄수하며, 지나치게 청결한 강박적 특징을 가진다. 반대로 지나치게 관대하여 형성된 성격은 잔인하고 파괴적이며, 난폭하고 적개심이 강하며, 불결한 특징을 갖는다.

● 강박적 특징을 가진 사람에게 효과적인 예술매체는 청결하지만, 손에 잘 묻어나는 것이 효과적이다. 이와 관련된 프로그램으로는 넓은 쟁반과 적당량의 따뜻한 밀가루 풀과 수채물감 1EA를 준비해서 밀가루 풀을 쟁반에 쏟아 놓은 다음 손으로 따뜻한 온기와 미끄럽고 끈적이는 느낌을 경험하면서 넓게 펴 놓는 과정에서 밀가루 풀의 온기가 가실 즈음에 본인이 선택한 1가지의 수채물감을 적당량 풀에 넣어 한쪽 손으로 풀과 물감이 섞이도록 한 다음 두 번째 물감을 골라 적당량을 밀가루 풀에 넣어 한쪽 손으로 풀과 물감이 섞이도록 한다. 적당하게 섞였다는 생각이 들 때 마지막 한 가지 색의 물감을 골라 적당량을 밀가루 풀에 넣고 양손을 사용해서 골고루 섞이도록 한 다음 탁해진 풀의 색을 충분히 경험하고 나서 물로 깨끗이 씻을 수 있도록 한다. 또한, 전분 가루에 물을 부어 손으로 반죽을 하며 진행할 수 있는 프로그램도 밀가루 풀을 사용하여 실시했던 방법과 마찬가지로 응용을 하면 되는 유사한 효과를 기대할 수 있는 프로그램이다. 프로그램을 진행하는 시간은

첫 회기에는 10분~15분 정도 진행을 하며, 회기를 거듭할수록 시간을 점점 늘려가는 것이 바람직하다.

- 파괴적이며, 불결한 특징을 가진 사람에게 효과적인 매체는 넓은 쟁반과 적당량의 찰흙을 준비하여 쟁반이라는 틀 안에서 찰흙 파편이 밖으로 튀어 나가지 않도록 던지고 두드려서 본인이 갖고 싶은 물건이나 버리고 싶은 물건 등을 만들어놓고 그 이유에 대해 생각해 보는 시간을 갖도록 한 다음 물로 깨끗이 씻을 수 있도록 한다. 이 프로그램을 진행하는 시간도 첫 회기에는 10분~15분 정도 진행을 하며, 회기를 거듭할수록 시간을 점점 늘려가는 것이 바람직하다. 이와 같은 프로그램은 인지행동치료 프로그램 중 노출 및 반응방지 기법과 이완요법의 효과를 동시에 기대할 수 있는 예후가 기대되는 프로그램에 해당이 된다.

이와 같은 프로그램의 적용 효과로 욕구가 적절하게 조절되면 자존감이 회복되고, 대인 간의 소통과정에서 리더십이 강화되며, 자율성이 발달하는 등 안정된 성격으로 변화시킬 수 있다.

생식기에 대한 관심과 욕구가 발달하는 시기의 아동들은 생식기에 관심을 많이 가지고, 자위행위를 하고, 출산이나 성에 관한 질문을 많이 한다. 이 시기에 고착된 남성은 무모하고 잘난 체하고 경박

하게 행동한다. 이들은 항상 자신의 남성성과 정력을 과시하려 하고, 자기도취적이며 자신이 진짜 남자임을 남들에게 증명하려고 한다. 이 과정에서 여성을 끊임없이 정복해 나가려고 한다. 이 시기에 고착된 여성은 성적 관계에서 순진하고 무지한 것 같으면서도 남자를 유혹하고, 바람기 있고 성적 방종에 빠지는 특성을 가지게 된다. 이와 같이 이 시기에 부분적으로 고착된 사람들은 남근형 성격(phallic character)을 가지게 된다.

● 남근형 성격에 해당하는 사람에게 효과적인 주요 매체는 '가위'이다. 가위를 사용하는 과정에서 손을 다치는 경우가 없도록 안전한 가위를 선택하여 다양한 방식으로 가위질을 하는 것이 바람직하다. 여러 방식의 프로그램 중에 보편적으로 많이 사용하는 프로그램은 콜라주(collage)이다. 준비물은 도화지(4장)와 크레파스(1세트), 가위와 풀, 월간 or 패션잡지 2~3권을 준비하면 된다. 프로그램 진행 방법은 1장의 도화지에 본인이 혐오하는 동성(同姓)의 이미지를 잡지에서 소재를 찾아서 가위로 오려내어 풀로 붙여 꾸미도록 하고 이때 잡지에서 찾지 못한 필요한 요소는 크레파스로 그려 넣도록 한다. 2번째 도화지에는 자신이 혐오하는 이성(異姓)의 이미지를 같은 진행 방식으로 꾸미도록 한다. 3번째 도화지에는 본인이 추구하는 동성의 이미지를 꾸며 놓고 4번째 도화지에는 자신에게 바람직한 이성(異姓)의 이미지를 꾸미도록 한다. 완성된 콜라주의 결

과물을 살펴보며 스스로 표현 동기에 대해 생각하는 시간을 갖도록 한다. 또 다른 프로그램으로는 찰흙이나 도자기 흙 또는 지점토 중 한 가지를 선택해서 준비를 하고 수채물감도구 1세트와 하드보드지(A3) 4장을 준비해서 콜라주 프로그램의 진행 방식으로 4장의 각각의 하드보드지 위에 찰흙을 이용해서 작업을 하는 과정에서 본인의 동성과 이성의 이미지를 심볼(symbol : 추상적인 사물이나 관념 또는 사상을 구체적인 사물로 나타내는 일)로 바꿔 만들도록 하고 완성되면 채색을 하도록 한다. 이 경우에도 완성된 성적 심볼의 결과물을 살펴보며 스스로 표현 동기에 대해 생각하는 시간을 갖도록 하는 것이 바람직하다.

이와 같은 프로그램의 적용 효과로 스스로 윤리적으로나 도덕적인 규준을 만들어 가려고 노력하게 될 것이다. 동시에 성적 욕구가 적절하게 조절이 되면 사회가 요구하는 기준에 자신의 욕구를 조절하게 되고 이러한 과정을 통해서 각각의 콤플렉스가 해소될 수 있으며, 자기 안에 존재하는 도덕적 관념이 지속적인 존재로 내재화되고, 그렇게 형성된 도덕적 관념의 영향을 받아 성적 환상이나 감정 또는 행동에 변화가 나타나게 될 것이다.

—

인티아트테라피를 실시할 때의 주의사항
마음의 근력을 발달시키는 여러 가지 방법들 중에 인티아트테라피는 매우 효과적이라 할 수 있다. 이 장에서는 자가 프로그램 활용을 통해 개인이 경험하고 있는 문제해결에 도움이 되는 간단한 기법들을 제시해 놓고 그 효과를 기대하고는 있지만, 이러한 기법들 역시 전문적인 소양을 갖추고 실시를 한다면 프로그램의 결과물을 통해 감춰져 있던 자신의 내면과 마주하는 각성 과정과 승화 과정을 통해 생각했던 것보다 높은 예후를 기대할 수 있을 것이라는 생각이 든다. 이와 같이 인티아트테라피와 연관된 많은 프로그램들을 소화시키기 위해서는 예술기법과 심리학의 이론이 뒷 받침 되어야 하며, 또한, 인티아트테라피나 헬스멘탈코칭에 대해 관심이 높은 독자는 관련 자료나 전문교육과정을 통해 전문성을 갖추는 것이 바람직하다고 본다.

클래식뮤직테라피(Classical Music Therapy)
: 고전음악으로 나만의 일상을 즐겨보자

뮤직테라피(Music Therapy)는 Music(음악)과 Therapy(심리요법), 즉 음악 매체와 심리학의 결합으로 구성된 것이다. 음악은 아주 오래 전부터 현재에 이르기까지 사람들의 일상적인 생활에 스며 들어 밀접한 관계로 발전해왔다는 것은 누구나 공감을 할 것이다. 음악은 사람들이 살아가는 생활 속의 일부가 되어 동행하며 아주 자연스러운 의사소통의 수단으로 사용해 왔다. 사람들의 마음속에 녹아 있는 감성을 동요시켜 무의식 속에 저장되어있는 감정적으로 불안한 상태를 개선시키기도 하므로 뮤직테라피란 '음악'이라는 매체를 활용하여 실시하는 일체의 과정을 의미한다. 뮤직테라피를 진행하는 과정에 있어서 음악 활동은 사람들에게 새로운 관계를 형성하도록 만들며, 생리적(Physiological) 반응과 심리적(Psychological) 반응 그리고 사회적(Social) 반응을 일으킬 수 있다는 것이 여러 연구 결과로 밝혀졌다.

헬스멘탈코칭 프로그램에 적용하고 있는 음악 치유 기법은 그림투사검사의 결과물을 통한 초기상담 자료를 기초로 프로그램이 작성되고 대부분 고전음악을 활용하여 진행된다.

뮤직테라피는 정신분석적 이론을 바탕으로 하는 퇴행 음악요법(Regression Music therapy), 행동주의적 음악요법, 인본주의적 음악요법과 GIM심상 음악요법(Guided Imagery and Music therapy)과 생체의학적 음악요법 등으로 매우 다양하다. 여기서는 실제 사례에서 효과적이었고 현재도 많이 활용하고 있는 고전음악을 안내하므로 나의 기분과 상황에 맞게 즐겨 보기를 제안한다.

자신의 감정과 잘 섞이며 그저 듣기에 편안한 음악을 선택해서 틀어놓고 즐김으로써 정서적인 안정을 얻을 수 있으며, 자유롭고 편안한 마음으로 생활을 하는 모든 곳에서 심신의 건강을 도모할 수 있는 것이다.

● 의존심이 강하고 요구가 많은 나를 위한 음악은?

- '바흐의 칸타타 21번(내 마음에 근심이 많도다)'
- '베르디의 운명의 힘 서곡'
- '사라사테의 찌고이네르바이젠'
- '드뷔시의 월광'이나 '쇼팽의 야상곡'

- '스메타나의 나의 생애에서'와 '비발디의 사계'

● 지나치게 방어적인 성격을 가진 나를 위한 음악은?

- '하이든의 시계와 놀람'

- '페르골레시의 마님이 된 하녀 전곡'

- '드보르작의 신세계교향곡'

- '헨델의 왕궁의 불꽃놀이'

● 공격적 성격인 나를 위한 음악은?

- '베토벤의 피델리오 작품 No 72'

- '바흐의 두 대의 바이올린을 위한 협주곡 E단조 BWV 1043'

- '드보르자크의 유모레스크'

- '하이든의 수상음악'

● 힘을 과시하고 충동조절이 어려운 나를 위한 음악은?

- '롯시니의 윌리엄텔 서곡'

- '베토벤의 피델리오 서곡'

- '볼프 페라리의 성모의 보석 (간주곡)'

- '베토벤의 전원교향곡 제1악장'

- '차이콥스키의 잠자는 숲속의 미녀'

- '멘델스존의 한여름 밤의 꿈'

- '베토벤의 엘리제를 위하여'

- '바다르체프스카의 소녀의 기도'

● 불안한 마음을 진정시켜주는 나를 위한 음악은?
- 바흐의 '환상곡 푸가' g단조 BWV-542
- 모차르트의 '불협화음' 현악 4중주곡 제19번 C장조 작품465
- 베토벤의 '장엄미사곡' D장조 작품123
- 슈베르트의 '실짜는 그레트헨'

● 욕구불만이 가득할 때 나를 위한 음악은?
- 헨델의 '왕궁의 불꽃놀이' 모음곡
- 하이든의 '군대' 교향곡 제100번 G장조
- 롯시니의 '빌헬름 텔' 오페라 서곡
- 시벨리우스의 '핀란디아' 교향시 작품26

● 기억력 향상을 위한 나만의 배경 음악은?
- 쿠프랭의 '클라브생곡집'
- 비발디의 '충실한 목동' 플룻 소나타
- 바흐의 '골든베르크 변주곡' BWV-988
- 쇼팽의 '낙숫물'『24개의 전주곡』제15번 D♭장조

● 우울함을 달래주는 주는 나만의 음악은?
- 모차르트의 〈교향곡 제40번〉 G단조 작품550

- 슈베르트의 〈죽음과 소녀〉 현악 4중주곡 제14번 D 단조

- 슈만의 〈피아노 5중주〉 E♭장조 작품44 중 제2악장

- 슈베르트의 〈우아한 왈츠〉 작품77 『무곡집』

● 잠들지 못하는 나를 위한 수면음악은?

- 바흐의 〈G 선상의 아리아〉

- 슈베르트의 〈아베마리아〉 가곡 『엘렌의 노래Ⅲ』 작품839

- 멘델스존의 〈한여름밤의 꿈〉 극음악 작품21, 61

- 슈만의 〈트로이 메라이〉 『어린이의 정경』

이외에도 많은 증상에 적용할 수 있는 적절한 음악들이 있으나 다 수록하지 못하는 점이 아쉽다. 내가 좋아하고 들었을 때 위안이 되는 음악은 꼭 상황에 맞지 않는 음악이라 해도 많은 도움이 될 것이다. 자신만의 스트레스 해소법을 찾듯이 나에게 맞는 정신의 영양소가 될 수 있는 음악을 찾는다면 나의 몸과 마음을 위한 최적의 방법이 될 것이다.

아로마테라피^(Aroma therapy, 향기요법)

: 매일매일 나만의 향기를 느껴보자

매일매일 나만의 향기를 느껴보자

변화무쌍하고 복잡한 현대를 살아가는 사람들에게 피해 갈 수 없는 것이 스트레스로 인한 몸과 마음의 질병이다. 역시 현실에 쫓겨 바쁘게 살아가면서 삶에 대한 회의를 느낄 때가 많은데 이때 아로마테라피를 만나게 되었고 그 매력에 빠져 삶의 여러 분야에 아로마테라피를 적용하고 있다. 특히 정신적인 스트레스를 다루는 방법으로는 아로마테라피의 효능이 탁월함은 이미 많은 논문에서 입증되었다. 본 저자가 성형외과에서 근무할 때에 수술 전 불안감을 해소시키는 방법으로 아로마테라피를 적용하였고 이것이 수술 후의 만족도를 높이는 데도 유의한 결과를 도출하는 것에 대한 논문을 쓰기도 했다. 아로마테라피를 활용한 다양한 테라피적 내용들을 다룬 책들이 시중에 많이 나와 있지만, 이 책에서는 특별히 마음의 근력을 높이는 아로마적 요법들에 대해 다루고 셀프헬스멘탈코칭을 일상생활에서 가볍게 적용할 수 있도록 몇 가지 방법들을 제시해 보고자 한다.

아로마테라피란?

아로마테라피는 향기(aroma)와 치료요법(therapy)의 합성어로 향기라는 매체를 사용하여 우리의 몸과 마음, 정신의 건강에 도움을 주는 것을 말한다. 'aroma'란 영어에서는 단순히 좋은 향기를   하지만, 불어에서는 어원이 되는 'aromate'라는 말로 식물이나 동물에게 존재하는 자연의 향기 성분이라는 좀 더 구체적인 의미를 담고 있다. 식물이나 동물에게는 특유의 향이 있고 이 향은 그 자체만으로도 자기치유력을 가지거나 외부의 공격을 이겨내는 방어체계로서도 작용한다. 예를 들어보면 공진환의 주원료로 사용되며 유명 향수 브랜드들이 고가로 판매하고 있는 머스크 향의 주인공인 사향은 사향노루의 생식기 옆에 달려 있는 사향주머니에서 추출하는데, 사향노루가 짝짓기를 하는 기간에 많이 분비하여 쌓이게 된다. 이 향을 이용하여 향수를 만들 수 있다. 이러한 과정을 통해 만들어진 향수는 관능미를 뽐내고 싶은 섹시한 젊은 연인들에게 인기를 끌게 되었다. 또한, 입 짧은 코알라가 유일하게 먹고 사는 유칼립투스는 잎 자체에 독성이 많고 향기가 강해서 일반 동물들은 먹을 수가 없다. 그래서 개체의 수가 작고 연약한 동물군인 코알라가 경쟁력 없는 유칼립투스 잎을 식량으로 선택했다는 설도 있는데 이 유칼립투스의 에센셜 오일을 이용하면 천연 벌레퇴치제를 만들 수 있다.

아로마테라피 활용법

- 확산법 : 가장 보편적인 방법으로 디퓨져나 향초를 이용하여 공기 중에 확산시키는 방법이다. 차량 내부나 사무실, 병실, 공부방 등 일정한 공간 안에서 다수가 함께할 수 있는 요법이다. 아로마 오일의 쉽게 휘발하는 성질을 이용하여 공기 중으로 오일 분자를 확산시켜 자연스럽게 흡입하는 방법이다.

- 향기흡입법 : 단시간 내 집중적으로 에센셜 오일 분자를 인체로 흡수시키고 간편하게 사용할 수 있는 방법이다. 따뜻한 물에 에센셜 오일을 몇 방을 떨어뜨린 후 코에 가까이 대고 수증기를 흡입하는 간접 흡입법과 손수건이나 티슈에 에센셜 오일을 한두 방울 묻혀서 코에 대고 흡입하는 직접 흡입법이 있다. 이 방법은 간단하게 어디서나 활용할 수 있는 방법이며 호흡기 질환에 이용하면 즉각적인 효과를 볼 수 있다.

- 목욕법 : 따뜻한 물을 받은 육조에 에센셜 오일을 떨어뜨린 후

잘 섞어 몸을 담그는 방법으로 전신욕, 반신욕, 족욕, 좌욕 등의 방법을 이용할 수 있다. 이러한 목욕 요법은 피부로의 흡수와 흡입법의 효과를 동시에 얻을 수 있는 방법으로서 에센셜 오일이 빠르게 인체에 흡수되는 좋은 방법이라 할 수 있다. 마사지법은 요즘 아로마 관리를 하고 있는 에스테틱들이 많아 대부분 경험해 보았을 것으로 알고 있다. 아로마 에센셜 오일은 직접적으로 피부에 닿는 것은 피하고 호호바 오일이나 코코넛 오일같은 캐리어 오일을 베이스로 해서 에센셜 오일을 적당량 섞어서 피부에 도포해 주는 방법이다. 마사지 요법은 통증이나 뭉친 근육을 풀어주는 효능이 있는 오일을 주로 사용한다. 요즘은 개인별 상담을 통해 맞춤형으로 아로마를 블랜딩하여 그날그날의 개인 감정 상태에 맞춘 힐링관리를 하는 곳도 있으니 이런 것도 경험해 보면 좋겠다. 경제적 여유가 있다면 아로마테라피 전문점을 방문하여 나만의 아로마향을 찾아보는 것도 좋겠다.

- 음용법 : 예로부터 우리나라는 차 문화에 익숙해져 있다. 서양에서는 커피 원두를 갈아서 추출한 물을 마셨고, 동양에서는 찻잎을 우려낸 물을 마셨는데 이 모든 게 아로마 음용법에 속한다. 커피나 차의 은은한 향기를 음미하면서 휴식과 마음 다스림을 하기도 한다.

아로마테라피를 활용한 셀프 헬스멘탈코칭 따라하기

아로마테라피는 단순한게 생각할 수 있는 분야는 아니다. 미국이나 유럽에서는 이미 대체의학으로서의 한 분야로 인정받을 만큼 치료적인 효능이 커서 미숙한 지식으로 사용하면 부작용 또한 무시할 수 없는 분야이기 때문이다. 본 책에서는 아로마 오일 중에 가장 대중적이며 부작용이 적은 몇 가지를 선택하여 일상에서 쉽게 활용해 볼 수 있는 셀프헬스멘탈코칭법을 제시하고자 한다.

정확하게 하려면 개인별 특성과 체질 등 먼저 파악해야 할 요소들이 많이 있기에 이 방법 또한 100퍼센트 모두에게 적용될 수는 없다는 점 이해하면서 천천히 따라해 보시길 권한다.

● 월요병을 이기는 아로마

지금은 주5일 근무가 보편화되었고 주4일 근무하는 곳이 생겨나고 있는 상황이긴 하지만 그래도 직장인들에게 월요일은 무거운 짐이 되는 날이다. 나른해진 몸과 마음을 추스리고 활력 있는 일주일을 맞이하기 위해 월요일 아침에는 거울을 보며 스스로 헬스멘탈코칭을 해보자.

레몬, 오렌지, 버가못, 네롤리 같은 시트러스 계열의 향은 긍정적인 에너지를 발산하게 도와주며 우울증, 항경련 등에 효과적이다. 이런 종류의 오일 1~2방울을 손바닥에 떨어뜨리고 두 손바닥을 비벼 따뜻하게 한 뒤 코에 대고 들숨 날숨으로 크게 호흡을 한 뒤 목까지 감싸면서 도포한다. 그리고는 양팔을 X자로 본인 어깨를 감싸 안고 '나는 오늘도 잘할 수 있다.' 오늘은 나에게 아주 특별한 날이 며, 나는 소중한 사람이야'라고 천천히 이야기한다.

● 화요일은 일의 능률을 높이기 위한 집중력 강화 아로마

월요병을 이겨내고 본격적인 활동이 요구되는 화요일에는 집중력을 강화시키는 아로마를 이용하도록 한다. 학습과 집중력에 좋은 유칼립투스, 라벤더, 프랑킨센스 오일을 각각 5방울, 5방울, 2방울을 가습기 및 디퓨져에 사용하면 효과적이다. 공기 중에 확산된 향기는 사무실에 활력을 주고 자신감을 심어주며 집중력과 통찰력을 향상시켜 일의 능률을 올려줄 것이다.

● 수요일에는 아로마 전문가에게 힐링을

열심히 살아온 나! 퇴근 후에 스파에 들러 아로마 마사지를 받으며 힐링하는 시간을 가져보자. 일주일에 한 번쯤은 나에게도 선물을 주는 마음으로 전문가의 손길을 느껴보는 것도 좋을 것이다. 개인별 감정 상태에 맞는 아로마 오일로 맞춤형 관리를 하고 있는 아로마 전문 에스테틱에서 나만의 맞춤관리를 받아보는 것도 좋다. 오늘 나에게 맞는 향기는 어떤 것일까?

● 반전을 노리는 목요일

긴장과 불안감을 이겨내고 기분 전환을 시킴으로 성공적인 일주일의 절반 고개를 넘어가 보자. 라벤더와 버가못 오일을 담은 아로마 목걸이를 착용하면 2주만에 스트레스, 불안 심리의 감정들이 감소한다는 논문의 입증이 있다. 아로마 목걸이는 심장과 가까운 곳에서 온기에 의해 발향하게 되고 호흡기를 통하여 흡수되어 교감신경과 부교감신경에까지 영향을 미치게 된다.

● 몸과 마음의 뭉친 근육을 이완시켜 주는 금요일

심신의 안정 휴식이 필요한 주말의 시작. 금요일에는 자연에 가장 가까운 나무, 허브향을 사용해 보자. 요가나 가벼운 스트레칭으로 몸의 근육과 세포를 이완시켜 주는 운동을 하기 전후 프랑킨센스, 시더우드, 마조람 오일을 블랜딩한 롤온을 만들어 우리 몸의 림프절과 혈자리에 발라주면 몸과 마음 모두 릴렉스 시켜주는 시너지 효과를 보게 될 것이다.

● 토요일은 패밀리데이

가장 가까우면서도 가장 소홀하기 쉬운 가족, 토요일에는 가족끼리 에센셜 오일을 가지고 손발 마사지를 해주는 것이 좋다. 에센셜 오일을 직접 피부에 도포하는 것은 금하고 있다. (라벤더와 티트리는 국부적으로 피부 도포 가능) 호호바 오일이나 코코넛 오일에 1~3% 비율로 희석하여 사용해야 한다. 갱년기 엄마에게는 로즈 오일로 손 마사지, 성장기 어린이는 라벤더 오일로 종아리 마사지, 피로가 쌓인 아빠는 일랑일랑과 페퍼민트로 두피 마사지를 해 주면서 사랑한다고백도 해보자. 스킨십의 상호작용이 에센셜 오일의 효능을 더 상승시켜 가족 간에 긍정적인 에너지가 상승할 것이다.

● 용서와 화해의 일요일

인간은 사회적 동물이며 관계를 통하여 성장하게 된다. 하지만 수많은 관계 속에서 우리는 또 상처를 받기도 한다. 어느 날 방문 잠그고 들어가는 사춘기 자녀에게서 느끼는 배신감, 획기적인 기획안으로 인정받는 후배를 보며 밀려드는 패배감, 실적을 요구하는 조직에서의 스트레스 등은 우리 마음 속에 분노의 감정을 일으키고 때로는 그 분노를 조절하지 못하여 폭발하기도 한다. 이럴 때는 따뜻한 캐모마일 차를 한 잔 마시고 로즈나 버가못 향이 첨가된 바스볼을 욕조에 풀어 거품 목욕을 하며 심리적인 안정감을 취해 보는 것도 좋다. 억눌려 있는 분노의 감정을 다스리고 용서의 마음을 품는 데 도움이 될 것이다.

—

아로마테라피를 실행할 때 주의점

자연의 향기를 활용하여 마음의 근력을 키우는 여러 가지 방법들에 대해 알아보았다. 아로마테라피가 불안과 스트레스로 인한 심리적 연약함을 다스리는 매개체로 큰 도움이 되는 요법이긴 하지만 오남용에 대한 부작용 또한 주의해야 한다. 에센셜 오일은 단독으로 사용하거나 직접적으로 피부에 적용하는 것은 좋지 않다. 2가지 이상의 아로마를 블랜딩해서 사용해야 내성과 중독성을 피할 수 있다. 아로마 오일 중에서 그 약효가 아주 강해서 어린아이나 임산부, 병약한 환자에게는 사용을 금하는 제품도 있다.

아로마테라피의 효능을 제대로 경험하기 위해서는 아로마에 대한 전문적인 지식이 필요하며 어떤 아로마 오일을 사용하느냐도 중요하다. 식품을 구매할 때에 식품첨가물이나 원산지에 대해 꼼꼼히 따지듯이 에센셜 오일을 선택할 때에도 구성성분이나 원산지, 추출 방법 등에 대해 주의 깊게 살펴보는 것이 도움이 될 것이다. 이 분야에 관심을 가진 독자라면 아로마테라피에 관한 책이나 강의를 통하여 좀 더 공부해 보기를 강추한다. 내가 정확히 알지 못한 부분에 대해서는 전문가를 찾아가 상담하고 아로마 전문 브랜드 제품을 구매하는 것이 그나마 실수를 줄이는 좋은 방법이다. 또한 아로마테라피는 치료에 도움을 주는 요법이지 완전한 치료법이 아니라는 점을 간과하지 않길 바란다.

숨테라피^(Breath therapy, 호흡이완요법)
: 나에게 올바른 숨을 선물하자

나에게 올바른 숨을 선물하자

명상에서 숨테라피는 기본적인 호흡법을 통해 자신의 숨(Breath) 소리에 집중함으로써 마음 챙김을 할 수 있다. 명상에서 숨테라피는 기본적으로 자기 마음을 헤아리는 능력이 있음을 인지하게 한다. 스스로 '나는 이렇게 생각하고, 이런 감정을 가지고 있으며, 이런 감각이 내 속에서 일어나는구나, 그래서 이런 말과 행동이 나타나는구나'하고 알아차림으로써 마음에 끌려가지 않고 자기각성을 할 수 있도록 알려주고, 스스로 개선해 나갈 수 있도록 하는 데 그 목적이 있다. 명상을 제대로 이해하고 실천하려면 전문가의 도움을 받아야 하겠지만 여기서는 우리가 쉽게 따라 할 수 있는 호흡법인 숨테라피를 셀프헬스멘탈코칭법으로 제안한다.

숨테라피는 말 그대로 호흡법을 통해 심신을 이완시킬 수 있도록 하는 호흡이완요법을 말한다. 우리가 쉬고 있는 숨은 우리에게는 너무나 당연하기에 귀중함을 간과하지만, 매 순간의 호흡법은 우리 심신에 많은 영향을 주는 것이다. 호흡을 제대로 잘 한다는 것은 우리 몸을 구성하고 있는 세포와 보이지는 않는 마음의 구석구석까지 영양분과 신선한 산소를 공급함으로써 우리 몸과 마음의 건강에 매우 중요한 역할을 하고 있다는 것이다. 따라서 불안을 느끼는 내담자를 만났을 때 제일 먼저 호흡하는 방식을 살펴보는 경우가 많다. 그 결과, 그들 대부분은 날숨 위주의 흉식 호흡을 하는 것이 일반적이었다. 이런 경우 들숨과 날숨을 적절한 비율로 교정해 주는 호흡법을 실시하는 것만으로도 그 어느 요법보다 짧은 시간 내에 불안이 감소되는 것을 확인할 수 있다. 또한 올바른 복식 호흡을 하게 되면, 횡격막이 최대한으로 확장되면서 부교감신경을 자극하는 효과가 있음이 밝혀진 바 있다. 이에 더해 관련된 근육을 이완시키고 작은 혈관들이 넓어짐으로 혈액 공급이 원활하게 이루어져 세포의 기능을 회복시키는 작용을 한다. 감정을 안정적으로 유지할 수 있으며, 부정적인 사고를 감소시킴으로써 내면의 회복 탄력성을 활성화하여 스스로 면역력을 높이기도 한다. 이로 인한 불안감이나 우울감을 감소시키는 효과를 발휘하고 두통이나 피로감을 동반한 근육 긴장과 수면장애 등의 신체화 증상이 있는 개인에게는 개선의 효과가 있는 것으로 확인되고 있다. 따라서 이 순간 나의 호흡법은 어편지를 체크해 보기를 권한다.

___

평소에 해보자. 올바른 호흡법

우리는 보통 복식호흡을 하라는 말을 많이 듣는다. 복식호흡을 하면 우리는 '배로 호흡을 하라고? 흉식호흡은 가슴으로 하는 호흡인가?'라고 생각할 수 있다. 실제 복식호흡은 횡격막으로 호흡을 하는 것을 의미한다. 그럼 복식호흡은 어떻게 하는지 살펴보도록 하겠다.

1) 적당한 장소에서 편안하게 앉거나 누워있는 자세를 한 다음 온몸에 남아있는 기운을 그 자리에 모두 내려놓는다는 기분으로 몸의 힘을 뺀다.
   - 갈비뼈와 복부에 풍선이 들어있다고 상상하면서 풍선에 공기를 천천히 그리고 가득 채운다는 느낌으로 호흡을 연습하는 것이 좋다.

2) 한쪽 손은 배 위에 얹어 놓고 다른 손은 가슴에 얹고 4 · 3 · 5 · 2 규칙에 의거 하여 복식호흡
   - 들숨을 4초 동안 코로 들이마시고 ⇨ 3초 동안 숨을 멈춤 ⇨ 입으로 천천히 날숨을 내 쉬기 5초 ⇨ 다시 2초 동안 숨을 멈춤 〈30회 정도 반복〉

이때 들이마실 때보다 내쉴 때 속도를 천천히 하는 것이 중요하다.

- 늑막보다는 횡격막이 수축하여 아래로 내려감으로써 횡격막의 작용을 통해 폐가 압력을 받는 것이 중요하기 때문에 가슴에 얹은 손이 움직이지 않도록 하고, 배 위의 손만 위아래로 움직이는 것을 확인한다. 숨을 들이마실 때 풍선이 커지듯, 복강과 횡경막에 공기가 가득 차고 있는 것을 느끼면서 숨을 들이마시다가 흉부에 공기가 들어가기 직전에 숨을 멈추고, 내쉴 때는 복부와 횡경막이 홀쭉해지는 것을 느끼면서 내쉬면 된다.

주의해야 할 점으로는 들숨과 날숨의 균형이 깨진 상태로 오래 지속을 하는 경우, 약간의 어지러운 현상을 경험하거나 이산화탄소의 부족으로 오히려 호흡이 답답하게 느껴질 수 있으므로 규칙을 지켜가며 익숙해질 때까지 적당한 시간 동안 안정적으로 가능하면 자주 실시하는 것이 바람직하다. 숨쉬기만 잘해도 우리의 몸과 마음이 건강해질 수 있는 걸음마를 시작했다고 할 수 있다.

마음챙김 명상법
: 내면 속의 나를 바라보자

내면 속의 나를 바라보자

명상은 한문으로 '어두울 명(冥)', '생각 상(想)'으로 직역하면 '어둠 속에서 생각하는 것'으로 정의할 수 있다. 그러나 여기에서의 어두움은 밝음의 반대가 아니라 눈을 감아서 만들 수 있는 어둠을 말한다. 눈을 감고 어두워지는 순간, 우리는 내면을 향하는 길을 열 수 있게 된다. 명상을 하기 위해 눈을 감으면 머릿속에는 온갖 생각들이 난무하며, 그 과정에서 자신을 알아차릴 수 있다. 먼 과거부터 현재에 이르기까지 자신에 대해 상대에게 말할 수 있으며 이것이 자신의 마음을 늘 알아차리고 있다는 것이다. 알아차림에 근거하여 마음 챙김을 할 수 있는 도구들은 무수히 많다. 그중 일상생활에서 쉽게 따라 할 수 있는 마음챙김 명상법을 몇 가지를 셀프헬스멘탈코칭법으로 제안한다. 나에게 맞는 마음챙김 명상법을 발견하여 내면 속의 나를 바라볼 수 있기를 바란다.

● 호흡명상법은 다음과 같은 방법으로 실시합니다. (《디팩초프라의 완전한 명상》 발췌)

1) 허리는 똑바로 펴고 편안한 방석 위에 앉는다. 만일 의자에 앉는다면 등은 약간 떼고 깊숙이 앉는다. 이때 전체적으로 몸에서 긴장된 곳은 없는지 알아차린다.

2) 눈을 감든지, 혹 눈을 뜬다면 눈을 콧잔등쯤을 보듯이 아래로 향한다.

3) 주의를 복부로 가져가서, 들숨에서 복부가 부드럽게 팽창하고 날숨에서 수축되는 것을 알아차린다. 이때 코와 복부가 전체적으로 조화롭게 연결되어 있는지 느껴본다.

4) 호흡에 의식을 집중하면서 마치 호흡이 파도를 탄 것처럼 자연스럽게 들이쉬고 내쉬는 동안 의식을 호흡에 집중한다. 만일 생각이 일어난다면 생각을 알아차린 후 다시 의식을 호흡에 집중한다.

5) 그저 순간순간에 일어나는 생각, 느낌을 지금 이 순간 내 몸이 존재하는 곳에 호흡과 의식이 함께 존재하도록 한다.

마음챙김 명상은 몸이 느끼는 감각, 느낌 또는 느낌과 감각으로부터 일어나는 생각을 비판적으로 주시하고 알아차리는 명상법이다. 마음챙김 명상법은 몸을 움직이면서 자신의 몸에서 일어나는 느낌과 감각을 알아차리고, 주변 대상들을 접촉하면서 생각과 감각을 알아차리는 수행법이다. 마음의 고통에서 벗어나 아무런 왜곡 없는 순수한 마음 상태로 돌아가는 것을 초월(transcendence)이라 하며 이를 실천하려는 것이 명상(冥想: meditation)이다.

걷기명상은 주로 발목 아래에서 일어나는 감각을 주시한다. 발에서 일어나는 동작(발을 듦, 감, 놂, 듦, 감, 놓음을 반복 의식하는 동작)에 대하여 오직 침묵 속에서 일어나는 감각을 주시하며 알아차린다. 가장 느린 걸음으로 움직이면서 몸에서 일어나는 감각을 세밀하게 관찰할 수 있는 방법이다. 움직이면서 마음이 현재에 머무는 것이며 심신에서 일어나는 생각, 감각, 느낌 등을 주시하면서 알아차리는 것이다.

걷기 명상법은 다음과 같이 실시한다.

1) 손을 움직이지 않은 자세를 취하면서 발을 들면서 '듦', 발이 앞으로 향하면서 '감', 발을 디디면서 '놓음'이라는 명칭을 마음속으로 의식한다.

2) '들고 있음', '가고 있음', '내려놓고 있음'을 알아차리는 동작을 하다가 의도치 않게 마음이 다른 생각으로 가게 되면 잠시 그 생각

을 주시하며 알아차린 후 다시 걷기명상으로 돌아간다.

극심한 우울은 잠시 기분이 나아지더라도 또 다시 그런 상태가 반복되게 마련이다.

걷기명상은 우울증(정신적 습관)으로부터 자유로워지기 위해 일상생활에서 구체적으로 실행할 수 있는 좋은 방법이다. 마음이 외롭거나 우울할 때 나의 발걸음의 움직임을 의식하면서 걸어보자.

● 통증극복 마음 챙김 수면명상법 ●

만성통증은 3개월 이상 지속되는 통증으로 특별한 원인을 찾기가 어려우며 통증 자체를 질환으로 볼 수 있다. 만성통증을 다루기 위한 방법으로서의 마음챙김 명상은 1970년대 후반 메사추세츠 대학에서 스트레스 감소 프로그램으로 사용되었다.

ChrisMac의 연구에 의하면 만성통증은 뇌파와 깊은 관련이 있고, "뇌가 고요하고 이완되어 있어서 델타파와 세타파가 많아진다. 그러나 뇌는 깨어있고 주의 깊은 상태여서 알파파와 베타1파의 활동이 증가한다"고 보고한 바 있다.

명상은 부교감신경계의 활성화를 촉진하여 스트레스 이전의 상태로 심신이 회복되는 데 도움을 줌으로써 근육 이완과 마음의 안정을 가져올 수 있어 통증을 극복하는데도 도움이 된다.

마음챙김 수면명상법은 다음과 같이 실시한다.

1) 천장을 보고 누워 낮은 베개를 베고 손은 양옆으로 손등을 위로하고 가지런히 정자세를 한 다음 누워있는 내 모습을 알아차린다.

2) 자연스러운 호흡의 흐름을 먼저 알아차린다.

3) 몸의 상태와 변화에 주의를 집중하여 자신의 몸을 있는 그대로 느끼고 알아차리며 내 몸이 가장 편안함에 집중한다.

4) 호흡을 느끼며 몸을 바라보며 점점 따뜻해지는 감각을 느낀다. 호흡의 길고 짧음에 주목하기는 하지만 의도적으로 규칙적 호흡은 하지 않는다.

5) 머리를 좌우로 돌리면서 가장 편안한 자세를 찾은 다음 다시 호흡을 의식하면서 들숨과 날숨에 집중하며 따뜻함과 편안함을 팔과 다리 손끝까지 전달한다. 이를 통해 몸에 대한 자각 능력을 증대시킨다.

우리에게 가장 중요한 것은 무엇일까? 단연 '목숨'일 것이다. 숨은 우리의 생명과도 직결된 매우 중요한 것이다. 언제나 항상 쉬어야 하는 생존에 필수적인 숨, 늘 당연히 하는 일이기에 그냥 아무 생각 없는 경우도 많을 것이다. 다행히 요즘은 건강을 이야기할 때 호흡법에 대한 이야기가 필수적이다. 주변에 많은 건강법이 있지만 가장 기본적이고 그러면서도 가장 중요한 숨쉬기 및 걷기에 명상을 더하여 자신의 몸이 외치는 소리에 귀 기울임을 실천하여 나의 것으로 만들어 보기를 추천한다.

플레이 테라피(Play therapy, 놀이요법)
: 동심으로 돌아가서 나의 스트레스를 날려버리자

동심으로 돌아가서 나의 스트레스를 날려 버리자

플레이 테라피는 '놀이'라는 활동을 통해 개인의 무의식적 갈등이 표출되는 과정이다. 놀이라는 매체를 통해 좌절감이나 공격성 또는 두려움과 같은 내면적인 긴장 상태를 외부로 표출시켜 표면화된 정서들을 적절하게 조절하거나 감소시킴으로써 스트레스에 대한 적응력이나 안정감 등을 얻을 수 있다.

플레이 테라피 기법은 정신분석 이론에 기초를 두고 개인의 무의식을 강조하는 지시적 놀이치료 기법과 개인의 행동은 완전한 자아실현을 위해 추진하는 원인이 된다는 인본주의적 이론을 기초로 하는 비지시적 놀이치료 기법이 있다. 또한 개인이 지니고 있는 인지구조는 행동에 영향을 미치게 되며, 잘못된 인지구조는 치료를 통해 교정해준다는 이론에 기초를 둔 인지행동놀이치료 기법 등이 있다.

헬스멘탈코칭 프로그램에 활용하는 플레이 테라피는 개인에 따른 심리적 정체성을 반영하여 시간과 장소에 제한을 받지 않고 쉽게 할 수 있는 통합적 발달이 가능한 방법을 제시한다.

30여 년이 넘도록 헬스멘탈코칭에 관한 임상을 해 오는 동안 수없이 많은 시행착오를 겪으면서 심신의 부분적 증상에 따라 각각의 효과가 다른 다양한 부수적 조건의 놀이 매체를 활용한 플레이 테라피 기법을 개발·적용해왔다. 현재는 헬스멘탈코칭 영역의 통합적 심리요법에서 매우 유용한 기법으로 활용하고 있다. 몇 가지 즉시 활용할 수 있는 놀이요법을 소개해 보겠다. 아마도 어린이들이 흔히 하고 있는 놀이들일 것이다. 그래서 '키덜트' 즉 어린이와 어른이 합해진 단어가 생기고 남자 어른이 장난감을 갖고 싶어하고 모으고 싶어 하는 것이 아닐까 생각한다.

● 심리적인 갈등을 심각하게 경험하고 있는 나에게
반복되는 스트레스로 인해 인지 영역의 기능이 축소되어 문제의 해결능력이 낮아져 있는 경우가 있다. 그와 관련된 검사도구를 활용하여 내담자의 상태를 파악할 수 있으며, 그에 따른 인지기능을 끌어 올리기 위한 부수적 조건의 플레이 테라피 기법으로는 다양한 형태의 퍼즐 매체를 활용할 수 있다. 쉬운 수준의 단계부터 어려운

수준의 단계에 이르기까지 순차적으로 매일 실시하는 것이 바람직
하다.

혹시라도 퍼즐 놀이가 효과적이지 않으면 인지기능의 활성화를
위한 작은 도형 채색 놀이 및 재활 공놀이를 매일 일정한 시간을 정
해놓고 실시하도록 하며, 정기적으로 점검을 하면서 일정한 수위에
도달할 때까지 단계를 조정할 수 있다.

인티아트테라피 기법에서 나타나는 무의식적 정보가 그림 결과
물을 통해 의식의 표면 위로 떠 오르는 현상은 개인의 인지 협응을
위한 손가락 인형 놀이를 할 때도 마찬가지로 그 대상에 대해 숨겨
져 있던 감정이 리얼하게 나타난다. 이와 관련하여 독자들이 궁금
해할 수 있는 다양한 상황에 대한 플레이 테라피 기법은 다음과 같
다.

● 자신의 감정을 적절하게 표현하지 못하는 나에게
1) '기쁘다 · 슬프다 · 편안하다 · 불안하다' 등과 같은 100가지의
감정 단어표를 사용하여 연상 활동을 통해 스스로 감정표현 방법을
경험할 수 있도록 기회를 제공하면 감정을 표현하는데 자유로울 수
있다.
2) 각종 인형을 매체로 역할놀이를 하거나, 다양한 종이 재질을
오리기, 찢기를 하거나 풍선을 터트리면서 자신의 감정을 표출한

다.

특별한 기술이 필요하지 않지만, 반복적으로 지속해서 실시하는 과정에서 신체의 협응력이나 운동 조절능력 및 인지기능 향상의 효과를 기대할 수 있다.

- 수저를 사용하여 진행하는 콩 놀이
- 종이접기 놀이, 구슬퍼즐, 고리퍼즐과 같은 기능놀이 기법이 매우 유용하다.

이 외에도 많은 플레이 테라피는 적절한 시점에서 적당한 방법으로 멘탈코칭 시에 활용되고 있다. 일반인이 보기에 '어린아이 장난감을 왜 어른이 가지고 노나?'라고 비웃을 수도 있다. 하지만 우리 안에는 늘 어린 시절의 우리가 존재한다는 것을 이해한다면 달라질 수 있다고 생각한다. 특히 유교사상이 아직도 마음속에 남아 있는 남성이라면 더더욱 손을 내저을 수도 있다. 그들도 때로는 무거운 짐을 내려놓고 어린이의 마음으로 순수하게 웃고 울고, 가끔은 귀여운 떼도 쓰는 것이 건강의 지름길이 아닐까 생각한다. 정신적인 문제를 앓고 있는 사람들의 문제가 플레이 테라피를 통해 도움을 받고 해결되는 것을 보아왔기에, 작은 것에 기뻐할 수 있는 어린이의 마음으로 돌아가 보기를 추천한다.

바이오의류테라피^(Bioclothing teraphy)
: 헬스케어의 새로운 분야

옷만 입어도 건강해질 수 있다고?

바이오의류에 대한 이야기이다. 정말 입기만 해도 건강해진다
고…? 그렇다면 이것은 셀프헬스멘탈코칭의 가장 편리한 도구가 될
수 있을 것이다. 몸과 마음이 무너지고 있어서 귀찮고 게을러진 나
라도 옷을 안 입을 수는 없으니까. 특히 속옷은 1년 365일 입는다.
셀프가 아니라 강제 헬스멘탈코칭인 것이다. 이것이 현실이 되었
다. 바이오헬스산업의 분야에서 AI를 활용한 스마트헬스산업은 급
속도로 진화하고 있다. 대표적으로 가까이 있는 것이 스마트워치이
다. 스마트워치는 나의 생체정보를 실시간 측정하고 관련 건강앱에
데이터를 업로드하며 필요 시 의료기관에 데이터를 전송하여 비대

면 진료를 가능케 하고 있다.

바이오의류의 원조는 어디일까? 나는 우주복이라고 생각한다. 우주복은 생명이 살 수 없는 우주 공간에서 생명을 유지하는 최첨단 바이오의류이며 메티컬의류인 것이다. 상상을 해본다. 우주에서 우주복을 벗는 순간 우리의 숨은 끊어질 것이다. 다 벗기도 전에 우리 몸은 갈갈이 찢겨 나갈 것이다.

● 우주복은 어떻게 만들어졌을까?

우주복은 NASA(미항공우주국)에서 만들어졌을까? 흔히 우리들은 그럴 거라고 생각할 수 있다. 하지만 아폴로 우주복은 NASA에 의뢰받은 미국의 유명 속옷업체 플레이텍스에서 제작했다. 색상은 우주의 태양광선을 반사하고 과열(120℃)을 방지하기 위해 흰색으로 선택되었다. 서로 다른 기능을 가진 직물로 스판덱스(라이크라), 우레탄, 데이크론, 알루미늄 코팅 특수섬유, 폴리에스터 부직포, 폴리아미드, 테프론 등의 다양한 소재를 사용하여 21겹 이상의 천으로 구성되어 있다. 안에서 바깥쪽으로 가면서 처음 3겹은 온도를 조절하는 역할을 하게 되고 4겹째부터는 내부압력을 유지시킨다. 기온 차이에 의한 극한의 추위(달은 일교차가 300℃)와 고압력에 의한 신체 유지 및 원활한 산소 공급과 또한 고압력 슈트를 입고 조금만 돌아다녀도 안에서 느끼는 열이 엄청나다고 한다. 그래서 열도 내려주는 냉각장치 등도 필요하고, 손가락으로 무엇인가 잡을 수 있을 정도의 관절의 활동과 방탄기능도 가능해야 한다. 우주복이 만일 우주의 파편에 맞아서 찢어지는 사고라도 발생하면 큰일 난다. 그래서 냉각, 기압, 온도 유지, 유연성, 대소변 수집 장치 등을 갖춘 우주복은 과학 기술의 총집합체이다. 이 우주복을 속옷회사 재봉사들은 '우주복 한 벌이 소형 우주선'이란 절체절명의 사명감을 갖고 4,000조각을 이어붙여 만들었다고 한다. 그만큼 보호와 생존에 필요한 보호 장비들도 같이 구성되어 있는 고급유형의 슈트, 즉 옷이다.

● 이 고급슈트 즉 우주복의 가격은?

우주선 안에서 착용하는 일반 우주복은 벌당 5억 원이고, 우주 공간 유영이 가능한 우주복은 100억 원 이상인 것으로 알려졌다.

이러한 최첨단기술들은 이미 의료산업 분야에 적용되어 의료섬유로 개발되었고, 대중을 위한 기능성의류로 고가의 제품으로 시판되고 있기도 하다. 또한 K대학에서는 바이오섬유소재학과가 개설되어 바이오 섬유 및 소재의 생산, 가공 및 응용 등의 폭넓은 학문탐구와 실습을 겸비한 수업을 진행하고 있다.

● 대중화된 대표적 의료용 섬유나 옷은?

대표적으로 의료 분야에서 구리의 항균 및 항염증 특성을 활용한 제품들이 일반적으로 존재한다. 구리이온섬유와 황화구리를 코팅한 원단을 사용한 의류가 고가로 판매되고 있고, 이제 막 일반대중에게 알려지기 시작하였다.

구리는 항균 특성을 가지고 있어 문제 예방 및 치료, 감염 예방에 사용될 수 있다. 따라서 구리이온원사로 직조된 섬유 또는 구리가 아크릴섬유나 다른 섬유에 코팅되어 의료용 의류나 보호용 의류에 사용되고 있다. 이러한 제품은 이미 상처 관리 밴드, 양말, 손목 밴드, 안전 장비, 마스크, 장갑 등으로 만들어졌고, 이런 점에서 환자와 의료진 모두에게 이점을 제공하고 있다. 다만 이점이 많으나 가격이 고가이고 검증된 제품을 찾기가 쉽지 않다는 점이다.

● 시중에 유통되는 검증된 제품이 있는가?

이제 막 대중화되기 시작한 산업 분야라서 객관적 검증을 거친 제품은 없는 것으로 판단된다. 원단을 개발한 회사에서 특허 및 관련 기술을 홍보하고 있지만 대부분 다이어트용 보정속옷, 또는 원적외선방사 의류로 홍보하고 있고 회사 자체 검증만 있는 것이 난무하고 있다. 하지만 몇몇 회사에서는 의료기관과 제휴하여 과학적으로 검증하는 노력을 기울이고 있다. A사의 구리의 효능을 활용한 원적외선방사 속옷은 의료기기 제조사, 의료진들과 환자를 대상으로 치료 효과를 교차검증하고 있다. 옷만 입어도 건강해진다고! 정말? 믿을 수 있는 제품이 빨리 출시되기를 기다린다.

바이오의류는 이미 스포츠업계에서 응용되고 있다. 수영선수, 마라톤선수, 라이딩선수, 스케이팅선수 등 주로 공기저항을 최소화시키는 쪽으로 발전되고 있고 골절 등 다쳤을 때 몸을 보호해주고

통증을 감소시켜주는 테이핑이나 좀 더 발전한 하지 혈액순환을 돕는 레깅스로 발전되었다. 이것이 보정속옷이나 원적외선방사 속옷 등으로 대중화되어 시장이 점점 확대되고 있다. 바이오의류산업의 규모가 확대되면 앞으로 셀프헬스멘탈코칭의 강력한 도구로 자리매김할 것으로 판단되며, 헬스멘탈코칭의 방법으로 지속적 연구관찰이 필요한 분야로, 이 지면을 빌어 간단하게 소개하였다.

이 장에서는 셀프헬스멘탈코칭에 대하여 이야기하였다. 셀프헬스멘탈코칭의 시작은 나를 있는 그대로 바라보는 데서 시작한다. 나를 연민하고 나를 사랑하면 나를 지킬 수 있는 힘이 생긴다. 이제 우리는 나를 지키는 힘이 생겼고, 타인도 도울 수 있는 힘이 생겼다.

굴딩 부부(Bob & Mary Goulding) 심리학자의
'부모가 자녀에게 해서는 안 되는 12가지 금지령'

1. 존재하지 말아라(Don't be, Don't exist).

2. 네가 아니었으면(Don't be you)….

3. 아이처럼 굴지 말아라(Don't be a child).

4. 자라지 말아라(Don't grow up).

5. 성공하지 말아라(Don't make it).

6. 아무것도 하지 말아라(Don't do anything).

7. 중요한 인물이 되지 말아라(Don't be important).

8. 소속되지 말아라(Don't belong).

9. 가까이 오지 말아라(Don't be close).

10. 건강하지 말아라(Don't be well).

11. 생각하지 말아라(Don't think).

12. 감정을 느끼지 말아라(Don't feel).

헬스멘탈코칭을
실천하는 사람들

〈헬스멘탈코칭센타〉

- 닥터싸이언스 몸맘코칭센타

http://drscience.net

- 샬롱드비숑 아로마테라피

http://salondepishon.com

- 해인자연치유연구소

https://haeinnd.modoo.at

온라인(회원제 폐쇄몰) >
- 닥터싸이언스 9988234

http://9988234.net

| 참고문헌 |

【단행본】

권석만, 《현대이상심리학》, 학지사, 2003.

김경수 외, 《영양 균형과 모발 미네랄 검사》, 대한임상영양학회편, 2003, p.22.

김순영 외 역, 《생화학 포커스》, ㈜바이오사이언스출판, 2018.

김영설 외, 《인체와 미네랄》, 엠디벨스, 2003.

김영운, 《에니어그램, 내 안의 보물찾기》, 올리브나무, 2007.

김재은, 《태아도 뭔가를 배운다》, 사단법인 샘터사, 1994.

데이비드 헤밀턴 저, 장현갑 외 역, 《마음이 몸을 치료한다》, 2012.

디팩초프라 지음, 최린 옮김, 《디팩초프라의 완전한 명상》, 센시오 발매, 2021.

마가렛 나움버그 저, 전순영 역, 《역동적 미술치료》, 하나의학사, 2014.

마크 윌리엄스, 진델 세갈, 존 카밧진, 《우울증을 다스리는 마음챙김 명상》, 도서출판 사
      람과 책, 2013.

무리이 야스지 외 저, 대한음악저작연구회 역, 《음악심리요법》, 삼호출판사, 1991.

박민수, 《면역력 인생에 건강이 짐이 되지 않게》, 페이스메이커, 2023, p.19, p.62, 289.

브레인 홀스트 저, 샘터출판부 역, 《태아의 편지》, 사단법인 샘터사, 1988.

스즈끼 히데코, 《9가지 성격, 에니어그램속에 숨겨진 진정한 나를 찾아서》, 대청미디어,
      1998.

신인철, 《생물학 후 완전정복》, 마리기획, 2016.

아사리 아츠시, 《아동화의 비밀》, ㈜여명서방, 1954.

연명희 외 역, 《누구에게 정신치료가 도움이 되는가?》, 하나의학사, 1996.

오남재, 《건강해지려면 절대 의사 말을 믿지 마라》, 그림과 책, 2021, pp.495-497.

이상구, 김소연, 《뉴스타트 건강》, 지구문화, 2015, pp.181-182.

이수진, 《정신분석 미술치료, 프로이트부터 라캉까지》, 학지사, 2020.

이재영, 《New MBSR 이론과 실제》, 도서출판 타래,

이쿠타 사토시 저, 김세원 역, 《뇌와 마음을 지배하는 물질》, ㈜하서출판사, 2012.

임태희 외, 《멘탈붕괴를 이기는 멘탈코칭》, ㈜애니빅, 2016.

제석봉 외 역,《현대의 교류분석》, 학지사, 2017.

제효영 역,《몸은 기억한다, 트라우마가 남긴 흔적들》, 을유문화사, 2016.

조윤용,《건강생활을 위한 음악요법 백과》, 한성음악출판사, 1993.

주혜명 역,《에니어그램의 지혜》, ㈜한문화멀티미디어. 2010.

타노이 마사오, 윤소영 옮김,《3일 만에 읽는 몸의 구조》, 서울문화사, p.146.

프랑소와즈 돌토 저, 최혜륜 역,《아이가 태어나면》, 사단법인 샘터사, 1990.

하루야마 시게오 저, 반광식 역,《뇌내혁명》, 사람과 책, 1997.

한정순, 권수미, 김부영, 송은주,《현대인의 식생활과 건강》, 지구문화사, 2011.

현대건강연구회 엮음,《자율신경 실조증 치료법》, 도서출판 진화당, 1991.

Benson, H. ,The relaxation response. New York: William Morrow, 1975

Kapleau, P. ,The three pillars of Zen: Teaching, practice, and enlightenment. Boston:
    Beacon Press, 1965

Trungpa, C., The myth of freedom and the way of meditation. Boston: Shambhala. 1975

Kristeller, J.L. ,Mindfulness meditation. In P. Lehrer, R.L.

Woolfolk, & W.E. Simes. Principles and Practice of Stress Management. New York:
    Guilford Press, 2007.

Kristeller, J.L., Baer, R.A., & Quillian, R. W. Mindfulness-Based. 2006

【학술지 및 학위논문】

곽제환,〈작업 관련성 근골격계 질환에서의 우울증의 유병률 및 특성〉, 한양대학교 석
    사논문, 2012.

김정호,〈명상과 마음챙김의 이해〉,《한국명상학회지》Vol.8 No.1, 2018.

김지현, 안홍석,〈성인여성의 모발미네랄 함량과 연령, BMI 및 모발의 물리적 특성과의
    상관성〉,《대한피부미용학회지 10(3)》, 2012. pp.477-485.

원두리,〈마음챙김, 의미부여 및 자율적 행동조절이 심리적 웰빙에 미치는 영향〉, 충남
    대학교 대학원 박사학위청구논문, 2007.

원효리,〈정서적 자기효능감의 타당화 검증 및 건강운동상황에서의 프로파일〉, 국민대
    학교 대학원 박사논문, 2017.

윤병수,〈집중명상과 마음챙김명상이 뇌의 주의체계에 미치는 영향〉,《한국심리학회지
    건강》Vol.17 No.1, 2012.

이영실,〈스포츠 지도자를 위한 멘탈코칭모델 및 프로그램 개발〉』, 숭실대학교 대학원

박사논문, 2019.

장현갑, 〈스트레스 관련 질병 치료에 대한 명상의 적용〉, 《한국심리학회지: 건강》 9(2), 2004. pp.471-492.

전종국, 윤병수, 〈아들러 개인심리학적 상담에서 마음챙김 명상의 적용 방안에 대한 탐구〉, 《한국명상학회지》 Vol.10 No.2, 2020.

전진수, 〈마음챙김 명상 프로그램에서 호흡의 활용: 생리적 및 심리적 기전〉, 《한국명상학회지》 Vol.1 No.1, 2010.

조성연 외, 〈주의력결핍 과잉행동장애와 뚜렛증후군 아동의 모발 중금속 분석〉, 《대한아동청소년정신과학회지》, 23(2), 2012. pp. 63-68.

최정익, 최윤정, 〈대학생의 일주일간 마음챙김명상 수련 경험에 대한 현상학적 연구〉, 《한국명상학회지》 Vol.12 No.2, 한국명상학회, 2022.

【기타 블로그 및 기사】

- http://www.drscience.kr/, 건강기능식품, 모발 미네랄/중금속검사, 닥터싸이언스 홈페이지
- https://www.mymineral.co.kr/, 모발 미네랄/중금속검사, ㈜마이엠티 홈페이지
- https://edgc.com/kor/, 유전자검사, 이원다이애그노믹스(주) 홈페이지
- http://www.uni-medi.com/dutchtest.php, 호르몬검사, 유니메디 홈페이지
- http://www.jmbiocare.com/, 타액호르몬검사, ㈜제이엠바이오 홈페이지
- https://blog.naver.com/ue1913/222998218979, 다이아돌핀(Didorphin) 암, 2023.01.29
- https://youtu.be/EhL9Ocjmq5U?si=KGThpxUtUT7fplls, 모든 질병은 장에서 시작된다, 유튜브
- https://blog.naver.com/woorikangsan/220771507756, 기후변화 재앙에서도, 2016.07.25
- https://blog.naver.com/choowon2000/222626816692, 마음, 2022.01.20
- https://blog.naver.com/how22how/223005274894, 구디너프의 인물화 검사, 2023.02.04
- https://terms.naver.com/entry.naver?docId=1090948&cid=40942&categoryId=31531, 두산백과, 마조히즘
- https://blog.naver.com/dlkorea04, 모발미네랄검사 모발검사의 장점, 2012.12.21

- https://kormedi.com/author/kstt77, 중금속 납 조심…ADHD 과잉행동 유발. 코메디닷컴, 2016.09.01.
- http://m.blog.naver.com/virtuous87/223031188906, 타액호르몬검사 2023.06.28
- https://www.dongascience.com/news.php?idx=-49527, 유전자 영향, 동아사이언스, 203.09.15
- http://www.monews.co.kr/news/articleView.html?idxno=58409, 철분결핍 소아청소년, 정신질환 위험 높아, 메디칼업저버,2013. 06.25
- https://www.hidoc.co.kr/healthstory/news/C0000395953, 짜증도 병이다? HiDOC 뉴스, 2018.05.31
- www. 1inhealth.tistory.com., 짜증날 때 : 짜증내는 15가지 이유 및 멈추는 방법, 2022. 11.30
- https://post.naver.com/viewer/postView.nhn?volumeNo=11307622, 짜증 날 때 감정관리법, 2017.12.18
- http://www.psychiatricnews.net/news/articleView.html?idxno=32313, 임찬영 정신의학과 전문의, 쉽게 짜증이 난다면?, 정신의학신문, 2022.01.03
- http://www.healtip.co.kr/news/articleView.html?idxno=4470, 파킨슨병 초기증상& 관리. Healtip, 2002. 11.03
- http://www.chaum.net/newsletter/NewsletterDetailView.aspx?sub_idx=1080, 차움의원, 제2의 뇌, '장'을 깨우면 건강이 보인다!, MEDICAL &HEALTHCARE / 2018 F
- https://www.joongang.co.kr/article/25148344#home, '제2의 뇌' 장상태 나빠지면…, 중앙일보, 2023.03.20
- https://www.kyeonggi.com/article/20230212580222, 초고령시대 대한민국.., 경기일보, 2023.02.12.
- https://www.eduyonhap.com/m/page/view.php?no=71697, OECD 자살률 1위, 교육연합신문, 2023.04.03.
- https://www.newspenguin.com/news/articleView.html?idxno=14242, 어디 하나 성한 곳 없는 지구-이대로는 지속불가능, 뉴스펭귄, 2023.06.02.
- https://m.dongascience.com/news.php?idx=4315, 로마제국 멸망은 납 때문이었나, 동아사이언스, 2014.04.22
- https://kormedi.com/1610868/ 어린시절 '이것' 노출…커서 범죄 위험 높아 (연구) 납노출과 범죄율간의 연관성 밝혀, 코메디닷컴, 2023.08.05
- https://biz.chosun.com/science-chosun/nature-environment, 납 노출된 아이들, 커서 범죄 저지를 가능성 커진다…전 세계 어린이 3명 중 1명 '무방비', 사이언스조선,

2023.08.03

- https://blog.naver.com/beco_/222120083530, '러브운하사건', 최악의 환경재난사건을 알아볼까요?, 부산환경공단, 2020.10.19
- https://www.bbc.com/korean/features-51961812, 사이코패스와 성장환경의 상관관계, BBC News, 2020. 03. 21
- http://www.whosaeng.com/143935, 내 마음을 챙겨줘! 우울증과 공황장애, 후생신보, 2023. 05.08
- http://www.esgeconomy.com/news/articleView.html?idxno=3750, 지구가 아파요, ESG경제, 2023. 06.01
- http://m.chaum.net/newsletter/NewsletterDetailView.aspx?sub_idx=1080, 차움뉴스레터, 우울한 기분, 장에 달렸다!, MEDICAL &HEALTHCARE, 2018 Fal
- https://www.bbc.com/korean/features-41424688, 우울증: 정신력이 약해서?, BBC News 코리아, 2017. 10. 13
- https://www.bbc.com/korean/news-65736839, 20-40대 여성 100명 중 97명, 월경으로 피로·우울감 경험, BBC News 코리아, 2023. 05. 28
- https://woman.donga.com/issue/3/40/12/3651727/1, 우울증도 친구 따라? 청소년 삼키는 '패션 정신병', 우먼동아, 2022. 09. 23
- https://www.gclabs.co.kr/BoardFiles/78838bfe-401d-41ce-b70d-f9dd71016ee4.pdf, 당신의 스트레스 지수, 타액호르몬 검사로 측정!, GC 녹십자의료재단/랩셀
- https://limpsakang.tistory.com/494 우주복의 가격은 얼마일까?
- https://www.xportsnews.com/article/1671205, 우주복은 개인용 우주선...미국 유명 속옷 회사서 제작, 엑스포츠뉴스, 2022.12.30
- https://data.seoul.go.kr, 서울시도시정책지표조사, 스트레스 체감도, 2023.05.30.
- https://www.newsnjoy.or.kr/news/articleView.html?idxno=218796, 김영봉, 모두가 아프다. 뉴스앤조이, 2018.07.24
- http://m.blog.naver.com, 서울배내과, 발달장애의 원인?, 2022.09.07.
- honeytip.tistory.com, 세계적인 환경오염사건
- https://himapclinic.modoo.at/, 기능의학병원하이맵 홈페이지
- https://www.kookje.co.kr/news2011/asp/newsbody.asp?code=0300&key=20230605.22010000846, 소아·산부인과 감소속 정신과는 2배 늘었다. 국제신문, 2023. 6.4
- https://www.sisunnews.co.kr/news/articleView.html?idxno=61168, 사랑은 정말 호

르몬의 장난인가? 감정에 영향을 미치는 호르몬, 시선뉴스, 2017. 07.18

- https://health.chosun.com/site/data/html_dir/2023/01/31/2023013101761.html, 노인자살률 OECD 압도적 1위...준비 안 된 초고령 사회, 헬스조선뉴스, 2023. 1.31
- https://m.health.chosun.com/svc/news_view.html?contid=2020051802970, 칼슘, 부족해도 과해도 문제...어떻게 먹어야 하나?, 헬스조선뉴스, 2020.5.19
- https://blog.naver.com/prologue/PrologueList.naver?blogId=lovekeiti, 우리아이 혹시 환경성 질환은 아닐까?, 한국환경산업기술원, 2017. 10.19
- https://terms.naver.com/entry.naver?docId=3334694&cid=47340&categoryId=47340, 네이버 지식백과:학생백과_우주에서 살아남기
- https://blog.naver.com/mocienews/222922597846, 중력을 거스리는 우주복, 그 시초는?, 산업통산자원부, 2022. 11. 08.
- https://www.kidshankook.kr/news/articleView.html?idxno=683, 작은 우주선 '우주복'에 숨은 과학', 소년한국일보, 2021.08.26
- https://cafe.daum.net/pmleader/V4J7/1, '바이오의류테라피란', NPO한국건강지도사협회, 2023.09.14